護られなかった者たちへ

中山七里

宝島社
文庫

宝島社

護られなかった者たちへ

目次

護られなかった者たちへ

一　善人の死

1

　壁時計が午後七時を過ぎる頃、ちょうど最後の未決書類が片付いた。三雲忠勝《みくもただかつ》は机の上の書類一切合財を自分用に割り振られたキャビネットに収めると、施錠した上で扉が閉まっていることを確認した。慎重な上にも慎重を――それが三雲の流儀だった。

「お疲れ様。君はまだ帰らないのか」

　フロアに残っている沢見《さわみ》に声を掛けると、沢見はパソコン画面を前に力なく首を振ってみせた。

「まだ申請書が四枚ほど。あと小一時間といったところですか」

　手伝ってやりたいところだが、決裁印を押す立場の自分が手をつけていい案件ではない。

適当なところで切り上げろよ、と言い残してフロアを出る。

青葉《あおば》区役所の庁舎を出ると、既に仙台の街はネオンで暗く輝き始めていた。クルマの走行音に混じって若い女性たちの嬌声《きようせい》も聞こえる。静かな佇《たたず》まいの中の賑《にぎ》やかさ。初めて訪れる者には、四年も過ぎたとはいえここが未曾有の震災に遭った街とは到底思えないだろう。事実、災害の後でもいち早く復興を遂げたのは仙台市だった。塩釜《しおがま》港付近の宮城野《みやぎの》区や若林《わかばやし》区などは甚大な被害を受けたものの、各地からのヒト・モノ・カネを集積する形で着実に槌音《つちおと》を響かせたのだ。

だが街が息を吹き返したとして、住んでいる者たちの心までが元に戻ったとは限らない。親族を失った者、家を失った者、そして心を失った者。それぞれが喪失感を胸に抱えて生きている。

三雲はまだ幸福な方だった。沿岸に住んでいた兄夫婦と二人の甥《おい》っ子を失ったが、少なくとも自分の家族は無事だった。不人情と謗《そし》りを受けるかも知れないが、辛うじて残された者にありったけの愛情を注ぐのが逝った者への何よりの供養になるように思える。

古女房の機嫌はどうだろうか。今夜の献立は自分の好物だろうか。そんなことを考えながら歩いていると、いきなり背後から声を掛けられた。

「三雲さん」

振り向くと、そこに意外な人物が立っていた。

「どうして、こんなところで……」

「待ってたんですよ」

＊

『お宅のアパートから嫌な臭いがするんだけど』

電話を受けた瞬間、寺山《てらやま》はああまたかとげんなりした。

抗議してきたのは近所に住む多恵婆《たえばあ》さんだ。散歩のコースで寺山名義のアパートの前を通るので、やれ雑草が歩道にまで伸びてきたとか、不届き者の投棄したゴミが敷地から溢《あふ》れているとか、他人の土地の問題なのに、とにかく文句を言い募る。もしかしたら抗議のネタを拾うために散歩しているのではないかと思う時さえある。

『本当に近所迷惑だから何とかしてくださいな』

「はいはい、分かりましたよ」

受話器を置いて壁時計を見る。午前八時を少し回ったところだ。寺山は愚痴りたいのを堪《こら》えて、外出の準備をする。

抗議の元になったアパートは寺山の自宅から五十メートルほど離れた場所に建って

いた。はるか昔、退職金をほぼ全額注ぎ込んで新築したアパートだったが、築三十年も経《た》てばさすがに老朽化する。それに土地の不人気が重なって、二年前からは一人の入居者もない幽霊アパートと化している。

地方都市にはよくある話だが、新幹線が開通すると線によって街の盛衰が二分される。東北最大の都市であるここ仙台も例外ではなく、仙台駅の西口側は開発が進んだが東口側は農地指定も解除されないまま人口も増加しなかった。寺山の住んでいる若林区も古い住宅地が今なお残っており、それが不人気の理由の一つだった。いっそのこと建物を取り壊して月極め駐車場にしてしまえばまだ収益は改善するかも知れないが、生憎《あいにく》と取り壊しの費用を捻出する余裕はない。入居者がいなくても固定資産税が僅少なうちは放置するよりない。

やがて我が物件〈日の出荘〉に到着した。罅《ひび》割れだらけの褪《たい》色《しょく》した壁、時代遅れの鉄製階段。名前とは真逆のうらぶれ方は何度見ても気が滅入《めい》る。

敷地に入った途端、確かに異臭が鼻を衝《つ》いた。果物の腐ったような甘く饐《す》えた臭いだ。どうやら不届き者が生ものを投棄したらしい。異臭は一階の三号室から放たれている。寺山はアパートの中に入り、三号室のドアを開け――思わずひいと呻《うめ》いた。

部屋の中には死体らしきものが転がっていた。

十月十五日若林区荒井香取で死体発見、の報を受けた県警捜査一課の笘篠誠一郎《とましのせいいちろう》は遅めの朝食もそこそこに、現場へと向かっていた。

十月に入って朝晩はめっきり涼しくなったものの、日中はまだ汗ばむほどの陽気だった。死体の見つかった古アパートからは盛大な異臭が洩《も》れていたということだから、室温で腐敗がかなり進行していることが予想される。

誰がどういう状況で死んでいたのか、まだ詳細は知らされていない。しかし所轄署の慌ただしい反応を聞くと事件性が皆無でないことが窺《うかが》われる。また一方で独居老人の孤独死という可能性も捨て切れない。震災以降、身内や故郷を失った年寄りがひっそりと死んでいく事例が後を絶たないからだ。都市の中心部は復興が進んでいるが、震災は未《いま》だこの地に深い爪痕を残している。遅々として進まない復興と埋めがたい失意に悶々《もんもん》としながら、東北人は毎日を過ごしている。かくいう笘篠もその一人だった。

現場に到着すると、既に該当のアパートの入口にはブルーシートの覆いが設《しつら》えてあり、検視が開始、もしくは終了したことを伝えている。

「お疲れ様ですっ」

先に到着していた蓮田《はすだ》が駆け寄ってきた。中学から体育会系だったというだけあり、タテ社会の警察にあっても殊更上下関係に従順だが、その律義さが笘篠にはやや煩《わずら》わしく感じる。

「検視はもう済んだのか」

「今まさに終わったところです。鑑識はまだ現場で採取中ですけど」

蓮田とともにブルーシートの中に入った途端、異臭が鼻を衝いた。捜査一課に配属されて十年になろうとしているのに、一向に鼻が慣れないのは同族の死臭を本能が忌避しているからだ。

現場である三号室は、六畳一間に申し訳程度のキッチンとバス・トイレのついた古めかしい間取りだった。室内には三人の鑑識課員が這《は》い回り、中央に横たわった死体とそれを見下ろす唐沢《からさわ》検視官がいた。

「おお、笘篠さん。ご苦労さん」

唐沢から話し掛けられたが、笘篠の関心は死体に集中した。

死体は四肢を拘束された上に口を塞《ふさ》がれていた。

笘篠は合掌し、いったん頭《こうべ》を垂れてから改めて死体を見た。死体の四肢はガムテープで何重にも巻かれている。口も同様にガムテープで塞がれ、辛うじて鼻だけが縛《いまし》めから逃れている。笘篠が奇妙に思ったのはガムテープの状態だった。テープの表面に幾筋もの皺《しわ》が寄っている。

「典型的な餓死の症状ですね」

唐沢は事もなげに言う。

「全体の筋が異常に委縮しています。体重の減少が著しいのも各臓器の重量が減少しているからでしょう。この状態では水分も摂《と》れなかっただろうから、餓死以前に脱水症状を起こしていた可能性もあります。死後二日は経過しているでしょう」

テープに皺が寄っていたのは筋肉が収縮したせいだったのか。

「もっとも司法解剖しなければ断言はできませんけどね。なにせ餓死状態の検視は、わたしにはあまり経験がありません」

唐沢の弁は言い訳がましい。かつては事例の少なかった餓死も、ここ数年は孤独死の増加で目立ってきたという事情があるからだ。

「もうガムテープを剝がしてやりましょうか」

鑑識の手を借りて注意深くガムテープを剝がし、そして着衣を脱がせる。やがて腹部が腐敗変色した体軀《たいく》が露《あら》わになる。

腐敗とは体内にある常在菌と呼ばれる細菌が内部から組織を侵食する現象だ。下腹部から発現することが多く、この死体も腹から胸にかけて青黒く変わっている。飢餓状態で死亡したにも拘《かか》わらず腹部が不自然に膨満しているのは、腸内ガスによるものだ。

膨らんだ腹が不自然に見えるのは、筋の収縮以前に死体の顔が細面だったからだ。年齢は五十前後、中背の男性。服装から肉体労働者ではなく営業か事務職だろうと、笘篠は見当をつける。

拘束されていたのだから自然死は有り得ない。何者かに拉致《らち》され、身体の自由を奪われ、救《たす》けを求められないようにして放置された。本人は飢えと喉の渇きにじわじわと苦しみながら死んでいったことになる。考えようによっては、これほど残酷な殺し方もない。

すぐさま笘篠が思いついたのは怨恨《えんこん》の線だ。単にカネ目当てなら、こんなに手間暇をかけるような真似はしない。

「ガイ者の身分証明書、出ました」

着衣を探っていた鑑識課員が声を上げた。

「財布には万札四枚と千円札が八枚、小銭が少々。運転免許証と社員証が入っていました」

現金四万八千円以上が手つかずになっているのなら、物盗《と》りの線は完全に消える。

手早くポリ袋に封入された証明カードが笘篠の許に回されてくる。

免許証に貼付された顔写真と死体を見比べると、かなり衰弱しているが本人とみて間違いない。

〈氏名　三雲忠勝　昭和43年8月6日生　住所　宮城県仙台市青葉区国府町○－○〉

次に社員証を見た瞬間、笘篠の視線は発行元に釘《くぎ》づけとなった。

〈仙台市青葉区福祉保健事務所　保護第一課課長　三雲忠勝〉

「何と、福祉保健事務所の課長さんだぞ」

笘篠は思わず声を上げた。営業か事務職だろうという予測が的中したことよりも、被害者の身元がそれ以上に予想外だった。

横から覗《のぞ》いた蓮田も意外そうな顔をしている。

「福祉保健事務所の課長といったら結構なエリートじゃないですか。所持金も結構高額だし」

「この年齢で四万八千円なら常識の範囲内だぞ」

「えっ、そうなんですか」

「俺が若い頃には、年齢と同じ枚数の千円札をいつも持っていろと言われたもんだ。お前はそういうことを誰からも教えられなかったのか」

口にしてから後悔した。蓮田はひどく傷ついた顔をしているが、これは本人のせいではない。今まで教えてこなかった先輩たちの不手際だ。

だが蓮田の顔色よりも胸に刺さる思いがある。他でもない三雲の無念さだ。ただ衰弱し続けるだけで死を待つ辛《つら》さ。拘束されただけだから、最期の一瞬まで考える時間はたっぷりある。辛さ、哀しさ、口惜《くや》しさ、そして遺《のこ》した家族や友人に対する後悔――。

もう一度、免許証の写真を見る。身分証明に貼付する写真は大抵無表情なものになるが、それを差し引いたとしても善人の顔をしている。

同じ公務員であり、しかも福祉保健に従事していた人間だ。社会的弱者を保護する立場の三雲と、犯罪被害者の無念を晴らすべく現場を歩き回っている自分には共通点もある。いつも以上に被害者が憐《あわ》れに思われ、その分犯人への憤怒が強くなる。

笘篠は鑑識に声《おぼ》を掛けてみる。

「犯人のものと思しきものは、何か見つかりましたか」

だが、どの鑑識課員も冴《さ》えない顔をしている。その理由は先に到着していた所轄の捜査員が教えてくれた。

「元々、二年前から入居者の絶えていたアパートでしたから、床は埃《ほこり》がうずたかく積もっていました」

「それなら被害者とともに犯人の下足痕《げそこん》や遺留品が特定しやすいでしょう」

「それが……犯人は被害者を引き摺《ず》って部屋に運び入れたようなんです。そして部屋を出る際にはその跡を逆に辿《たど》ったらしく、立体痕も平面痕も皆無です。後は犯人の体液なり毛髪なりが採取できればいいのですが」

「しかしそれなら、玄関の土間には下足痕が残っているでしょう」

「犯人自らが掃き消したような痕跡があります」

笘篠は低く呻いた。自分の足跡を掃き消すほど注意深い犯人が、おいそれと体液や毛髪を残していくとは考え難《にく》いからだ。

「指紋の知識が一般化すると、犯行に手袋を使用する犯人が多くなったでしょう。あれと一緒ですよ。昨今の刑事ドラマで科学捜査について専門知識をネタにするものだから、犯罪者たちが事情にどんどん詳しくなってくる。実際に臨場するわたしらにはいい迷惑ですよ」

それには笘篠も同感だった。最近では他人の指紋を複製して不法入国した外国人の例もある。犯罪の手口と科学捜査のイタチごっこは今に始まったことではないが、出来のいい推理ドラマは犯罪者への啓蒙《けいもう》になっている感が少なからずある。

「ただ、人の出入りが長らく途絶えていたのが却《かえ》って幸いしました。不明指紋や第三者の遺留品は僅少でしょうから、犯人の遺留品が採取できる可能性は決して小さくありません」

鑑識課員の言葉に希望を託して笘篠と蓮田は部屋を出る。アパートの玄関には、前の合同捜査で顔馴染《なじ》みになった仙台中央署の飯田《いいだ》がいた。

「何だ、本部の専従は笘篠さんだったのか」

飯田は笘篠を見るなり破顔一笑する。笘篠より二つ年下、気さくな男で所轄の強行犯係の中では一番話しやすい相手だった。

「周辺住民に訊《き》き込みをしている最中なんですけれどね。犯人は間違いなく土地鑑がありますね」

飯田の口調には自信が聞き取れた。

「根拠は何ですか」

「ご覧の通り廃墟《はいきょ》に近い古アパートですが、それでも入居者がいるようなところに被害者を監禁しておこうなんて考えつかない。犯人は、このアパートが無人であることを知っていたに違いありません」

それで土地鑑云々《うんぬん》の話になる訳か。

確かに一日中、人の出入りを監視していない限り無人のアパートであるとは断言できない。外観から推察することはできても、存在するかも知れない入居者に目撃されるような危険は冒したくないはずだ。

「昼日中、このアパート付近を何者かがうろついていたという目撃情報はまだ出ていません」

「それで元からこのアパートの存在を知っていた者が、人通りの絶える深夜を待って被害者を運び込んだ、という解釈ですか」

「ええ。それで容疑者をずいぶん絞り込めます」

「じゃあ鍵の問題はどうなんですか」

「それはちょっと頭が痛い問題で……まあ、これは死体の第一発見者でもある家主に直接訊かれた方がいいでしょう。こちらへどうぞ」

飯田に誘《いざな》われて、笘篠と蓮田はブルーシートから離れた一画に移動する。そこには八十前後の老人が所在なさげに待機させられていた。

「ここ〈日の出荘〉の家主の寺山公望《きんもち》さんです」

「宮城県警捜査一課の笘篠と言います。早朝から捜査への協力を感謝します」

ああどうも、と寺山は頭を下げたが、心ここにあらずといった顔をしている。

「寺山さん、なんでもご近所の通報で死体を発見されたとか」

「ええ。アパートの前を散歩コースにしている婆さんがいましてね。通りかかったらひどく臭いと苦情を言われました。臭いのきつかった三号室に入った途端、死体を見つけたんですぐに通報したんですよ」

「よく死体だと分かりましたね。近づいて心臓が停止しているとかを確認したのですか」

「死体かどうかなんて、ひと目見れば分かる」

「ほう。あの死体には外傷がなかったんですが」

「子供の時分、仙台空襲に遭った。吹っ飛ばされたり焼かれたりした死体もあったが、餓死したのもいた。だからひと目で飢え死にだと分かった」

「アパートの施錠は厳重だったんですか」

「そんなもん、しないよ」

「えっ」

「自分で言うのも何だが、固定資産税より取り壊し費用の方が高くつく物件だからね。自然に朽ち果てるのを待ってるようなもんだ。どうせ侵入されても盗られるものなんてありゃしないから、部屋の窓どころか玄関も鍵は掛けていない」

横にいた飯田は渋い顔をする。

「防犯上、あまり誉《ほ》められたことじゃありませんね。ゴロツキの溜《た》まり場にでもなったら、どうするつもりですか」

「それでわたしを逮捕するってのか」

寺山は飯田に食ってかかる。

「全くあんたら公務員ってのは本当にタチが悪いな。面倒なことや難しいことは後回しにして、簡単なこと成果が見えることから手をつけようとする。税金は取りやすいところから取る。年金はうるさいところから支給する。犯人を逮捕する前に家主のわたしを逮捕するなんて、言語道断だぞ」

興奮する寺山をなんとかなだめ、現場で笞篠たちが見聞きできることをひと通り済ませた。司法解剖も鑑識も訊き込みも、全ては結果待ちになる。それでも笞篠たちが現場に残ったのは、一報を受けた被害者遺族が間もなく到着するからだった。

果たして寺山への事情聴取を終えていくらも待たないうちに、三雲の妻・尚美《なおみ》が姿を現した。

「しゅ、主人が見つかったというのは本当ですか」

連絡を受けて慌てて家を出てきたのだろう。化粧もしておらず、髪も無造作にひっつめたままの有様だった。

「まあ、奥さん。少し落ち着いてください」

遺族への面通しは現場で鬱陶《うっとう》しい仕事の一つだった。先刻、所轄の飯田には寺山の抗議を受けてもらったので、この仕事は笞篠が請け負うことにした。何気なく目配せを送ると、飯田は申し訳ないという風に頭を下げてきた。

「も、もう半月も前から連絡がなくって、捜索願を出してずっと連絡を待ってたんです」

つまり月始めから三雲は失踪していたことになる。唐沢の下した死後二日経過という見立てから逆算すると、二週間ほどかけて餓死したことになる。

「本当に、本当に主人なんですか。人違いじゃあないんですか」

「それを確認するためにお出《い》でいただいた次第でして」

尚美はブルーシートをひどく禍々《まがまが》しいもののように眺める。そして思い出したように鼻と口を覆った。どうやら辺りに蔓延《まんえん》する腐敗臭に、ようやく気づいたらしい。ブルーシートと腐敗臭、この二つがセットになって尚美に言い知れぬ不安を与えているようだ。

「奥さんには辛い結果になるかも知れませんが……」

取り乱さないでくれ、という言葉は喉奥に呑《の》みこんだ。それを親族に強いるのは酷というものだ。

三号室に案内し、白いシーツを被《かぶ》せた遺体の枕元に立たせる。

「ご主人かどうかを確認してください」

笘篠は静かに顔の部分だけシーツを捲《まく》る。

遺体の顔を見た途端、尚美は目を大きく見開き、鼻と口を押さえたままその場に崩れ落ちた。

「奥さん」

「主人です。主人に間違いありません」

面通しが終われば、長々と遺族と遺体を同席させる訳にもいかない。遺族にしてみれば後ろ髪を引かれる思いだろうが、生憎とここは犯行現場だ。愁嘆場《しゅうたんば》は司法解剖が済んだ後、霊安室でやってもらう他にない。

夫の遺体を目の前にして泣き喚《わめ》きでもしないかと案じたが、尚美は茫然《ぼうぜん》自失するだけで騒ぐことも抵抗することもなかった。〈日の出荘〉の周囲には騒ぎを聞きつけた野次馬や報道陣がわらわらと集まり出している。笘篠はとりあえず尚美をパトカーに乗せる。向かう先は県警本部だが、三雲の家と同じ青葉区内にあるので勝手がいい。加えて庁舎内の部屋で話を聞くよりも車内の方が緊張の度合いが少ない。運転を蓮田に任せ、自分は尚美とともに後部座席に乗り込んだ。

「さぞかしショックだったでしょうが……少しは落ち着きましたか」

ええ、と頷《うなず》きながら尚美はまだ口元を押さえている。さっきは異臭を堪えるためだったのだろうが、今は嗚咽《おえつ》を堪えているためのように見える。

「話、できますか」

尚美は黙ったままもう一度頷いてみせる。

「ご主人が連絡を絶ったのは正確にいつからですか」

「……十月一日の夕方からです。いつもはいくら遅くなっても十時までには帰宅するんですけど、その日は帰って来なくて、電話もなくて……飲み会が急に入って泊まりになったかと思って、ケータイで呼び出したりメールを送ったりしたんですけど、それにも返信がなくて……」

「捜索願はいつ出されたんですか」

「翌日です。もしやと思って役所にも電話したんですが、主人が出勤していないと聞いたもので」

「十月二日に捜索願を出して、ずっとそのまま？」

「捜索願を出しただけじゃなく、毎日のように署を訪ねたんです。主人が二日も音信不通なんて今までなかったことだから、絶対何かのトラブルに巻き込まれたに違いないって訴えたんですけど、警察の方はそんなに親身になってくれなくて……」

この場に飯田がいなくて幸いだった。真面目な亭主がある日突然消息を絶つことは珍しくない。殊《こと》に震災以降は、身内を失った独身者がまるで神隠しに遭ったかのように行方を晦《くら》ます事例がぽつぽつと発生しているからだ。

明確な事件でなければ警察は本腰を入れて行方不明者を捜すことはない──巷間《こうかん》指摘され続けていることで、いざ刑事事件に発展した際に非難を浴びることが多いが、宮城県警ならびに東北地方の警察に限っては震災絡みという特殊事情が重なる。正直な話、震災による精神的苦痛で消息を絶つ者を一人一人捜索するのは困難だ。加えて捜索する側の警察官にも震災で肉親を失った者が多数存在しており、失踪者の心情を理解してしまえるという要因もある。

警察が三雲の失踪事件になかなか着手できなかった言い訳を数え上げていると、遂《つい》に堪え切れなくなったのか、尚美が嗚咽を洩らし始めた。狭い車内で聞いているのは笘篠と蓮田だけということも手伝ってか、嗚咽は次第に大きくなる。

こうなってしまえば、質問をしてもまともに答えられないのは分かっている。笘篠は尚美が落ち着きを取り戻すまで、しばらく放っておくことにした。

ひとしきり泣き続けるとやがて尚美は疲れた様子で、すみませんでしたと頭を下げた。

「お見苦しいところを……もう、大丈夫ですから」

その目は両方とも真っ赤に腫れ上がっていた。まるで数分のうちに泣き尽くしたかのような有様だった。

「主人は殺されたんですか」

「我々はその可能性が大きいと考えています」

「どんな風に殺されたんでしょうか」

「外傷も毒《の》を服まされた形跡もありません。おそらく飲まず食わずで放置されていたのでしょう」

そう告げると、尚美はまた頭を垂れた。

「酷《ひど》い……酷すぎます。何だって主人がそんな目に遭わなきゃいけないんですか」

「三雲さんの財布の中身は手つかずのままでした。従って物盗りの線は薄いですね」

「じゃあ、主人は誰かの恨みを買って殺されたというんですか」

「三雲さんにそれほどの強い怨恨を抱く人物に心当たりはありませんか」

「全然ありません」

尚美は言下に答えた。

「主人はわたしから見ても度が過ぎるほどのお人よしでした。あの人を軽んじる人はいても、悪く言うような人は一人もいません。本当に見ていてじれったくなるくらい善人だったんです」

尚美は心外だとでも言うようにまくし立てる。

「他人様《ひとさま》より昇進が遅れたのも、元はと言えば人が善《よ》すぎたせいでした。家族に対しても友に対しても、自分より相手のことを思いやるような人でした。そんな人が、他人から恨みを買ったなんて想像すらできません」

よくある話だ、と笘篠は思った。どれだけ長く連れ添ったとしても、所詮妻が目にしているのは家庭の中だけ、つまり夫や父親としての一面を見ているだけだ。職場での存在は夫や父親とは全くの別物だ。一例を挙げれば虐殺に明け暮れていたナチスの将校たちも、家に帰れば善き夫、善き父親だったというではないか。

「雨降りの日は、人に傘を貸して自分は濡《ぬ》れてくるような人でした。そんな人を、いったい誰が殺したいほど恨むっていうんですか」

「さぞかし家でも優しい人だったんでしょうね」

「ええ。結婚して二十年以上になりますけど、あの人は一度だって自分を優先したことはありませんでした。いつもいつもわたしや子供のことを先に考えてくれてたんです」

「家で職場の話をするようなことはありましたか。たとえば仕事で辛い目に遭ったとか、上司から嫌がらせを受けているとか」

「わたしが主人の仕事内容にはほとんど無関心だったので、詳しい話をしたことはありません。ただ、ほんの時たま終電を逃した部下の人を連れてくることがありましたけど、和気藹々《わきあいあい》として、この人は職場でも慕われているんだと思いました」

きっと思い出したのだろう。尚美は顔を両手で覆って、また泣き出した。

「それでは、最近の三雲さんに何か変わった徴候とかは見られませんでしたか。たとえば思い悩んでいたとか、何かに怯《おび》えている風だったとか」

尚美は頭を垂れたまま、ゆるゆると横に振る。指の隙間から洩れた声はひどくかさついていた。

「朝、役所に出掛けるまで、いつもと何の変わりもありませんでした。普通にご飯を食べ、普通にいってきますと言って家を出ました」

「本当に何もなかったのですか」

「何か変化があれば、わたしがとっくに気づいています。二十年以上連れ添った夫婦なんですよ」

その言葉の尖《とが》り方で、尚美の証言には嘘《うそ》がないように感じられた。

2

県警本部に場所を変え、改めて尚美から事情を聴取したが、車内で聞けた以上の情報は遂に得られなかった。

聴取を済ませた尚美を自宅へ帰すと、笘篠は次の場所に向かう。

「次は勤務先に行く」

三雲の勤めていた青葉区福祉保健事務所は、県庁を挟んで県警本部の目と鼻の先にある。

青葉区役所の五階が福祉保健事務所のフロアになっていた。受付で来意を告げると、笘篠と蓮田はフロアの隅に設けられた応接室に案内された。

待つこと五分、ドアを開けて現れたのは五十がらみの男で、所長の楢崎《ならざき》と名乗った。

「三雲課長が遺体で発見されたというのは本当ですか」

楢崎は驚きを隠せない様子だったが、これが演技なら大したものだ。

「事故ですか、それともその……自殺ですか」

「何故その二つを想定されるのですか」

「それ以外には考えられないからですよ」

「残念ながら死体発見の状況から、その二つの可能性は小さいと言わざるを得ません」

「じゃあ、殺されて……そんな、三雲課長に限ってそんなことは有り得ない。ああ、それなら強盗か何かに殺されて」

「その可能性もまた小さいようです」

死体を確認した尚美はともかく、まだ事件関係者とも決まっていない楢崎に捜査情報を伝えることはできない。そのために回答をぼやかしたのだが、楢崎の反応はいちいち大袈裟《おおげさ》だった。

「カネ目当てでもないって」

「詳細は避けますが、現場の状況から怨恨の線を否定できません」

「そんな馬鹿な……」

「三雲さんが怨恨で殺されたら、そんなに意外なのですか」

「彼は人から憎まれるような人間じゃない」

楢崎の言葉が尚美のそれに重なる。

「彼と同じ職場になって二年経ちますが、わたしはあれほど思いやりのある人間に会ったことがない。福祉保健事務所の課長としても、また人間としても尊敬できる人物でした」

笘篠は楢崎の目を直視する。お為《ため》ごかしや社交辞令を喋《しゃべ》っている目には見えなかった。

「楢崎所長。これは犯罪捜査なので三雲さんのプライバシーに関すること、更には本人が触れてはほしくなかったことも暴かなければなりません。そういった陰の部分が、三雲さんを亡き者にする動機になり得たかも知れないからです」

「しかし刑事さん。お言葉ですが、本当に三雲課長は人に恨まれたり憎まれたりということに無縁だったんです」

ここで疑念を口にしたら、楢崎は依怙地《いこじ》になるかも知れない。

笘篠は質問の内容を変えてみることにした。

「三雲さんは保護第一課の責任者だったということでしたね」

「ええ。この事務所は保険年金課、保護第一課と第二課の三つに分かれています」

「保護第一課というのは、どういう仕事内容なのですか」

「生活保護、母子・父子家庭の相談業務、あとは入院助産の実施。そういった業務ですね」

「三雲さんが課長を任されたのは、やはり業務に詳しかったからですか」

「福祉保健事務所の人事ですから一概にそうとは言い切れませんが、彼が入所以来、生活保護の業務に長く携わっていたのは事実です」

「役所の中でも業務のローテーションというのがあるんじゃないですか」

「それは全体の業務を俯瞰《ふかん》するという意味で存在します。ただ、そのローテーションの中で適材適所が浮かんでくることがあって、やはり年金業務に秀でた人間はスペシャリストとして、相応のポストを獲得していきますね」

これは笘篠も納得する。警察組織においても強行犯向きの人間もいれば、経済犯罪向きの人間もいる。ただし資質の見極めが早いために、専門部署に根づいてしまえば退官するまで同じ業務に従事する傾向がある。理屈は楢崎の言う通りで、専門性を追求する過程で、能力が特化していくからだ。現に今、自分に鑑識や総務の仕事を任せられても新人より使いものにならないだろう。

「生活保護法の第一章から第十三章までを暗誦《あんしょう》できそうなほど、法律と実務に長《た》けていました。来庁した相談者からは様々な相談や質問を投げかけられるのですが、対応した職員は返答に困るとマニュアルに目を通す前に、必ず三雲課長に訊きにいくんですよ。それが一番確実だからと」

「ほう、まるで生き字引きですね」

「否定はしません。それだけ専門知識と業務に明るい人材でした。加えて人間性も尊敬に値しました。一緒に仕事をした人間で、彼を悪く言う者にはお目にかかったことがないくらいです」

これはどうしたことかと笘篠は訝《いぶか》る。いくら死んでしまえば皆ホトケとはいえ、大絶賛ではないか。

「刑事さんも組織の人間なら、多かれ少なかれ経験はあるでしょうが、殊に公務員というのは上のポストにいけばいくほど、個人の主義主張や人となりがスポイルされてしまう傾向にある。組織の方針や決定が絶対なので、上に近くなればそれだけ個人を封殺しなければならなくなる。おちおちモノも言えなくなる」

「いささか極論めいてはいませんか」

「十年前とは違うのですよ」

楢崎は自虐的な笑みを浮かべる。

「庁舎やオフィス内の会話が全てクローズされていた時代は、まだ上席者も自由にモノが言えた。あまり褒められた話ではないが、業務に関するブラック・ジョークも口にできた。しかし今は内部告発や自爆テロじみたSNS、針小棒大の告げ口が常態化しているから、おちおち部下にも本音が言えなくなった。上席者は言質《げんち》を取られないように口を噤《つぐ》み、とにかく羽目を外すまいとする。そうなれば、当然管理職と職員の間には、目に見えない壁ができてしまう。しかし、三雲課長にはそれがなかった。お人よしで誰も妬《ねた》まず、恨みもせず、自分の知識と経験を惜しみなく開陳した。その意味で、本当に得難い管理職でもありました」

楢崎の言葉が徐々に湿り気を帯びる。笘篠は無駄とは思いながら、この質問をしなければならない。

「最近、仕事上、三雲さんに恨みを抱いていた人間に心当たりはありませんか」

楢崎は心外そうに首を横に振る。

「では窓口へ相談にきた市民と何かトラブルがあったとか」

「それも有り得ません。課長職だからという訳ではありませんが、窓口に立つのはもっぱら職員で、彼自身が市民と直接接触する機会はなかったはずですから」

こうまで否定され続けると、何か隠し事でもあるのかと邪推したくなるが、それを証言する者たちの反応は素直で、装った気配がない。

「刑事さんは人を疑うのが仕事なのでしょうが、こと三雲課長に関する限り怨恨というのはないと思いますよ」

「しかし、明らかに残酷な方法で殺されているんですよ」

「世の中には三雲課長のような善人がいる一方で、どうにも救い難い悪人だっています。平気で肉親を殺す子供、全くの赤の他人を些《さ》細《さい》なきっかけで惨殺するろくでなし。そういった例をわざわざわたしのような門外漢が刑事さんの前で言うまでもないでしょう」

「つまり、どうしようもないろくでなしの誰かが、金銭目的ではなく、ただ面白半分に三雲課長を殺した、という解釈ですか」

「年金受給や生活保護の最前線に立っていますとね。想像以上にワルがはびこっている現実を目の当たりにします。障害年金を引き出すために、医者を恐喝して偽の診断書を作成する者。それどころか本当に四肢を切断させた上で、本人に支給された障害年金を横から掠《かす》め取る者。おそらくは四六時中、悪巧みしかしていないんじゃないかという連中がごろごろいます。そんな輩《やから》の前では、三雲課長のような善人は格好の獲物でしょう」

自分の言葉に刺激されたのか、楢崎は次第に涙声になる。

「善人というのはいつだって被害者になってしまう。今回の三雲課長の不幸はその一例でしょう。ああ……本当に痛ましい話だ。職務上、わたしはその事実を職員たちに告げなければなりません。きっとわたしのように悲嘆に暮れる者が大勢出ることでしょう」

楢崎が俯《うつむ》いてしまったので、笘篠は蓮田と顔を見合わせる。案の定、蓮田も困惑した様子で自分に伺いを立てている。

無辜《むこ》の人間がこれ以上ないほど残酷な試練を与えられる――まるで聖書の一節のようだが、東北の人間は震災で、それを嫌というほど味わっている。日頃の行いと報いは全くの別物だ。

「そんな訳で捜査のお役に立てず申し訳ないのですが、少なくともわたしは三雲課長について敵対や反目する人間に思い当たらないのですよ」

そうなれば楢崎以外の職員に訊くより他にない。笘篠が三雲の部下からも事情聴取したい旨を伝えると、楢崎は快く応じてくれた。

次に応接室へ現れたのは三雲の部下で円山菅生《まるやますがお》という男だった。

「三雲課長が殺されたんですって」

円山はとても信じられないという顔をしていた。

「まだそうと決まった訳じゃありません。あくまでもその可能性が高いということです」

「いったいどんな風に殺されたんですか」

新聞報道される範囲なら構わないだろうと、笘篠は三雲が飢餓と脱水状態に晒《さら》されていた事実を告げる。

「ひどいな……」

円山は、まるで目の前に三雲の亡骸《なきがら》があるかのような目で床を見つめる。

「ええ。考えようによっては刺殺や絞殺よりも残酷かも知れません」

「考えようじゃなくて、実際にそうです」

真剣な口調だったので、おやと思った。

「まさか、戦時中ならいざ知らずあなたみたいに若い人が餓死の現場をご存じなんですか」

「生活保護の現場は戦争中とあまり変わらないような気がします」

年に不相応な物言いだった。

「生活保護受給者がケースワーカーの指導に従わなかったり不正受給が発覚したりすると、生活保護が打ち切られるケースがあるんです。自業自得と言ってしまえばその通りなんですが、今まで生活保護でなんとかやってきた人間が、唯一の収入源を断たれて生きていけるはずがない。打ち切られた人の何人かは食うものも食わず、しばらくは水だけで生活します。やがて栄養失調で動くこともできず、水さえ飲めなくなる。そして飢餓と脱水症状に襲われます。近所の人から異臭がすると連絡をもらって担当者が駆けつけると……後は言わずもがなです」

「あなたもそういうケースに遭遇したんですか」

「保護第一課は、こんな若造に想像以上の経験をさせる部署なんですよ。三雲課長はそうした不幸を一件でもなくすために尽力していた人でした。その本人が餓死だなんて……皮肉としか言いようがありません」

「しかし所長さんに伺った話では、三雲さんが窓口で直接対応するようなことはなかったと」

「生活保護申請の決裁者は課長です。担当者であるわたしの話には真摯《しんし》に耳を傾けてくれました」

決裁者の一存で生活保護の可否が決まるのなら、確かに円山の言葉には頷けるものがある。

「これは先輩たちから聞いた話ですが、窓口担当だった頃も、課長は申請者からの相談をそれはもう親身に対応していたみたいです」

「申請された案件の全てを認めてしまったら、割り当てられた予算など、あっという間にオーバーしてしまいませんか」

「だから余計に辛いんです。生活保護を必要としている住民の数に対して、予算があまりにも少な過ぎて。わたしたち担当は相談者の訴えをそのまま申請するだけですが、三雲課長はその案件を取捨選択しなければなりません。ひどく残酷な言い方になりますが、掬《すく》った指からこぼれ落ちる人は一定数存在する。でも、そのこぼれ落ちた人を受け止めるセーフティネットがない。案件を却下する度、課長は断腸の思いだったでしょう」

円山は頭を垂れる。

「刑事さんは仙台市の生活保護率の推移をご存じですか」

「いや、寡聞にして……まあ、余裕がないというのは想像できますが」

「震災直後の二〇一一年に低下したのですが、翌年から上がり始めました。震災直後には復旧関連の仕事に需要が生まれたり義援金が入ったりしたので、いったんは保護率が下がったんです。でも二〇一二年以降は被災の影響がボディブローのように効いてきた。仕事がなければ高齢者は餓《う》えるだけです。それに加えて仙台市ならではの事情が重なって」

「まだあるのですか」

「県内の各地から生活困窮者が仙台市に流入しているんです。仙台市は一時生活支援事業に着手していますが、その他の県内十二市はまだです。その流入者の分だけ、更に予算が逼迫《ひっぱく》しています。当然、生活保護の予算も縮小されます。元々支援法というのは生活保護にならないよう自立を支援するという趣旨の法律ですが、流入者の中には一足飛びに生活保護受給者になってしまうケースが少なくありません。ひどい例では、他の市の相談支援員が仙台の施設へ連れていくのを前提に、手続きが完了するまで野宿させているなんていうのもあります。現状、仙台市が宮城県内の生活困窮者の受け皿になっていると言っても過言じゃないんですよ」

円山の説明は少なからず衝撃的だった。社会保障が危うい水域に陥っているのは笹篠も薄々感じていたが、まさかここまで危機的状況だったとは予想すらしていなかった。

「スポットでそうした生活保護受給が必要なケースが出てきますから、その度に予算の見直しに迫られます。当然、そのしわ寄せは決裁者にくるので、三雲課長はいつも悩んでいたようです。だから窓口業務のわたしたちより三雲課長の方が、はるかに心労が祟《たた》っていたはずです。それをしかし、なんだって餓死なんて目に……」

「三雲さんが住民側に沿った対応をしていたというのはよく分かりました。では、皆さんに対してはいかがですか。予算を厳守するため、窓口担当の皆さんに行き過ぎたプレッシャーを与えるということはありませんでしたか」

「とんでもない」

円山は言下に否定する。

「三雲課長は、『予算で悩むのが自分の仕事だ』と言って、決してわたしたちに調整を強いるようなことはありませんでした。もちろんそれぞれの案件で、却下が確実なものは落とさざるを得ませんが、検討すべきものについては三雲課長の判断次第でしたから」

「では、プライベートではいかがでしたか。仕事の上では尊敬できても、人間的にそうでない場合もあるでしょう」

「それは……」

初めて円山が言いよどんだのを見て、笘篠はわずかに身を乗り出す。

「すみません。三雲課長はたまに第一課の連中を誘って呑みにいくことがありましたが、生憎わたしは下戸なので、ご一緒したことがないんです。だから三雲課長のプライベートについてはほとんど触れたことがありません。ただ同席した人間の話では、陽気な酒で人に絡んだり愚痴を言ったりということはなかったように聞いています。酔った後のアフターケアと言うか、終電を逃した者を自宅に泊めてやったりもしたそうです」

言葉がまた途切れる。

「こんなことになるのが分かっていたら、多少の無理はしてでもご一緒するべきでした」

「では三雲さんを恨んだり憎んだりという人物に心当たりはありませんか。生活保護の申請を却下された人間が、三雲さんを逆恨みするとか」

生活保護の申請を受理するなり却下するなりすれば、通知書には当然決裁者の名前が残るはずだ。そこから三雲に怨念を抱いた者がいないとは限らない。

しかし淡い期待は、次の言葉で完膚《かんぷ》なきまでに粉砕された。

「その可能性はゼロですよ」

「ゼロ?」

「保護申請却下通知書。内部では八号様式と呼んでいる書類ですが、これには事務所長の氏名のみ明記されます。課長の名前までは出ません。従って申請を却下された人間が、三雲課長の名前を知る機会はないんです」

笘篠は肩を落とす。これでまた容疑者が遠のいてしまった。

「刑事さんが想像されていることは薄々承知していますけど、生活保護受給者を多数相手にしている者から言わせていただければ、彼らが福祉保健事務所の担当者や決裁者を逆恨みすることがあったとしても、決して実行までには至らないと思います」

「何故ですか」

「窓口を訪ねてきた段階で、彼らは力を失っているからです」

ああ、と笘篠は頷きかける。

「他人の世話になるのは嫌だ。食い詰めても、なるべく国に頼りたくない……高齢者の中には、まだまだそういう方が多いんです。美徳といえば聞こえはいいのでしょうけど、わたしたちにしてみれば痩せ我慢もいいところです。我慢に我慢を重ね、そしてとうとう万策尽きてから窓口へやってくる。その頃には栄養失調の一歩手前、担当者を罵倒する元気はあっても、闇討ちするような体力も気力も残っていない。嫌な話ですが、できるのは自分で首を括《くく》るくらいです。絶望というのは、人間からそんな力まで奪ってしまうものなんです」

悲痛な言葉が胸に刺さる。

円山に指摘されるまでもない。市内における高齢者の自殺は、年を経るごとに増える一方だ。窃盗や強盗を実行することもなく、窮乏し疲弊した者はただ静かに朽ち果てていく。犯罪を取り締まる側の笘篠にしてみれば仕事が増えずに助かるが、それにもまして切なさが心を塞ぐ。

3

福祉保健事務所での事情聴取を終え、三雲が拉致されたとされる十月一日の状況を訊き回っているうちに午後九時を越えた。

「今日のところは、そろそろ上がるか」

年下の蓮田から終了を言い出すのは難しいので、自《おの》ずと笘篠が切り上げどきを決めることになる。本部に連絡を入れてから、二人は官舎に足を向ける。

官舎に到着すると、別れ際に蓮田が声を掛けてきた。

「笘篠さん、よかったら晩飯一緒にどうですか」

要らぬことに気を遣うのも体育会系の習い性か。

「カミさんに迷惑だろう」

「いやあ、長らく笘篠さんと話してないって寂しがってますよ」

同じ官舎に住まう者同士だ。目と鼻の先に暮らしていて寂しいも何もない。あからさまな社交辞令は却って気詰まりだった。

「悪いな。また今度にしておく」

　それだけ言って、蓮田と別れる。蓮田の家庭にはまだ幼稚園の長男がいたはずだ。久しぶりに家族団欒《だんらん》を思い出させようとしてくれているのか。だとすれば蓮田に悪気はないのだろうが、それは残酷な親切だった。

　ドアを開けると、外気よりも湿気を帯びた空気が身体を包んだ。埃っぽさと汗の沁《し》み込んだ臭いは仕様のないようなものだ。室内灯を点《つ》けると、寒々しい蛍光灯の光が一人暮らしの部屋を照らし出す。

　早速テレビのスイッチを入れる。特に見たい番組がある訳ではない。何かしらの音が欲しいだけだ。バラエティー番組らしいが、チャンネルを替える気も起きない。お笑い芸人の甲高《かんだか》い声と空疎な笑い声を背に、台所へ向かう。冷凍食品を取り出して電子レンジに放り込む。自炊というには程遠いが、コンビニ弁当よりは所帯臭いような気がして、怠惰感もわずかに後退する。

　チン。

　低いテーブルに湯気の立つチャーハンを置き、小さく「いただきます」と呟《つぶや》く。結婚してからの習慣だが、一人で食べるようになっても自然に口から出てくる。

　テーブルの上のフォトスタンドには女房と一人息子の写真が納まっている。

県警本部に引っ張られる以前、笘篠は気仙沼《けせんぬま》署の強行犯係だった。当時は官舎ではなく一軒家を借りて家族で住んでいた。十年連れ添った女房と長男の三人暮らしは、笘篠なりに充実した生活だった。特に長男は四十過ぎに授かったことも手伝い、その顔を見るのが一日働いた褒美だった。

「お前たちはお父さんが護《まも》ってやるからな」

まだ言葉も理解できない赤ん坊にそう語りかけるのが日課だった。

護るものが増えると仕事に張りが出てくる。人間という生き物は、他人のためなら地力以上に頑張れるものらしい。捜査が深夜にまで及び、午前様になることも少なくなかったが、家族が待っているというだけで、帰り道は足が軽かった。今にして思えば、あれこそが人生最良の日々だった。

その生活も二〇一一年三月に終焉《しゅうえん》を迎えた。

十一日、笘篠は捜査で市街地を離れていた。突き上げるような震動でふらついたが、その時はまだ事の重大さに気づかなかった。

警察無線で異常事態を知り、断続的に入る情報で気仙沼湾岸が相当な被害に遭ったのを知った。

その光景を目の当たりにしたのは、テレビ報道だった。

見覚えのある風景が次々と濁流に呑み込まれていく。流されていく家屋の中に笘篠の家も含まれていた。

身体中から力が抜け、笘篠はその場にへなへなと座り込んだ。あまりに大きな衝撃は人から体力ばかりか気力まで奪ってしまうものらしい。

気仙沼署本体も津波被害により機能を失っていた。急遽《きゅうきょ》、気仙沼・本吉《もとよし》広域防災センターに機能を移転させたものの、当初は情報収集どころの話ではなく、被災民の保護と誘導が最優先事項だった。笘篠は命からがら救いを求める市民たちの対応に追われながら、女房と息子の顔を捜した。しかし巡り合えない。今すぐ仕事を放棄して家のあった場所に駆けつけたかったが、公務員としての使命感が苦悩と闘い続けた。襲いくる不安を紛らすためには、仕事に集中する必要もあった。

やがて気仙沼市の被害状況が明らかになるにつれて、女房と息子の生存は絶望的であることが分かった。住んでいた家は流され、基礎部分しか残っていなかった。二人の存在を示すもの、生活の名残となるものは一切合財消失していた。

防災センターに移転したとはいえ、気仙沼署の機能はしばらく十全ではなかった。情報収集能力の低下はもちろん、署員の中には家族の安否に心を乱す者が少なくない。唯一の救いといえば被災地で不埒《ふらち》な行動をする者がほとんどいなかったことか。これがよその国であればと想像すると、東北人の自制心と道徳心には頭が下がった。

復興事業は悲劇の痕跡を払拭《ふっしょく》することから始まった。瓦礫《がれき》の山と化した住民の思い出を、建設機械が排除していく。後に残る更地の虚《うつ》ろさは、そのまま家族を失った虚ろさだった。

笘篠も、非番の日には自宅跡に赴いて遺品を探した。気づけば同じ境遇らしい何人かの住民たちが地面に視線を落としている。

だが、何も見つからなかった。県警本部へ異動せよと辞令を受けたのは、そのさなかのことだ。

被災地の中でも仙台市はいち早く復興に着手していた。夜ともなれば、各地から派遣されてきた復興作業員を迎えるネオンが街中に煌《きら》めいた。人が集まり、街に光が甦《よみがえ》るとともに犯罪もまた戻ってきた。行方不明者の追跡調査、被災地治安維持活動に加えて通常の犯罪、さらに被災者目当ての詐欺事件が横行するようになると、笘篠も捜査に忙殺され思い出に浸る時間を失くしていった。

こんな話を聞いたことがある。葬式の時に遺族がやたらに働かされるのは、じっとして哀しみに落ち込まないようにするための配慮だというのだ。してみれば笘篠が県警本部に配属になったのは、天の配剤なのかも知れなかった。

一年を待たずして、政府は震災関連の行方不明者について民法上の失踪宣告の手続きを経ずとも市町村が死亡届を受理できる特別措置を決定した。家族を亡くした住民へ財産の相続や生命保険の受け取りを可能にし、新しい生活へ移行できる一助にするための施策だった。

それでも笘篠は今に至るまで二人の死亡届を提出していない。早く済ませなければと思うのだが、仕事にかまけて書類を作成できずにいる。

自分に対する言い訳であるのは百も承知している。自分は未だに二人の死を認めたくないのだ。護ってやるなどと大言壮語し、結局はなす術《すべ》もなく見ていることしかできなかった自分を思い出したくないのだ。

写真の中の二人はまるで責めるように、笘篠に笑い掛けていた。


「財産目的という動機は考えられませんか」

帳場の立った仙台中央署に向かう車中、ハンドルを握る蓮田が話し掛けてきた。

「本人が所持していた小金に目もくれなかったのは、もっと大きな財産を狙ったからですよ」

「すると容疑者は三雲の家族に限られてくる」

「職場でも家庭でも、見事なまでに善人だった三雲です。怨恨の線は希薄。とすれば怨恨に見せかけて、動機は別にあると考えた方が妥当じゃないですか」

蓮田の意見はもっともだった。これだけ鑑取《かんど》りをしていながら被害者を誹る声が一つも出なければ、そう考えるのが当然だろう。

だが、笘篠は頷くことができないでいる。

「笘篠さんはどうやら違う意見みたいですね」

「そうじゃない。怨恨の線をきっぱり切っちまうことに納得がいかないだけだ」

「やっぱり違う意見じゃないですか」

蓮田は苦笑する。

「いったい、何が気に食わないんですか」

「犯人が殺害方法に餓死を選んだ理由だよ。怨恨による殺人に偽装するのなら、もっと他に手段があったはずだ。たとえば死体を切断するとか損壊させるとか、バリエーションなんていくらでもある」

「でもその方法だと手間暇かかりますよ。相応に体力も使いますし、悪臭にも耐えなきゃいけない。その点餓死なら、手足を拘束して放置しておくだけでいい。手軽で、しかも省エネです。第一、餓死だって相当残酷だと思いますよ。飢えと渇きでじわじわと死が迫ってくるんですから。殺人というよりは拷問みたいなものでしょう」

残虐な殺害方法だというのは、死体を観察した時に笘篠自身が抱いた感想なので、それは肯定せざるを得ない。

「発想が特異だとは思わないか」

「え?」

「省エネ型の残虐な殺害方法というのはその通りだ。しかし、そんな発想に至ること自体が特異だ。目的の障害になるものなら、一刻も早く片付けてしまいたいのが人情じゃないか。ところがあれは、人情なんてのとはかけ離れた現場だった。あんな現場を見たのは俺も初めてだ。お前も三雲の女房と顔を合わせただろう。あの女にそんな発想ができるとはちょっと考えにくいんだ」

「人を殺そうなんてヤツは大なり小なり特異なんじゃないんですか」

蓮田は尚も言い募る。管篠に逆らっている訳ではない。こうして質問と意見を繰り返すうちに、今まで見えなかったものがやがて見えてくることもある。

「必ずしもそうじゃない。社会から爪弾《つまはじ》きされたヤツや頭のネジが緩んでいるヤツらだけが人殺しになるのなら、こんなに簡単なことはない。そういうヤツらじゃなく、普通に往来を歩いている学生、スーパーで今日の献立を考えている主婦、満員電車に揺られているサラリーマン、自分の部屋でくすぶっている無職、そういうのが殺人者になるから世の中は厄介なんだ」

「最後の無職というのには、諸手《もろて》を挙げて同意します」

「部分肯定か」

「このところ検挙した容疑者の半分以上が無職ですからね。積み重なる不平不満。それから犯行が可能な自由時間。どうしたってヤツらの方が……」

浅薄な考えだと笘篠は思う。

仕事に就いていれば収入もあるし、犯罪に費やせるような暇はない。それに、現場でそういう身分の容疑者を多く見ていれば、そういう持論に至ってもおかしくないだろう。

しかし、それは極端な性悪説に立った偏見ではないのか。小人閑居《しょうじんかんきょ》して不善を成すという諺《ことわざ》があるが、不善すなわち犯罪というのはいかにも短絡的に過ぎる。

「財産目当てだと言ったな。じゃあ訊くが、三雲忠勝の財産て何だ。もう資産調査もある程度進んでいるだろう」

「本人名義の土地家屋、これが実勢価格で約六百万円。通帳残高二百五十一万円。妻が受取人になっている死亡保険金が千五百万円……」

「しめて二千三百五十一万円。人一人殺すにはまあまあの金額だが、三雲が定年退職すれば同等かそれ以上の退職金が入ってくる。それなのに、今殺してしまうのはどう考えたって損じゃないか。動機が本当に財産目的だとしたら、一番リターンの大きい時期を狙って計画を実行するはずだろう。現場の下見に、道具の用意。それだけでも、殺害が計画的だった証拠だ。だから、その動機では辻褄《つじつま》が合わない」

一応納得したのか、蓮田はいったん口を噤む。

捜査会議は午前九時に始まった。

笘篠たち捜査員の前に陣取るのは仙台中央署の署長、県警からは東雲《しののめ》管理官と刑事部長が顔を揃《そろ》えている。彼らの顔色が一様に冴えないのは、会議前の個別報告で、捜査が思うように進展していないのを知っているからだ。

「最初に司法解剖の結果を」

案の定、東雲の言葉には覇気がない。立ち上がった捜査員の声も同様だ。

「死因は唐沢検視官の見立てとほぼ一致しました。直接の死因は衰弱死ですが……」

ここで捜査員は咳払《せきばら》いを一つした。その仕草の意図は続く説明で理解できた。

「被害者の着衣内部には排泄物が洩れていましたが、これにより、胃の中身はほとんどなくなった模様です。血清ナトリウム濃度が著しく上昇しており、脱水症状も顕著であったものと推察されます。ただしわずかに残存していた内容物の消化程度、ならびに死体粘膜部分に湧いていた蛆虫《うじ》の生育状況から、被害者は十月十日から十二日の間に死亡したものと推定されます」

「犯人と争ったような形跡はあったのか」

「特に目立った打撲、もしくは擦過傷のような外傷は見当たらなかったそうです」

「被害者を何らかの方法で眠らせてから、現場に運んだということか」

「遺体から睡眠薬の成分らしきものは採取できなかったそうです」

「見ず知らずの相手であれば、拉致されそうな段階で被害者が抵抗しないはずがない。

睡眠薬も使用されていないとすれば、顔見知りの犯行の可能性が強いということか」

東雲の推理には筋が通っている。笘篠も顔見知りの人物の関与という仮定に異存はない。

「次、地取り。十月一日の退社時より、被害者を見たという証言は」

これには別の捜査員が立ち上がる。

「福祉保健事務所に保存されていた入退出の電磁記録によれば、被害者の退社時間は午後七時十五分でした。通常であれば、勤務先の庁舎から自宅までは徒歩で帰宅していたようですが、被害者の姿を最後に捉えたのは庁舎前に設置された防犯カメラでした。カメラには庁舎を出ていく被害者の姿が映っているものの、何者かと接触したような、あるいは誰かから追跡された様子はありません」

「目撃証言はどうだ。午後七時の庁舎前なら、まだ人通りも賑やかだったはずだ」

「賑やか過ぎたのかも知れません。往来を歩いていた者には買い物客や通勤者が多く、店舗の中から外を眺めていた店員も少なかったようです。近隣店舗に訊き込みをかけていますが、今のところ被害者の目撃情報はありません」

「足取りの消えた地点から発見現場まで徒歩で移動したのなら、大通りに設置されたいずれかの防犯カメラで被害者を捉えられているはずだ」

「現在、該当箇所の防犯カメラを全機解析していますが、現状のところ被害者の姿は確認できていません」

「現場までクルマを利用した可能性も捨て切れない訳か……」

「午後七時を中心とした時間帯は通勤ラッシュと重なり、タクシーの流れも頻繁です。タクシー会社にも当たっていますが、不審なクルマを見掛けたという証言は得られていません」

目撃者の割り出しには時間がかかることが予想される。震災以降、仙台には他府県からヒト・モノ・カネが集まっているが、言い方を換えれば地元以外の人間が激しく流入している。地方都市には珍しいことだが、一種の移民過剰になっている。従ってクルマにしても他府県ナンバーが目立ち、不審者および不審車両の特定が容易ではない。

東雲もそのことを察しているのか、眉間に皺を寄せ始める。

「では次に死体発見現場の状況」

これには県警鑑識課の捜査員が答える。

「遺体の発見された〈日の出荘〉三号室ですが、同室は入居者が途絶えてから相当年数が経過しており、埃と不明毛髪が大量に残存していました。ただしその毛髪は被害者のものを除けば全て毛根のないものであり、残念ながらＤＮＡ鑑定の対象とはなり得ません」

「下足痕はどうか」

「床の状況と遺体に付着した埃から、犯人は被害者の上半身を持ち、引き摺りながら部屋の中に運び込んでいます。そして退出する際には引き摺った跡をなぞるようにしています」

「しかし平面足跡の一つくらいはあるだろう」

「それが……」

鑑識課員の口はそこから重くなった。

「ＡＬＳ（科学捜査用ライト）とＤＩＰ（試薬による検出方法）を用いて、何とか直近の下足痕が検出できたのですが……これが、どうやらパターンのないスリッパのようなのです」

聞いた瞬間、東雲は口を半開きにした。

「アパートの玄関には、埃を被ったスリッパが散乱していましたが、いずれも現場に残存していたものとサイズが合いませんでした。おそらく犯人が事前に用意していたものでしょう。玄関の土間には犯人が足跡を掃き消した痕跡があり、こちらも精査した結果、同じスリッパの跡が検出されました。ところがこのスリッパの跡も玄関先までで、道路からは消え失せています。犯行日が十月一日だとすれば死体発見の十五日まで二週間が経過していることになり、仮に犯人がクルマで被害者を運んだとしても、タイヤ痕の検出は甚《はなは》だ困難と言わざるを得ません」

下足痕が捜査に寄与するのは、残された靴底のパターンからメーカーを割り出して容疑者を絞り込め、そして靴底に付着した微物から容疑者の行動や生活環境の一部を類推できるからだ。

しかしそれがパターンなしのスリッパとなると、得られる情報は途端に少なくなる。

「通常の履物と異なり、スリッパは爪先に引っ掛けるだけなので歩幅も個人の特徴を隠し、サイズもジャストサイズでなければ身長の推定に大きな誤差が生じます」

鑑識課員は申し訳なさそうに一礼してから、着席する。

雛壇《ひなだん》の東雲をはじめとした幹部たちは、失望の色を隠さない。地取りにしろ科学捜査にしろ、初動捜査の段階でこれほど手掛かりが乏しくては先が思いやられる。

「現場付近の防犯カメラはどうだ」

仙台中央署の飯田が立つ。

「現場である若林区荒井香取は開発地区から離れ、昔からの住宅が軒を並べている場所です。近年、同地区の犯罪発生率は低水準で推移しており、防犯カメラの設置が検討された際も、重点地区に指定されなかった憾《うら》みがあり……」

「要点を言ってくれないか」

「……〈日の出荘〉付近を撮影範囲とした防犯カメラは存在しません」

東雲は短く溜息を洩らし、県警の捜査員が座る前列に視線を戻す。

「それでは被害者の人間関係を」

笘篠がゆっくりと立ち上がる。ようやくの出番だが、生憎笘篠の報告も目ぼしいものはない。

「被害者は青葉区の自宅で妻と二人暮らし。今年二十三になる娘は東京の化粧品会社に勤務しており、最近では盆に一度帰省しただけです。被害者本人は近隣住人と会えば挨拶する程度で、過去にトラブルを起こした例は一度もありません。温厚な人物として通っていたようです。勤務先についても同様で、上司と部下から聴取した限りでは面倒見がよく、それが業務上のことであっても決して無理な指示・命令はしなかったとのことです。人物評は善人、これに尽きます。とにかく誰に訊いても同じ答えが返ってきました」

「善人の死、か」

「趣味らしい趣味もなく、毎日が自宅と事務所の往復だったようで、人間関係はごく狭い範囲に限定されています。しかしその中においても、被害者に恨みや妬みを持つ者は見当たりません。善人でありながら、他人の生活には深く踏み込まなかった模様ですし、その暮らし向きも極めて平凡であり妬まれる要素が見受けられません」

「つまり怨恨の線は薄いということか。しかし殺害方法を考えると、並々ならぬ殺意を感じるのだが」

　これは先刻、蓮田と交わした会話の再現だった。

「今報告した人間関係の状況から、直ちに怨恨の線を切ってしまうのも早計のような気がします。僭越《せんえつ》ですが、他の動機と並行して洗い出していく必要があります」

「カネ絡みという線か」

　そこで東雲は資産調査を担当した捜査員に報告を求めたが、こちらは蓮田が述べたことと同一の結果だ。三雲にはそこそこ資産があるものの、今殺害しなければならない積極的な動機はない。三雲が定年を迎えるまで、意地の悪い言い方をすれば果実が熟すのを待ってから実行した方が、旨味《うまみ》をより堪能することができる。

　東雲は再び憂鬱《ゆううつ》な顔になる。

「カネ絡み、財産絡みでも積極的な動機は見当たらないということか。それにも拘わらず、こんなに回りくどい殺し方を選んだのは、いったいどういう理由だ」

　誰にともなく口にした疑問だっただろうが、答えられる者もまたいなかった。

「被害者の拘束に使用されたガムテープについて、何か判明したことはあるか」

　東雲の声は失望を重ねて、抑揚が落ちている。無理もない、と笘篠は思う。これほどないない尽くしでは、捜査方針すら立てにくい。

　先ほどの鑑識課員が再び答える。

「皮膚に残された痕跡から、テープが巻き直されたことはないようです。被害者の自由を奪ってからは、ずっと放置していたと思われます。周到に手袋を嵌《は》めて作業したらしく、指紋は検出されませんでした。尚、使用されたテープは大手メーカーの量産品であり、販路も多岐にわたることからエンドユーザーの特定は困難を極めます」

以上が報告できる内容の全てだった。

東雲は祈るように両手を組み、会議室に集まった県警本部と仙台中央署の捜査員全員を見渡す。

「今の報告を聞いての通り、本件の初動捜査の成果は必ずしも捗々《はかばか》しいものではない。恨まれる謂《いわ》れのない善人が、かくも残酷な方法で殺されるという矛盾は解決されないままだ。だが、これほど回りくどい殺害方法を選択したのなら、その犠牲者の選択にも必ず意味がある。そして、その犯人が顔見知りであるのも確かに思える。三雲忠勝の人間関係をもう一度洗い直す。福祉保健事務所に出入りしている業者、自宅に通っている業者、過去に付き合いのあった者、範囲を広げて当たってみろ。資産調査の担当は貸金庫使用の有無を調べろ。表面に現れない資産があれば、全体の画《え》も違う様相を呈してくる。鑑識は犯人の足跡から行動パターンと性格を探れ。以上だ」

その声を合図に、捜査員たちは席を立ち始める。笘篠が振り返ると、飯田がこちらに会釈をして部屋を出るところだった。

「幹部連中は軒並み暗い顔をしていましたね」

合流した蓮田は開口一番にそう洩らした。

「更に広く、深くか。それなら増員して欲しいところですね」

蓮田の愚痴は、希望が叶《かな》えられないのを前提にしての物言いだ。現在、一課だけでも複数の事件を抱えている都合上、この案件に注力する余裕はどこにもない。進展がないまま時を過ごせば捜査本部の規模も縮小されていく。

「忙しけりゃ頭はいつも回っている。いつも回っている頭なら不注意も最小限に留《とど》められる」

笘篠は蓮田の肩を叩いて、会議室を出る。

4

東雲の指示した捜査方針に基づいて自宅と勤務先の出入り業者を調べるべく、笘篠は三雲の自宅へと向かった。

「しかし、隠れた資産というのはどうなんでしょうねえ」

ハンドルを握る蓮田は気乗り薄の様子だった。

「管理官の言っていることも分かりますけど、所詮は我々と同じ公務員じゃないですか。そんな人間に隠さなきゃならないような資産なんてあるんですかね」

「可能性はある。公務員だからこそ身の丈に合わないような資産を持っていたら、すぐ目をつけられて課税対象にされてしまう。臨時収入が入ったら、すぐ金塊や債券に換える人間は決して少なくない」

「公務員が金の延べ板というのも、もう一つピンときませんね」

言われなくともそのくらいのことは笘篠も承知している。だが、どんなに小さな可能性であっても、一つ一つを潰していくのが笘篠たちの仕事だ。

捜査一課は刑事の花形とはよく言われるが、小説や映画のように派手な捕物や、犯人との丁々発止のやり取りがある訳ではない。実際の犯罪捜査は地味で、単調な作業の繰り返しだ。どんなにピンとこない話でも完全に否定できるまで突き詰めていく。三雲の資産調査も、つまりはそういうことだった。

三雲宅を再訪し尚美に貸金庫の有無を訊《たず》ねると、予想通り怪訝《けげん》そうな顔をされた。

「主人が預金以外に持っていた資産なんて、聞いたこともありません。第一そんなものがあったら、残っている住宅ローンに回したはずです」

予想された回答だったので、こちらも事前に次の質問を考えている。

「しかし奥さん。その住宅ローンも二十年返済し終わって、現在はほとんど元金部分のみの償還になっているはずです。言い換えれば急いで返す必要はありません」

「だから、他に資産を運用しているんですか。長年、主人と一緒におりましたけど、あの人が株やら投資やらに興味を持ったところなど一度も見ていません。自分の年代なら、老後も年金と貯金だけで十分やっていけると言ってましたから」

長らく社会保障の現場で働いていた三雲なら、老後の生活設計について的確な判断をしていたことは容易に想像できる。

「貸金庫の口座を作っていたのなら、必ずわたしに伝えていたはずです」

「確信がありますか」

「だって主人は、家計に関することはわたしに一任していたんですから。実印をどこに仕舞《しま》っていたのかも知らなかったんですよ。持つおカネだってお小遣い制だったし、結婚とか葬儀とか、突発的におカネが入り用になった時だけ、言ってくるんです。そんな人が貸金庫に資産を隠しておくなんて馬鹿げてます」

その答えも想定内のものだった。

三雲が貸金庫を持っているかどうかについては、既に別働隊が県内の主要な金融機関に照会をかけていた。結果はゼロ。どこの銀行にも三雲忠勝の名義の貸金庫は存在していなかったのだ。それにも拘わらず尚美に訊いたのは、最終的な確認に過ぎない。

「では質問を変えます。こちらに出入りをしている業者さんを挙げていってもらえませんか」

促されて尚美が指折り挙げていったのは、スタンドの巡回灯油販売、生協の配達員、宅配、郵便の担当者くらいしかなかった。どれも玄関先まで訪問するのが限界で家の中まで入ってくる者はいない。

「配達関係の人たちだから来るのは大抵平日の午後で……だから主人との面識はないはずですよ。それに灯油販売さんも生協さんも宅配さんも、去年から担当が替わっているし」

話を聞いているうちに蓮田の顔が曇ってくる。覚悟していたこととはいえ、あまりの手掛かりのなさに気落ちしているのだろう。

「相変わらず主人が誰かから憎まれていたと疑っていらっしゃるようですけど」

尚美の言葉はひどく尖っていた。

「さっきも申した通り、長年一緒におりましたわたしが言うんです。主人を恨んだり憎んだりする人にはただの一人も会いませんでした。そういう捜査は無駄だと思います」

「無駄なことは百も承知しているのですよ」

笘篠は弁解がましいと思いながらも、そう言うしかなかった。

「ただですね、善人が恨まれない可能性もゼロとは言えないのですよ」

三雲宅での聴取が空振りに終わり、笘篠と蓮田は福祉保健事務所にクルマを向ける。

蓮田の横顔は未だにくすんでいる。

どうかしたのかと訊ねると、蓮田は決まり悪そうに笑ってみせる。

「すみません。どうも今度の事件は色々と勝手が違ってまして……東雲管理官の指示はもっともだと思うんですが、それがことごとく外れているような気がしてならないんですよ」

蓮田の言わんとしていることはすぐに予想がついた。

「カネの臭いのしない被害者の資産関係を洗う。善人と持て囃された篤実な公務員の怨恨関係を洗う。カネも怨恨も絡まないのなら行きずりの犯行としか思えないが、それにしては犯行現場や殺害方法が計画的だ……つまり、そういうことだろう」

「ええ。大抵の殺人事件の動機はその三つに集約されます。そして被害者もその三つのパターンのどれかに当てはまるものです。ところが三雲忠勝の場合はどれにも当てはまらない」

喋りながら、蓮田は悩ましげに首を振る。

「被害者の人となりや収入から動機と容疑者を絞り込む。そして一人ずつアリバイを崩し、殺害の機会があったのかを吟味していく。それが捜査の流れですよね。でも、今回は最初から方向が混沌《こんとん》としている。わたしたちはいったいどこへ向かえばいいのか、皆目見当もつかないでいます」

特に付け加えることも反駁《はんばく》することもないので、笘篠は黙っている。蓮田の困惑は、東雲管理官以下捜査本部全員の困惑でもある。かくいう笘篠もその一人だ。

犯罪には例外なく欲望が介在する。金銭欲・独占欲・性欲・破壊欲。結局のところ動機や犯罪態様は、その欲望から派生するものだ。従って、どんな犯罪であろうと、根源の部分の欲望がどのようなものか類推さえできれば、そのかたちも見えてくる。そういう意味で、三雲忠勝の事件は今までにないものだった。東雲の指示は間違っていないと知っていても、暗がりの中にボールを放り込んでいるような不安がある。自分たちのしていることがどこにどう作用しているのかが分からない。地取りに鑑取り、通常の捜査で不可欠の作業がどれほど役立っているのかも分からない。

殺されたのは平凡な善人。しかしその背後にはとんでもない闇が拡《ひろ》がっているような気がした。

福祉保健事務所を再訪すると、今度も円山が対応してくれた。だが、笘篠の質問を受けた円山は小首を傾《かし》げる。

「出入りの業者さん、ですか」

円山は鸚鵡《おうむ》返しに言ってから、笘篠をまじまじと見る。

「それは、出入り業者さんの中に三雲課長とトラブルを起こした人間がいたんじゃないかって話ですよね」

「どんな些細な出来事でも結構です」

「些細も何も、そんなものは皆無ですよ」

円山の答えはひどく素っ気ない。いや、笘篠たちに対する反感がちらちらと見え隠れしている。

「まず庁舎に出入りする業者は数が限られています。複合コピー機のメンテナンス、パソコンのSE、ヤクルトのおばさん、清掃業者さん、エレベーターとエスカレーターの定期点検、宅配業者や郵便配達員……それだけですね。官公庁はセキュリティの問題もあって、飛び込みの業者さんなんて、通り抜けることができませんから。これは民間企業でも同様なのでしょうが、わたしたちの業務は個人情報を多く扱っています。そのため、外部との接触は最低限にせよとのマニュアルもあり、出入りの業者さんがいる時には、各々《おのおの》のパソコンはシャットダウンしておく決まりになっています。当然、業者さんと二人きりで会話するのも望ましくないとされ、オフィス内、しかもわたしたちの目があるところでなければ世間話もできません。三雲課長のように責任のある管理職なら尚更そうで、わたしは三雲課長が出入りの業者さんと長話をしていたところを一切目撃していません」

「世間話でもですか」

「ええ。きっとご自分で律していらっしゃったんだと思います。あの人はそういう方でしたから」

またか、と笘篠は内心で舌打ちする。三雲忠勝ほど犯罪に無縁な者はいない。彼は清廉潔白で、およそ他人から憎まれたり恨まれたりしたことがない――そういった言説を、もう何度聞かされたことか。故人の徳を偲《しの》ぶのを悪いとは思わないが、捜査をしている人間にしてみれば己の不甲斐なさを論《あげつら》われているようで落ち着かない。

「しかし、いくら守秘義務や個人情報があるから碌《ろく》に話もしないとなれば、却って出入り業者さんからは憎まれる可能性もあるんじゃないんですか」

「そこが三雲課長の三雲課長たる所以《ゆえん》でしてね。交わす言葉が最低限でも、決して相手に悪印象を抱かせることはありませんでした」

「そういうテクニックでもお持ちだったんですか」

「単純に人柄ですよ」

円山は溜息交じりに答える。

「ただそこにいるだけで場が和んでしまう。そういう人がいるんです」

「三雲さんは決してあなたたちに無理難題を命じることはなかったと言いましたね」

「はい」

「しかし、それも程度問題ではありませんか。三雲さんの担当していた保護第一課は生活保護の申請を受理する部署でしょう。中には担当者泣かせの案件もあったんじゃありませんか？　無理をするなというのは、そうした案件も全て通せというようなものではありませんか。社会保障の予算が決められている以上、際限なしに申請を受理するのも困難でしょうに」

「それは……担当者の裁量によるところが大きいと思います」

声の調子がいくぶん落ちたように聞こえる。

「課長に書類を持っていくまでに、案件の妥当性について吟味するのが担当者の役割ですからね。申請の九割以上は担当者で可否判断できるレベルです。課長が無理をするなと仰《おつしや》ったのは、あくまで残り一割の案件についてですよ」

それは初耳だった。

「無理をするなというのは、その一割は課長が判断してくれるという意味だったんですか」

「ええ。案件の九割というのはフォーマットによって大抵可否判断のできるものですから」

「生活保護の可否判断にフォーマットがあるのですか」

「そんなに入り組んだものじゃありません。ええっと少々お待ちいただけますか」

円山は中座して応接室を出ていくと、しばらくしてから数枚の紙片を手に戻ってきた。

「これをご覧になれば、お分かりいただけるかと思います」

差し出されたのは次の書式だ。
・生活保護法による保護申請書
・資産申告書
・収入申告書
・同意書
・給与証明書
・家屋（宅地）賃貸借契約証明書
読み込んでみると、門外漢である笘篠にも申請項目の趣旨が理解できた。要は資産があれば利用するなり売却するなりして生活費に充《あ》てろ、能力があるのならちゃんと働け、近親者から援助が受けられるのならまずそちらを先に頼れ、他の制度による給付があるのなら生活保護費に優先させろ、そしてそれら申請内容を確認するために官公庁および関係者への調査を同意しろ――つまりはそういう内容だ。

「各申請書に記入された段階で可否判断ができるようになっています。仮に虚偽申告したところで関係各所に確認を取れば、すぐに分かってしまいますしね。コツさえ覚えればルーティン化できる業務なので、いちいち課長の判断を仰ぐような案件は少なくなるんです」

説明を聞きながら六枚の書式を具《つぶさ》に見る。申請書特有の素っ気ない文章と、資産・収入面の細かな記載事項。書類慣れしていない者なら、一瞥《いちべつ》しただけで申請自体を躊《ちゅう》躇《ちょ》してしまう書類の見本だった。

「素人目には、かなり厳しい基準のように見えますね」

「生活保護は最終的なセーフティネットという位置づけですからね。言い方は厳しくなりますけど、少しでも余裕があるのなら生活保護は受けない方向で頑張って欲しいという思いがあります」

そして物憂げに溜息を吐《つ》く。

「だからという訳じゃないのでしょうけど、本当に生活保護が必要な人には行き渡らず、逆に不必要な人に受給されている現実があります」

「不正受給のことですね」

「暴力団が絡んでいるような犯罪的なものは論外ですが、広義の意味での不正受給が圧倒的に多いのですよ。低賃金であくせくするよりは、働かずに生活保護を受けた方が楽だとか、生活保護を受ける一方で闇の商売をするとか。言葉は悪いんですけど、社会制度を食い物にしている連中が少なからず存在します。その一方、本当に生活が困窮してぎりぎりの生活を送っているのに、他人に迷惑をかけるのは嫌だ、恥ずかしいという理由だけで、申請を躊躇する人たちもいる」

円山は悩ましげに首を振る。

「どちらのケースも生活保護という制度を誤解している気がしてなりません。世間のイメージも正しくないようですしね。刑事さんは生活保護が憲法に基づくものだという認識はお持ちですか」

「生憎と不勉強なもので……」

「憲法第二十五条、すべて国民は、健康で文化的な最低限度の生活を営む権利を有する。国は、すべての生活部面について、社会福祉、社会保障及び公衆衛生の向上及び増進に努めなければならない……。生活保護はこの精神に則《のっと》った、最低限の暮らしと自立を保障する制度なんです。水道光熱費にも事欠くような人が遠慮したり、逆に働ける人が制度の上に胡坐《あぐら》をかいたりするものではないんです」

まだどこかに幼さの残る円山が、この時は実直な官吏の顔になる。聞き手に回っていた笘篠もわずかに緊張する。

「国民の血税で賄《まかな》われる生活保護費だからこそ、その運用や可否判断はおろそかにできない。本当に生活保護が必要な対象者に必要な金額を充てるためには、たとえ窓口で申請者から罵声を浴びせられても迂闊《うかつ》に書類を通すものではない……わたしにそれを教えてくれたのは三雲課長です」

「大変、立派な志だと思います。しかしその方針を貫くとなると、確かに理想的な制度運用になりますが、制度の上に胡坐をかこうとした人間たちからは逆恨みを受けそうな気がしますね」

「だから三雲課長を恨む者がいたのではないかと？　でも申請者の対応をしているのは、もっぱらわたしたちだけですからね。三雲課長には与《あずか》り知らぬ話ということになります」

その時、部屋の外から野卑な怒鳴り声が聞こえてきた。

「ここの責任者を出せえっ、いい加減にしろ、このクソ野郎おっ」

声の調子からして尋常な雰囲気ではない。笘篠と蓮田はいったん事情聴取を中断し、声のした方向へ向かう。

フロアに出ると騒ぎの因《もと》は一目瞭然だった。カウンターを挟んで男性職員と六十歳ほどの男が対峙《たいじ》している。

男性職員は沢見といい、最後に三雲を目撃した人物だ。対する六十代の男は頭頂部にわずかな白髪を残した小男で、血走った目で沢見を睨《にら》み据えている。

「さ、さっきから聞いてりゃ好き勝手なことばかり言いやがって。何で生活保護受けるのにそこまでしなきゃならねえんだあっ」

「しかしですね、沓沢《くつざわ》さん。それだけ大声を出す元気があるんだったら、どこかに勤めることができるでしょう」

「ハローワークには毎日通ってる。でもな、六十過ぎた人間を雇いたいなんて会社はないんだよ。同じ役所だったら、そのくらいのこと分かってるだろ」

「さあ、部署が違うのでわたしどもは関知できません。ただ病気でもなく、どこにも障害がないのであれば就職活動に努めてくださいとしか申し上げることができません」

「その就職活動を繰り返しても繰り返してもどうにもならないから、ここに来てるんじゃねえかっ。だ、誰がこんなとこ遊びや冷やかしで来るもんか」

「就職活動がままならないのは、沓沢さんが仕事を選んでいるからじゃないんですか。選《え》り好みさえしなければ求人自体はまだあるのではありませんか。復興事業推進に伴って建築現場では人件費が高騰しているそうですよ」

「そんな好《い》い条件の働き口は若いヤツらで埋まってるわい！」

「それでも、あなたくらいの年齢で駅構内の清掃に励んでいる人をよく見かけるんですけどねえ」

「手前《てめ》ェ、どうしても俺が働きたがらねえと言いたいんだなっ」

「そんなことは言っていません。ただ、沓沢さん以上に就職活動に励んでいらっしゃる方がいれば、その方を優先せざるを得ないと言ってるんです。どうしても働けないのなら、親族を頼ってください」

「この年になって、頼れる親族なんているかよっ。それは前にも話したはずだ」

「ええ、確かにお聞きしました。県内に弟さんがいるけど疎遠になっているとか……しかし多少仲が悪いからといって、ここまで窮状が進んだのであれば、節《せつ》を曲げてでも頭を下げるべきじゃないでしょうか。肉親に恥を晒すのが嫌だから公的な援助を求めるというのは本末転倒です。生活保護というのは、そんなに気軽に適用できる制度ではありません」

「き、き、気軽だと」

沓沢と呼ばれた男は見る間に顔を紅潮させる。

「気軽にこんなところに来てると思ってんのか」

「少なくとも弟さんの家よりは気軽に来られているような感じがしますが」

「昔、親父の遺産問題で散々やり合った。その時に兄弟の縁も切ってある。い、今更のこのこと顔が出せるかあっ」

するとと沢見は身体を後ろに倒し、沓沢を侮蔑するように見る。

「ですからね、沓沢さんはそうやって恥や外聞を持ち出しますけれど、背に腹は代えられない訳でしょう。ここで晒せる程度の恥なら弟さんにも晒してくれなきゃ。福祉保健事務所は感情ではなく、現状に鑑みて生活保護を支給する訳ですから。あまり国に甘えないでください」

「俺は仕事を辞めるまでは女房と子供をまともに食わせてきた。し、仕事してる時だってそれなりの肩書きはあったんだ」

「だから、何だって言うんです？　仕事をするなんて当たり前だし、長いこと仕事をしていれば相応に肩書きがつくのも当たり前です。でも、そんなプライドがいったい何の役に立つんですか。プライドで飯が食える訳じゃなし、生活保護に頼る前に、そのプライドを捨てるのが先決でしょう」

沢見の口調はもはや相談に乗っているというものではなく、完全に相手を見下していた。

「あんたみたいな申請者は多いんですよ。甲斐性はないくせにプライドだけは人一倍ってのが。だったらそのプライドだけで生活してくだ……」

それが我慢の限界だったのだろう。全てを聞き終わらぬうちに沓沢は沢見に飛び掛かろうとした。だが、すんでのところで背後から蓮田に羽交い締めされた。

「放せ。放せってんだよ、こん畜生！」

沓沢は蓮田に取り押さえられたまま、フロアの外に連れていかれた。まだ激昂《げっこう》は収まっていない様子だったが、沢見に手が触れる寸前に未遂で終わったので咎《とが》めを受けることはない。

「あの、お恥ずかしいものをお見せしました」

最前まで聴取を受けていた円山は恐縮しきりだった。生活保護の厳正さを縷々《るる》述べていた最中での、あの出来事だ。恐縮するのもむべなるかなと思わせる。その上で笘篠は少し意地悪な質問をしたくなった。

「生活保護の受給資格を厳正にしなければというのは重々承知しましたが、やはりあれだけ突っ込んだ質問をしなければならないものでしょうか」

「誰でも、自分の財布や心の中に手を突っ込まれるのは嫌だと思います」

円山は弁解口調で言う。

「沢見を弁護する訳じゃありませんが、申請者の現状がどんなものであるか、わたしたちがいちいち自宅を訪問して確かめる訳にはいきませんからね。申請時には書類に記載された内容と聴取内容が全てで、わたしたちはその情報だけを頼りに可否判断しなければなりません」

半ば嫌がらせのような質問をしなければ、申請者の実状が見えてこないという言い訳だ。円山の話も分からないではないが、肉体的にも精神的にも追い詰められた申請者が、福祉保健事務所の窓口で更に追い詰められるという構図は、見ていて楽しいものではない。

「水道光熱費にも事欠く有様の人が制度の運用を遠慮するのは、あんな風にプライバシーを引っ掻《か》き回されるのが嫌だからじゃないんですか」

「プライバシー云々を口にされる方は確かにいらっしゃいます。ただ、本当に生活保護が必要な方は言い難いことも打ち明けてくれます。明け透けなことを言えば、そうしてくれた方が申請も通り易くなるんです」

「それが常道化しているきらいはありませんか。あんな風に詰問されれば、大抵の申請者は書類を提出する前に音《ね》を上げてしまいかねないような気がしますが」

「少なくとも、わたしはそんな風に仕向けているつもりはありません」

わたしは、と言った部分に円山の罪悪感が窺える。言い方を換えれば、先刻のような光景は日常茶飯事だという意味なのだろう。

5

今年の秋はとても短い。先週までうだるような暑さだったというのに、昨日からは途端に風が冷たくなった。まさか塀の内側と外側では季節の巡り方が違うのだろうか。

シャツ一枚の身体を自分で抱きながら、利根勝久《とねかつひさ》はプリントアウトした地図を見る。指定された場所は五百メートル先にある三叉路《さんさろ》を左に折れた場所にあった。

ふと見れば、目の前にはコンビニエンスストアがある。そういえば、まだ今日は何も食べていない。面接の時間には四十分以上も余裕があるので、利根はふらりと店内に入っていった。

この類いの店に入るのも久しぶりだったが、その品揃えの豊富さに一瞬、眩暈《めまい》を覚える。食品類・飲料水もそうだが、生活雑貨のコーナーには今まで見たことも聞いたこともないような品物が目白押しになっている。撥水スマホケースに自撮り棒、スマホ充電器に液晶保護シート——いや、そもそもスマホとかいうものの現物を手に取ったことがないので、商品名だけ見ても用途が分からない。

最初は煌びやかに思えた店内だったが、しばらくいるうちに不安と孤独が足元から忍び寄ってきた。ここは何度も訪れたことのある仙台のはずだ。だが、店内にいると異国に放り込まれたような違和感に襲われる。日進月歩の世界では、数年の空白さえ容易に浦島太郎を作り出してしまう。それに比べて塀の内側は何と時間がゆっくり流れていたことか。いや、ひょっとしたら時間は停止していたのかも知れない。

気を取り直して惣菜《そうざい》コーナーに足を向ける。お馴染みの商品に混じって、こんなものまでと思う代物が並ぶ。値段を見ると本体価格と消費税込みの金額が併記してある。税込み価格が端数なのも気になったが、もっと驚いたのは税金の高さだ。

塀の中でもニュースは見聞きできる。消費税が五パーセントから八パーセントに上がったのは知っているが、実際に買物をする訳ではないのであまり実感が湧かなかった。これからの生活を考えれば税率の高さは悩ましい問題だ。しかし一方、その税金で塀の中の生活が保障されていたことを鑑みると、文句を言うのも憚《はばか》られる。

結局、利根はオムライスとペットボトルの緑茶を購入した。二品合計で五百二十三円。財布の中には一万円札が一枚、千円札が三枚しかなかった。

店の駐車場が広かったので、利根は車止めに腰を下ろしてオムライスの蓋《ふた》を開けた。店員の「温めましょうか」という問い掛けに一も二もなく頷いてしまったが、容器の底から伝わる熱が、今は有難いと思えた。

ひと口頬張ると、焼いたタマゴの甘さとケチャップの酸っぱさが口中一杯に広がる。あまりの美味《うま》さに涙が出そうになる。塀の外で食べるものは、どれもこれも味が濃厚だったが、これはまた格別の味がする。この数年間口にしたものはいずれも低塩分低カロリーで、飯と汁は冷めたものしか出なかった。刑務官は健康にいいとほざいていたが、この刑務官は一方では囚人たちを〈性根の腐った野郎たち〉と蔑《さげす》んでいた。性根が腐ったヤツらが健康になっても、意味がないではないか。

最後のひと口を緑茶で流し込むと、ようやく人心地がついた。心なしか緊張も解《ほぐ》れてきた。面接直前なので、ちょうどいい。利根は空になった容器を店舗横のゴミ箱に放り込むと、また通りに出て歩き始めた。反対側の歩道に移りたいが、視界の届く範囲に横断歩道がないので、道路を横切るしかない。

そして、車道に一歩足を踏み入れた時だった。

向こう側から一台のセダンが走ってくるのが見えた。ここからはまだずいぶんと距離がある。

クルマとの距離と自分の歩く速さを計算すれば十分に間に合う——はずだった。

誤算だった。

利根がセンターラインを越えた瞬間、耳を劈《つんざ》くようなクラクションが響き渡った。反射的に振り向くと、セダンが目の前に突っ込んできた。

叫ぶ間もなく、身体が硬直する。

車体が迫る。

ぶつかる、と思った刹那《せつな》、セダンは大きく左に逸《そ》れ、利根の眼前を掠めていった。歩道にはみ出したセダンはすぐ元の車線に戻り、そのまま走り去っていく。おそらくドライバーは運転席で毒づいているに違いなかった。

ほっとした後に、遅れて恐怖がやってきた。ドライバーのハンドル操作がわずかでも狂っていたら、完全に轢《ひ》かれていた。利根が硬直して動きを止めたのも幸いしただろう。

反対側に辿り着いた時、腋《わき》の下から、どっと嫌な汗が噴き出した。今更ながらに心臓が早鐘を打ち、急速に腹が冷える。

これもまた自分が浦島太郎である証左だ。早く慣れなくては、と利根は思う。もう塀の中に戻るつもりはない。早く浦島気分から脱しなければ。

坂巻《さかまき》鉄工所というのが、保護司の紹介してくれた就職口だった。そこなら刑務所の作業で培った旋盤《せんばん》技術が大いに役立つのだという。

鉄工所は作業場の横が事務所になっていた。敷地に入るなり鉄と錆《さび》止めの臭気が鼻《び》腔《こう》に飛び込んでくる。人に嫌われる臭いだが、皮肉なことにその臭いを嗅いだ瞬間、懐かしい気分になった。

事務所には年嵩《としかさ》の女が座っていた。利根が名前と来意を告げると女は奥へ消え、入れ替わりに白髪交じりの小男が姿を現した。

この男が社長の坂巻だった。

「時間通りだったね。感心感心」

「利根勝久です。よろしくお願いします」

坂巻が椅子に着くのを待って、利根は肩に担いでいたバッグの中から履歴書を取り出す。昨夜のうちに保護司の櫛谷《くしたに》の自宅で作成したものだ。何度か書き損じた上でやっと完成し、皺になってはと保護司がクリアファイルを貸してくれた。

ところが坂巻は履歴書を一瞥しただけで、すぐ机の上に置いてしまった。

「履歴書、見てくれないんですか」

「こんなもの、見ても見なくても変わらんよ。櫛谷さんの紹介だからね。それに勝る履歴書はない。あの人が紹介するんなら、人物的に問題はないだろう」

勧められて、利根は坂巻の正面に座る。
「櫛谷さんには商工会でえらく世話になっているが、それがなくてもあの人の人格にわしは惚《ほ》れておってね。昨今は保護司など買って出る人間は少ないが、櫛谷さんはもう十年以上も続けておる。なかなかできるこっちゃない」
それから坂巻は櫛谷がいかに高潔な人物であるかを、長々と喋り始めた。
いつまで経っても自分の話にならず苛々《いらいら》していると、坂巻が声の調子を変えた。
「何でも旋盤の経験があるんだってね」
「はい、機械加工技能士二級の資格を持ってます」
「へえ、二級か」
その口調からは、坂巻が二級資格をどう評価しているかを窺い知ることができない。
機械加工技能士の受験資格は次の四段階に分かれる。
三級　実務経験六ヵ月以上
二級　実務経験二年以上
一級　実務経験七年以上
特級　一級合格後、実務経験五年以上
利根は服役中に二級の試験を受験し、三回目で合格した。本音を言えばその上も狙いたかったが、実務経験七年を過ぎる前に出所になってしまったのだ。

「それ以上の資格を取るつもり、あるのかい」

「あります」

「普通は経験を積みながらステップ・アップさせていくもんだからね。あと何年続けたら七年になるんだい」

「あと二年もあれば」

「そりゃあいい。一級資格が取得できれば、どこの鉄工所でも引く手あまただからね。それにまだ三十歳だろ。その年で二級なら捨てたもんじゃない。あれだね。二十代そこそこでそういう境遇になったのも、結果オーライかも知れんねえ」

そして、坂巻は不意に声を落とした。

「それで、あんたは何をして塀の中に入っていたんだね」

まさかそれを訊かれるとは想像もしていなかったので、利根は面食らった。

「それは……櫛谷さんから説明とかなかったんですか」

「ああ、あの人からはよろしく頼むとだけ言われてて、あんたの人柄やらプロフィールとかは何も聞いておらんよ。まあ、元からそういうことをぺらぺら喋るような人でもないしね」

「言わないと駄目ですか」

「そりゃあ、これからウチで長いこと勤めてもらうなら、最低限のことは知っておきたいなあ」

「どうしても、ですか」

「ちゃんと罪を償って出所してきたんでしょ。だったら、別に隠すこともないじゃないか」

できれば口にしたくなかったが、ここで坂巻の機嫌を損ねる訳にはいかない。利根は一瞬躊躇したが、意を決して口を開いた。

「……人を殴りました」

打ち明けられると、坂巻は少し目を見開いた。

「えっ、それだけのことで刑務所に入っていたのかい」

「ちょっと度が過ぎまして……それに前科《マエ》があったもんですから」

「ほう。そりゃあ、なかなか……」

後の言葉は尻切れトンボになった。何がなかなかだというのか。度を過ぎた傷害が豪気とでも言うつもりなのだろうか。

坂巻の反応は予想していた範疇《はんちゅう》だった。出所者の更生保護に理解を示す者も、目の前に立っているのが元傷害犯と知った途端に腰が引ける。いつなんどき自分が殴られるかも知れないと恐怖するのだろうか。

不思議なもので、いったん前科を口にすると妙な度胸がついた。坂巻がどんな経営者でどんな辣腕《らつわん》を振るってきたかは知らないが、少なくとも度を過ぎるほど人を殴ったことはないはずだ。その一点で、利根の方にアドバンテージがある。

だが、坂巻の好奇心は予想の範疇を越えていた。

「いったい誰を殴ったのさ」

今度は利根が目を見開く番だった。当人を目の前にして、ここまで深く訊いてくる人間は同じ服役囚しかいなかったというのに、坂巻は興味津々といった体でこちらの顔を覗き込んでいる。好奇心は猫を殺すというが、人間を殺すほどではないらしい。

「ちょっと、役所の対応が杜撰《ずさん》だったもので……」

「おいおいおい。お役所仕事が不満だからって担当者を殴っちゃったのかい」

坂巻はその先を口にしなかった。

利根には坂巻の考えが手に取るように分かった。人を殴った程度で八年もの懲役は長過ぎる。傷害といっても、その内実は殺人に近いものではなかったろうか――おそらく、そんな風に考えているのだ。その証拠に、利根を見る目にわずかながら恐怖の色が宿っている。

「あのう、俺はいつから来ればいいんでしょうか」

すると坂巻は慌てた様子で手を振る。

「ああ、それはちょっと待って。まだ考える時間が必要だからさ。追って櫛谷さんに連絡するよ」

坂巻鉄工所を後にした利根は、バスを乗り継いで櫛谷の自宅に戻ってきた。

かなり築年数の経過した建売住宅で、垂直に垂れた雨樋《あまどい》が途中で割れている。そのために集められた雨が壁の一部を穿《うが》ち、雨漏りの原因を作っている。罅が入り、褪色した壁はそのまま主の姿に重なって見える。

「戻りました」

「ああ、おかえり」

奥からのそりと櫛谷貞三《ていぞう》が出てくる。笑った顔は好々爺《こうこうや》そのものだが、これでも警察OBというのだから人は見掛けによらない。

本人から聞いた話では退官後、しばらく地区の民生委員を務めてから保護司になったのだという。保護司になるには保護観察所の認定を受ける必要があるので、相応の社会的人望を備えているということなのだろう。

「面接、どうだったんだい」

「結果は追って櫛谷さんに連絡すると言ってました」

「追って？　妙なことを言うな。いつもは面接即採用なのに」

訝しげに言ってから、慌ててこちらを見る。

「いや、坂巻さんはえらく慎重でね。別にあんたに限ったこっちゃない。わしが紹介するところは大抵ものの分かった経営者ばかりなんだが、中には多少懐疑的な人間もいるのさ」

弁解じみた口調だったが、不安材料は自分にあると思っているので、利根は敢《あ》えて口を挟まなかった。

「そろそろ夕飯だ。カレーでいいかい。チョンガーの手料理だが」

「こっちで食べるものなら何でもいいです」

「舌が濃い味に餓えておるんだろうな。慣れてきたら、わしの作るもんなんぞ食えたもんじゃないぞ。ジャガイモの皮は剝けるか」

「下ごしらえくらいなら何とか」

「そりゃ頼もしい。いっそ旋盤工じゃなくて料理人でも目指すか」

女房に先立たれてから数年経つというので、さぞかしゴミの溢れ返った光景を覚悟していたのだが、台所は意外に片づいていた。

ほれ、とジャガイモと包丁を手渡される。さすがに包丁を持たされた時には櫛谷の顔を見た。

「どうした。ジャガイモよりわしの頭でも剝くか」

ムショ帰りにこんなもの持たせて怖くないんですか――出かかった言葉を慌てて呑み込む。

「何をぼおっと突っ立ってるんだ。早く剝いてくれ。素人なりに段取りがあるんでな」

気を取り直して、櫛谷の横でジャガイモの皮を剝き始める。最初は指が慣れずにおっかなびっくりだったが、そのうちコツが分かってきた。

男二人の厨房に皮を剝く音だけが静かに流れる。

「櫛谷さん。訊いていいですか」

「何をだ」

「仙台って景気がいいんですか」

「突然、何を言い出すかと思ったら」

櫛谷は人参の皮を剝く手に視線を落として、こちらを向こうとしない。

「出所する前、テレビや新聞で、仙台はいち早く復興に着手したお陰で景気が回復したと聞いていました」

「ふん。別に間違っちゃいないな」

「でも坂巻さんの工場を訪ねても、あまりそんな雰囲気がしなかったもので」

「まさか。工場を外側から見ただけで景気不景気が分かるのかい」

「音が、しないんです」

「音?」

「俺、そういう作業をずっとしてきたから知ってるんです。鉄工所って旋盤の回る音だけじゃなくって鉄を叩《たた》く音も結構大きいんです。それが坂巻さんの工場では、あまり大きく聞こえなかった。あれだけの広さで全部の機械が稼働しているのなら、もっと近所迷惑になるくらいやかましいはずなんです」

ほう、と櫛谷は感心したように利根のほうを振り向いた。

「就職の面接に慣れているのか」

「今日が人生三回目でした」

「それにしては大した観察力だな。うん。あんたが疑問に思っていることは半分当たっているよ。確かに仙台は復興で景気がよくなっているし、仙台の街中も震災以前に戻ったかの感がある。ただし、よくある話だが、景気がいいのは公共工事に関わる者たちが中心で、決して仙台市全体、仙台市民全員が潤っている訳じゃない。坂巻さんの工場も同様で、仙台の工場だからといって社長以下従業員の羽振りがいい訳じゃない。潤っているのは東京の大手ゼネコンで、あとはおこぼれさね」

櫛谷の口調には悲嘆も憤怒も感じられない。

「よくある話さ。復興だ復興だと騒いでみても、巨《おお》きなヒト・モノ・カネを動かせるのは在京の大資本だからな。地元の中小・零細に恩恵が行き渡るのは、ヤツらが好き放題食い散らかした後だ。労働力だって、今、仙台に集まっているほとんどはよそ者ばっかりで、地元の連中は若い者しか取らない。まあ、それでも彼らの落としていくカネで地元経済が潤っているのだから痛し痒《かゆ》しだがね」

「じゃあ、坂巻さんのところも」

「ああ、そんなに景気はよくないはずだよ。だがね、あんたたちみたいな人の社会復帰を助けることと景気は別問題だ。だから、そんなに心配しなくてもいい」

「でも、景気が悪かったら、人を雇いたくても雇えないでしょう」

「経済原理だけで言えば確かにそうだろうな。しかし、社会貢献なり社会保障は不景気の時ならば余計に機能しなけりゃいかん。景気がよくなる時には富裕層から恩恵を受けるが、不景気の時は逆に低所得の人間から割を食う。景気なんて軽々しく言うが、その影響で下層の人間は冗談でも何でもなく死んでしまう。いったい何のための社会保障なのかね。そんな事態に機能しないような社会保障なんぞ、絵に描いた餅にすぎない」

昂《たかぶ》りはないものの、言葉には反論を許さぬ剛《つよ》さがあった。

真横で聞きながら、世の中には奇特な人間がまだいるものだと利根は感心する。保護司というのはボランティアであり、どこかから報酬を得るものではないと聞く。それに定期的に研修も受けなくてはならないらしい。そんな無償の仕事に情熱を傾けられる櫛谷は、やはり自分とは違う種類の人間としか思えない。

「でも……俺たちみたいなのはやっぱり堅気の仕事に就くのが難しいんでしょ。あっちにいた時、いったんは出所したものの、すぐに戻ってくるヤツを何人も知ってます」

「世の中にはなかなか色眼鏡を外せないヤツもいる。もう一つは一度罪を犯しちまうと、垣根がなくなって悪さをするのに抵抗がなくなっちまうからなんだろうな。そういう話を聞くのは辛いな。俺は古い人間だから、大抵の苦境や障害は手前ェの努力で克服できると信じていたが、最近はそうもいかないらしい」

人参の皮を剝き終わった櫛谷は、次に玉ネギをみじん切りにしていく。

「貧困は不幸しか生まない。それは人も社会も同じだ。貧困を防ぐには、誰もが働いて、その給金で生活できるようにするのが一番だと思っていた。だが、ここのところの不況はこんな年寄りの経験など霞《かす》んでしまうくらいに深くて暗いらしい。保護司としてこれを言うのは敗北宣言のようで口惜しいが、わしらがいくら尽力しても、病んだ心までは治すことができない。そして病んだ者は己が病んでいることさえ知らずに、また同じことを繰り返す。刑務所へ戻っても同じ病人の集まりだから治るはずもない」

櫛谷の話は辛辣だが、頷けない話でもない。

塀の中で服役囚が得意げに話すことといえば、どんな犯罪で儲《もう》け、どんな不注意がきっかけで逮捕されたかだ。貴重な話を書物からではなく当の本人から聞けるのだからこれ以上の教科書はない。捕まったのは行為自体が間違っていたのではなく、単に運が悪かっただけだと考え、刑務所という学校で最高の授業を履修して、また塀の外へ飛び出していく。それで犯罪をせず、こつこつ真面目に働けというのはどだい無理な相談だ。

「俺も、そういう病人かも知れませんよ」

利根は剥き終わったジャガイモを無造作に切り始める。一方、櫛谷は刻んだ玉ネギをフライパンで炒め始めた。周囲に飛散した玉ネギの成分が眼球を直撃する。じわりと涙が溢れてきた。

「俺がいたところも病人の集まりでした。周りが全員病人だと、自分も病人だってことが分からなくなってくるんです……こんな話、嫌ですか」

「構わないよ」

「悪党ってのは、寝ても覚めても悪いことしか考えていない。殊に俺がいた刑務所は全員マエのあるヤツばっかりでしたからね。そんなヤツらとずっと一緒だった俺は、自分でも知らないうちに……」

「あんたはそんな人間じゃないよ」

櫛谷は利根の言葉を遮って言う。

「長いこと色んな出所者を見てきたから、これでも人を見る目はあるつもりだよ。あんたは娑婆《しゃば》で根付くことのできる人間だ」

その時、居間の方で電話が鳴った。櫛谷はそそくさと台所から出ていく。

「ああ、坂巻さん。今日は時間をもらって悪かったね。で、首尾の方はどうだい。え、何だって」

櫛谷の声が突然尖った。

「なあ坂巻さん、今更それはないんじゃないのかね。いや、あんたのところが楽でないことはこの前も聞いたが、元々欲得ずくの話ではなくて……しかしだね、彼の旋盤の技術を生かせそうな職場はあんたのところくらいしか……いや、もちろんあんたの工場が左前になってしまえば元も子もないが、更生援助というのは……いや……そうか。分かった。分かったよ。手間を取らせて済まなかったな」

やがて台所に戻ってきた櫛谷は、利根が声を掛け辛《づら》いほど消沈していた。

「……申し訳なかったね」

「櫛谷さんが謝るようなことじゃないですよ」

翌日から、櫛谷は別の知り合いに電話を掛け始めた。ひょっとしたら旋盤以外の仕事になるかも知れないと念を押されたが、元より自分に選択肢などないと思っていたので、お任せしますとだけ言っておいた。いや、正直に言えば半ば上の空だったのだ。原因はその日の朝刊にあった。求人案内を見るために開いた東北新報。そのみやぎ総合版にあの男の写真が掲載されていた。

見た途端に、眠っていた感情が叩き起こされた。

最初はよく似た顔だと思ったが、写真下の名前を見て確信した。

あいつだ。あいつに違いない。

自分が塀の中で悶々としている間に、あの男は新聞に誇らしげな顔を載せるような立場になったのか——にやけた顔を見ているうちに、封印したはずの憎悪がまたぞろ頭を擡《もた》げてくる。

既に一人目は憎悪の犠牲となって飢餓と脱水症状の中で死んだ。こいつが二人目だ。この男の行状を考えれば、三雲忠勝よりも悲惨な死に方が相応《ふさわ》しい。

不意に櫛谷から声を掛けられた。

「どうしたんだ、そんなに怖い顔をして」

「いえ、その、思ったより求人が少なくって」

そう言って誤魔化したものの、櫛谷が納得したかどうかは不明だった。

とにかく彼の行動を探らなければ、と思った。そのために模範囚になってまで刑期を短縮させたのだ。自分自身の社会復帰など、所詮二の次三の次に過ぎなかった。

二　人格者の死

1

「まだ主人の捜索は進んでいないのですか」

城之内美佐《じょうのうちみさ》が電話口でせっつくと、相手の署長からは慇懃《いんぎん》な口調で回答が返ってきた。

「大変に申し訳ありません。署員一同走り回っているのですが、これといった目撃情報もないため……」

言葉は丁寧だが、実際の捜査がそれほど丁寧でないことを美佐は知っている。いくら捜査対象が県議会議員でも、ただの捜索願に署員全員を充てるはずがない。警察が本気になるとしたら、夫が死体で発見された時だろう。

「とにかく署員一同全力を挙げて捜査しておりますので、奥さまにおかれましては今しばらく報告をお待ちください」

一刻も早く会話を打ち切りたいという本音が、口調から見え隠れする。美佐の方もこれ以上話していたら憤懣《ふんまん》が爆発するのは目に見えているので、早々に受話器を置くことにした。

それでもしばらくの間、警察に対する不満と不信が胸の中でとぐろを巻いた。捜査員の一部がこぼしたという、「どうせ公務の合間に、愛人宅へでもしけ込んでいるんだろ」という揶揄《やゆ》も、美佐の耳に届いている。

愛人とはとんだお笑い草だ。結婚してもう三十年以上になるが、その間一度として浮いた話などない。仕事仲間からは一穴《いっけつ》主義などと陰口を叩かれ、妻である美佐でさえ時として物足らないと思うほどの堅物だ。あんな面白味のない男に囲われたいという女がいるのなら、会ってみたいものだと思う。

夫の城之内猛留《たける》が連絡を絶ったのは今から十日前、十月十九日のことだった。議会終了後、午後六時に県庁を出てからぷっつりと足取りが途絶えた。最初はどこかで支援者の誰かと会合でもあるのかと思ったが、後援会に確認してもそんな予定はないと言う。本人の携帯電話に掛けてみたが、留守番録音に切り替わるだけで、本人が出ることはなく、そのままひと晩が過ぎた。

午前様あるいは一泊したとしても、それで詰問するような年でもなければ、されるような年齢でもない。きっと事情があるのだろうと待っているうちに二日目の夕方になり、やっと仙台北警察署に捜索願を提出した次第だった。

全国で県議会議員の不祥事が取り沙汰されているのも、警察の腰が重い一因だった。政務活動費の私的流用、海外視察に名を借りた物見遊山にセクシャル・ハラスメント、挙げ句の果てには猥褻《わいせつ》行為に買春。ありとあらゆる背任と悪徳が報じられる中、いち地方議員の数日間の失踪が私用絡みと邪推される空気が醸成されていたのだ。

これにも美佐は反論を唱えたい気持ちだった。城之内は宮城県議会の中でも石部金吉《いしべきんきち》で通っている。酒好き女好きの同会派議員でさえ、その堅物ぶりに呆《あき》れてそういう席に誘いもしない。その上カネに綺麗《きれい》で高邁《こうまい》な信条を実践しているため、議会で不祥事を責められる議員も城之内だけには頭が上がらなかった。そんな城之内がいかがわしい用事で姿を晦ますなど、出来の悪い冗談以外の何物でもなかった。

しかし二日経ち、三日経ってもその行方は杳《よう》として知れない。五日目になり、思い余って探偵を雇ったが、こちらからも目ぼしい報告は聞けない。

そして失踪から十日後の二十九日、美佐は件《くだん》の警察署長からその一報を受けた。

「いますぐ署まで足を運んでいただけますか」

「主人が見つかったのですか」

「ええ。しかし残念ながら遺体として発見されました」

　城之内の死体が発見されたのは宮城郡利府《りふ》町、高森山《たかもりやま》公園の近くにある鬱蒼《うっそう》とした森の中だった。見つけたのは仙台市内で農業を営む五味《ごみ》という男で、笘篠の質問にも恐々といった体で答えていた。

「電気柵のバッテリーがそろそろ切れかかってたんで、交換しようとして農機具小屋に行ったんですよ。それで戸を開けてみたら、奥で人が縛られていて」

　農機具小屋は木々に遮られて、外側からは決して見えない。その立地条件が犯行現場に選ばれた理由だと思って恐縮しているらしい。

「最近、小屋に来たのはいつ頃ですか」

「十月の初めに収穫の時期がくるんだけど、その時……ええっと十七日が最後でした」

「つまり電気柵のバッテリー交換がなければ小屋に立ち寄ることもなかった訳ですね」

「そういうことになります」

「五味さんが収穫を終える時期を知っていたのは誰ですか」

「そんなもの近所では誰でも知ってますよ。というか、ウチの近所で農作業やってる連中はみんな農協に入ってますから、スケジュールなんて全戸一緒ですよ」

　近所で農作業風景を目にした者なら、誰でも農機具小屋が使用されているかを把握できたことになる。

「ひと目で死体だと分かりましたか」

「そりゃあ臭いがアレでしたから」

五味は面白くもなさそうに言う。

「こういう仕事をしていると、米やら何やら腐ったモノの臭いには敏感になるものでして……それに人の腐る臭いは独特だから、小屋へ入った瞬間、ああこれは死んでるなと分かりました」

笘篠はちらと背後を振り返る。周囲を木々に囲まれているため、小屋をブルーシートで覆い隠す必要はない。中では今まさに唐沢による検視が行われている最中だ。

農機具小屋の中で痩せ衰えた男性の死体を発見——その一報を聞いた時、笘篠はすぐに三雲の事件との関連を考え、唐沢による検視を具申した。もし二つの事件が同一犯によるものなら、三雲の死体を検視した唐沢が適役だと判断したからだ。

それにしても死体が県議会議員のものだったのは予想外だった。調べてみると、二十一日に妻・美佐の名前で捜索願が出されていた。

捜索願が出されてから九日目に対象者が死体で発見されたとなれば、受理した仙台北署の面子《メンツ》は丸潰れ、しかもそれが現役の県議なら責任問題にもなりかねない。今頃署長以下幹部連中は戦々恐々としていることだろう。

「今、人の腐る臭いは独特だと言いましたよね。五味さんは以前にもそういう臭いを嗅いだことがあるんですか」

「五年ほど前でしたか……その農機具小屋で同じように人が死んでたんです」

五味は舌の上に不味《まず》いものを乗せたような顔をする。

「冬のさ中、ホームレスが入り込み、そのまま凍死したんです。その時も見つけたのは俺で、何でも死んでから一カ月近く経っていたらしい。その臭いときたらそりゃあ、忘れようとしたって忘れられるもんじゃない。そんなことがあったんでしばらくは、こんな掘っ立て小屋にも施錠するようにしていたんだが……」

「今度も鍵は掛けていなかったんですね」

「そんな不届き者が出ることはなくなったし、盗られて困るようなものは置いてないですしね」

「その事件は新聞などで報道されましたか」

「ええ、地元版に小さく載りました。テレビニュースでも流れたんじゃないかな」

この証言を聞いた時点で、犯人の範囲はまた拡大した。ホームレスの凍死をニュースで見聞きした者なら、この小屋が人一人監禁しておくのに都合がいいことを知っていたことになる。

五味を解放すると同時に蓮田が駆け寄ってきた。

「唐沢さんの検視、終わったみたいです」

さすがに運び出された死体はブルーシートのテントの中にあった。笘篠が蓮田を従えてテントの中へ足を踏み入れると、途端に饐えた腐敗臭が鼻腔の粘膜を刺した。

死体の傍《そば》に屈《かが》み込んでいた唐沢が顔だけをこちらに向ける。

「この検視にわたしを指名したんですってね」

「出過ぎた真似でしたが、唐沢検視官なら三雲事件との共通点が即座に判別できると踏みました」

苦篠の返事に唐沢は苦笑する。

「共通点も何も、わたし以外の人間が検視しても答えは同じだったでしょう。今回も同様に餓死と脱水症状。たった二体で今やわたしは餓死死体のオーソリティですよ」

唐沢の隣に屈み込んで死体を見る。唐沢の指摘通り、全身の筋肉が萎縮しているのは三雲の時と同様だ。口蓋《こうがい》周りと四肢に拘束痕があるのも同様。

「もうガムテープは外したんですが、わたしの見るところ最初の事件で使用されたものと酷似していました。おそらく同一のものでしょう」

「死亡したのはいつ頃ですかね」

「解剖待ちですが二日前の二十七日前後でしょうね。これも前回と同様、飢餓による衰弱死。食べていないことよりも水を与えられていないことのダメージの方が大きい」

「同一犯だと思いますか」

「拘束された方法も部位も一致。検視官の立場では、非常に類似しているとしか言えません」

三雲の事件では、拘束されたまま放置としか報道されていない。従って拘束の部位や使用したガムテープの種類までが一致する可能性は、同一犯人でない限りゼロに近い。

「徐々に衰弱していくので消極的な殺意に見えがちですが、考え方によっては、これほど残虐な殺害方法もない。捜査に予断は禁物だが、この方法には犯人のとんでもない憎悪を感じます」

唐沢の言わんとすることは、笘篠にも容易に理解できた。

「拘束された本人の立場に立てば分かる。食料も水も一切与えられず、助けを呼ぶことさえできない。ところが小屋の外では鳥が啼《な》き、時には人の話し声も聞こえる。小屋の外では穏やかな日常が流れているというのに、自分には緩慢な死が確実に迫っている。こんなにも孤独と恐怖に苛《さいな》まれる死というのは、他にちょっと想像がつかない。肉体的にはともかく、精神的には発狂してもおかしくない」

「しかし検視官、三雲忠勝を恨んだり憎んだりする者は皆無でした」

「逆の言い方をすれば、恨みもないのにこんな殺し方のできる方がわたしは怖《おそ》ろしい。まるでナチスの人体実験を彷彿《ほうふつ》とさせる」

笘篠は死体に視線を移す。膨れ上がった腹部以外は全体の筋肉が収縮した身体。大昔の絵巻に描かれた餓鬼の姿が重なる。県議会議員ともなれば饗応《きょうおう》の場に招かれることも多く、そうでなくても衣食住には不自由のない生活だったはずだ。富裕層だった人間が、こうして餓鬼のような姿に落ちぶれているのを見ると、唐沢の言葉が正鵠《せいこく》を射ているような気にもなる。

小屋の周辺を這い回っていた鑑識課の一人を捕まえて訊く。

「ええ。使用されたガムテープは最初の事件に使用されたのと同一のもののようですね。ただしマスプロ品なので、やはりエンドユーザーの特定までは困難です」

「着衣のままで拘束を？」

「ええ。背広の胸ポケットに入っていた札入れも手つかずのまま。襟の議員バッジも同様。犯人には被害者の身元を隠す気など毛頭ないようですね」

そうだ。被害者が県議会議員であることが判明したから、即座に県警本部にも通報が為《な》された。

「他の遺留品はどうですか」

「正直、芳しくありませんね。こんな場所ですから小屋までクルマを使うのは不可能です。となれば担ぐなり引き摺るなりしてくれれば、犯人の遺留物も多く残存したのでしょうが……」

鑑識課員は小屋から運び出された農機具を指差す。

「あれで運ばれたらどうしようもありません」

そこにあったのは雑穀の運搬などに使われる猫車だった。なるほど、これなら子供の力でも楽々大人の身体を運ぶことができる。

「元々、この小屋の中にあった猫車です。犯人は最小の労力で被害者を運んだんでしょうね。ご覧の通り、小屋までは獣道のような道ならぬ道です。こうも下草が生い茂っていたのでは下足痕の採取も困難です。その上、最初の事件のようにスリッパを使われていたら最悪ですよ」

「しかし森の入口まではクルマを使ったのでしょう」

「被害者は十日ほど前から連絡を絶ったのでしたね。十日間累計の交通量は結構な数に上ります。森の隣には公園もありますからね。タイヤ痕からの追跡も容易ではないと思いますよ。ああ、それから」

鑑識課員の口調は更に口惜しそうだった。

「こういう場所なので、防犯カメラの映像も期待できません」

言われる前から気づいていた。小屋の周囲はもちろん、森の入口にもそれらしきものは一台も見当たらなかったのだ。

人通りの多い市街地、金融機関やコンビニエンスストアの店先、通学路。そういった場所ならいざ知らず、日中でも人が立ち入らない森の中に防犯カメラが設置されるはずもない。それを見越した上での場所選びなら、やはり犯人には土地鑑があるのか。それとも近辺の状況を下見して、偶然に好条件の農機具小屋を発見したのか。

「猫車の取っ手には、持主である五味氏の指紋が採取されただけです。小屋の中はまあ、ありとあらゆる毛が散乱しています。おそらく半分以上は獣毛でしょう。分別作業だけでも結構な時間を費やすと思います」

続いて所轄である塩釜署員を捕まえたが、彼もまた口惜しさを隠そうとしない。

「地取りと言いましても、森の中に不良どもの溜まり場がある訳じゃなし、こんな場所だから陽が沈めば人通りも絶えてしまう。現在のところ、この付近で見慣れぬ人物を目撃したという情報は得られていません」

元より人気《ひとけ》のない場所だ。深夜にでもクルマで乗りつけ、森の中へ連れ去ってしまえば気づく者もいないだろう。

ないない尽くしに嫌気が差し始めた頃、蓮田が情けない顔で話し掛けてきた。

「笘篠さん。殺された城之内県議の評判、聞いたことありますか」

「県政にはとんと疎くてな。県知事の名前くらいしか知らんよ」

「議会一の堅物と言われている人物ですよ。カネや女には無関心。清廉潔白がバッジをつけて歩いているような人間だと、もっぱらの評判ですよ」

「ほう。議員というのはどいつもこいつも汚職と女好きがワンセットだと思ったんだが」

「それも極端だと思いますけど、こと城之内県議に関して黒い噂《うわさ》は皆無です。本部の二課にも確認しましたけど、過去の汚職事件において彼の名前が捜査上に浮かんだことは一度もないそうです。加えて年下の面倒見がいいことから、後輩議員の中には彼を尊敬する人間も多いようですね」

「県議として人に恨まれたことはないということか」

「聖人君子を目の敵《かたき》にするようなヤツならいい標的になったんでしょうけどね」

「あまり身綺麗で泥濘《ぬかるみ》の中にいれば、邪魔者扱いされるんじゃないのか」

「邪魔は邪魔なんでしょうが、煙たい程度じゃないんですか。それだけで排除しようなんて思わないでしょう」

そんなことは分かっている。

「県民の声にもよく耳を傾けていて、県議のホームページが目安箱の役目を果たしているんだとか。敵の少ない議員なので、違う会派の議員たちも、城之内県議の悪口だけは控えていたって話です」

公人としての城之内には死角がなかったということか。それなら鑑取りで私人としての背後関係を洗うより他にない。

「札入れは手つかずのままだったらしいな。いったいいくら入っていた」

「現金が二十一万円余、それから各種カード。従って、この事案も物盗りの可能性はありません」

くそ、またぞろ動機不明の犯行か——笘篠は内心で舌打ちをする。動機不明では、容疑者の絞り込みもできないではないか。

「三雲の事件と共通点が多いな。しかも嫌なところが」

「被害者は評判のいい人物。仕事帰りからの拉致。死体発見場所は打ち棄《す》てられた場所。使用された道具は全てマスプロ品。目撃者、防犯カメラの映像なし。犯人のものと特定できる残留物なし。そして被害者はいずれもガムテープで拘束された上に餓死」

「そうやって指折り数えられると、何だか苛々してくるな」

「共通点のほとんどは捜査情報として記者クラブにも流していないものです。第三者が合わせようとしたって合わせられるもんじゃない。笘篠さん、これは十中八九同一犯の仕業ですよ」

「おそらく捜査本部の人間は管理官以下全員がそう考えるだろうな」

「笘篠さんの意見は違うんですか」

違わないから憂鬱なんだ——そう言おうとした時、所轄の署員が笘篠たちの間に割って入った。

「たった今、被害者のご家族が到着されました」

ふう、一番気の乗らない仕事が残っていたか。

城之内美佐は現場に到着した時から、既に取り乱していた。夫が発見されたという知らせを受けたものの、死亡していることを認めていない様子だった。

どう転んでも死者との対面が愉快であるはずもなく、家族の首実検を見届けるのは最も辛い仕事の一つだ。気丈そうに見えた美佐も城之内の死体を目の当たりにするなり、案の定打ちひしがれた。

死体が城之内であることを確認した直後に頽《くずお》れ、「どうしてこんなことに……」と呟いた後は、しばらく顔を手で覆って嗚咽を洩らしていた。

そして、ようやく落ち着いたと思うと、いきなり笞篠に食ってかかった。

「警察のせいです」

「何ですって」

「捜索願を出した時、警察がもっと真剣に捜査してくれていたらこんなことにはならなかったんです。全部、警察の責任ですっ」

捜索願を受理した北警察署のことを言っているのだろう。一瞬、北署の生活安全課を恨めしく思ったが、おそらく美佐の怒りは全警察に向けられている。自分がその代表として非難を受けるのも、仕方のない一面がある。ここは反論せず、ただ遺族に頭を垂れるより他にない。

「北警察の署長さんには何度もお願いしたのに、ただの一度も捜査報告がありませんでした。いいですか、県会議員なんですよ。宮城の県政を担う一人なんですよ。それを、どこかの家出人と同列に扱って。いったいあなたたちには公務員としての自覚があるんですか」

自分の声に興奮するタチらしく、美佐の抗議は徐々に昂っていく。

「この上は誰の怠慢でこんな悲劇になったのか、議会を通じて徹底的に調べてもらいます。よくも人一人の命をそんなに軽々しく扱えたものです」

それから美佐は、城之内の死が宮城県と自分たち家族にとってどれだけ痛手であるかを延々と喋り続けた。

笘篠にとっては針の莚《むしろ》に座らされているようなものだったが、こういう場合の対処は心得ている。とにかくひと言も返さず、言わせたいだけ言わせる。胸の中に溜まったものを吐き出せば、大抵の人間は落ち着くものだ。そしてまた、面前の相手をいつまでも罵倒し続けられるほど好戦的な人間も少ない。

やがて美佐の激昂も収まり、喋り疲れたのか首を項垂《うなだ》れた瞬間を狙って、笘篠は口を開いた。

「お腹立ちはごもっともだと存じます。警察にも責められるところがあるかも知れません。たとえわたしが全警察の代表として謝罪したとしても、奥さんのお怒りが鎮まるというものではありませんし、第一そんなことをしてもご主人が生き返る訳でもありません。しかし我々警察にもたった一つできることがあります。それは犯人を逮捕し、司法の手に委ねることです」

すると美佐はゆっくりと面をあげて笘篠を見た。

「捜査情報に関わることなので詳細は控えますが、ご主人を殺害した犯人はとんでもなく狡猾《こうかつ》で、とんでもなく残忍な人物です。今更だとお思いでしょうが、犯人に繋《つな》がる手掛かりは細大漏らさず収集する必要があります。もちろん奥さんの協力もです」

ここだ。笘篠は美佐の眼を直視して逃がさない。

「我々を責めることは後でいくらでもできます。今は捜査にご協力ください」

見せかけであろうが猿芝居だろうが、親族から信頼の置ける証言を引き出すのが先決だ。

果たして美佐は、不審げな表情ながらおずおずと口を開いた。

「わたしにどんな協力ができるのでしょうか」

「県議としてのご主人の評判は我々も聞き知っています。その立場での敵はなかったんですね」

「政治的な主張で対立する人はいましたが、議場を離れれば腹蔵《ふくぞう》なく話すと言っていたので、根っからの敵という人はいなかったと思います」

「なるほど。しかしそういう高潔な人物に対して嫉妬や僻《ひが》みを持つ者はいたんじゃありませんか」

「さあ、少なくともわたしは聞いておりません」

「では、私生活の方ではいかがですか。現在に至るまで、ご主人に恨みや憎しみを抱く者に心当たりはありませんか」

美佐はしばらく考え込んでいたようだったが、ゆるゆると力なく首を振った。

「……思いつきません。わたしが言うのも何ですが主人は本当に人間ができていて、妻のわたしでさえ時々息苦しいと思うような人でした。普通、夫婦生活が長ければ性格の一部に足りないところが見つかるものなんでしょうけど、主人にはそれが全くなくて……だから他人から恨まれたり憎まれたりしたなんて、一度も聞いたことありません」

2

当たり前の話だが、犠牲者が増えると捜査会議の雰囲気は目に見えて悪くなる。犯人にその気があろうがなかろうが、捜査している自分たちが嗤《わら》われているような気分に襲われるからだ。

しかも今回は現役の県議会議員が殺害されている。人の命に軽重はないというのは生物学的な事実に過ぎず、社会的な知名度や肩書で捜査本部にかかる圧力はいくらでも変化する。取り分け県議会議員ともなれば県知事やら議会やらが捜査の進展を注視している。担当管理官として面目と責任を負わせられた東雲は別の意味での被害者だった。首尾よく犯人が検挙できればよし、事件が長引いた場合には議会と世間から散々叩かれる。まかり間違って迷宮入りにでもなれば、左遷されかねない。

「犯人は同一人物とは断定できない、ということなのか」

東雲の顔つきも雰囲気を悪くしている一因だった。事の重大さを肌身に感じているがゆえの仕草だろうが、捜査員の返事を待つ間も始終机の上を指で叩いている。答える捜査員も顔色を窺いながらなので、いくぶんしどろもどろになってしまう。

「いえ、これは剖検《ほうけん》に記載されたものではなく、あくまで唐沢検視官の個人的見解でして……」

「確証はないのか」

「拘束の仕方、ガムテープの位置を見る限りでは同一犯の可能性が甚だしく高いと記述されています。持参していた金品には全く手がつけられていない点、そしていずれも犯行現場に土地鑑があるらしい点も同一犯人説を補強する材料です」

「次に訊き込みの結果はどうだ」

所轄の捜査員が立ち上がる。現場の状況から目撃者の類いがなかったことは容易に想像がつく。可哀想に彼もまた、答える前から萎縮してしまっている。

「……発見現場となった農機具小屋は郡部の深い森の中にあり、バード・ウォッチング愛好家や農業従事者以外は滅多に人通りがない場所です。森の入口も民家はまばらであり、夜ともなれば住民は早々と家の中に引っ込んでしまいます。そういった事情もあり、現在不審者を目撃した、あるいは怪しい物音を耳にしたという情報は皆無です。また、現場近くに防犯カメラは設置されておらず、周辺の画像は何一つ記録されておりません」

「次、鑑識からの報告」

指されて起立した鑑識課員の顔色もすぐれない。

「現場は下草が繁茂しており、立体足跡の採取しづらい場所で、実際に採取できたのは農機具小屋の周辺にあるわずかな範囲に限定されます。そこで比較的新しい下足痕が採取されましたのがこちらになります」

彼の合図で、前方の大型モニターに下足痕のサンプルが映し出される。陰影を見れば、それが平面足跡であることが分かる。ひどくのっぺりとしており、パターンらしきものはどこにも見当たらない。

「コンクリ部分についたものです。靴底のパターンが見当たらないのは、これがどうやらスリッパ状の履物だからです」

またスリッパか——東雲の顔に失望の色が広がる。

「しかし最初の事件で使用されたスリッパとは、また別の種類のものです。この点からも二つの事件には類似性があります」

犯人が犯行時にスリッパを着用している事実は非公開情報であり、未だどこのマスコミにもすっぱ抜かれていない。断定を避けているものの、この場にいる捜査員の全員が同一犯であることを疑っていない。一同の表情が複雑なのはそう確信できた手応えが半分、そしてやはり容易には尻尾《しっぽ》を摑《つか》ませてくれない失望が半分だからだ。

「農機具小屋は日頃から施錠がなされていなかったため、死体の周辺から採取できた毛髪の多くは、野犬・猫・ネズミといった獣毛でした。数少ない人毛は被害者と小屋の所有者のものであることが判明しています」

「鑑取り」

これには笘篠が立ち上がる。

「今回の被害者城之内猛留県議会議員。ご存じの方もいるでしょうが、宮城県議会一の堅物として知られた人物です。議場では野次一つ飛ばす訳でもなく、常に県民第一主義を掲げ、決して激昂せず、他の党派からも一目置かれています。初当選から汚職や破廉恥といったスキャンダルには全く無縁で、彼を懐柔する手段は義理人情しかないという評判です。県議の何人かにも訊いてみましたが、県議会議員として彼を憎んでいる者は皆無との声がほとんどでした。最近では非常に珍しい、信望の厚い政治家だったようです」

「私生活ではどうなんだ」

笘篠は城之内美佐から聴取した内容をそのまま報告する。夫としては過ぎるほどに理想的な男。暴君でもなければ浮気性でもない。見方によれば物足りない男だが、少なくともトラブルの種は抱えていない。

「友人関係にも問題と呼べるようなものはありません。注意深い性格でもあったようで、後援会の関係者以外は深い交際をしていないようです。妻の話では、必要以上の付き合いは自分の立場や肩書を利用されかねないと自重していたようです」

「どこを突いても清廉潔白ということか」

東雲はますます渋面になる。

渋面の理由は地元紙を一読しても理解できる。県内面と社会面では城之内議員の死をひときわ大きく取り上げていた。現役県議会議員という立場も然《さ》ることながら、その人柄と評判は記者たちにも知れ渡っていたからだ。

〈宮城県議会の良識〉

〈稀代《きたい》の県議〉

〈県警の威信を懸けて〉

主見出しに躍る文字が、そのまま記者の憤慨と世論の苛烈さを表している。後援者と一部の市民には知られていた城之内の人となりが、地方マスコミに喧伝《けんでん》されて尾鰭《おひれ》も羽鰭もついてくる。報道が続けば続くほど城之内はより神格化していくだろう。

被害者の神格化と捜査本部に対する圧力は比例する。昨夜のうちに、県警本部長あてに県知事から直接の連絡が入ったという噂まである。それにも拘わらず、初動段階でまだ碌な手掛かりも得られていない。この上、三雲事件との関連をマスコミに嗅ぎつけられたら、いったい何を書き立てられることか。

「最初の被害者、三雲忠勝と被るな。彼も篤実な性格で怨恨の線は摑めなかった」

笘篠も同じ意見だったので頷いてみせる。

「善人の次は人格者か。ひょっとしたら犯人はそういう人物に照準を定めているのかも知れんな」

社会的に虐げられた人間が、信望の厚い人物を逆恨みする――可能性としては皆無ではない。追い詰められた人間は餓えた獣と同じだ。餓えた獣には常識も理屈も通用しない。

「データベースで前科のある者、精神科に通院歴のある者をピック・アップする必要があるな」

この判断は多分に危険性を孕《はら》んでいるものの、やはり妥当だと思える。もし精神科に通院歴のある人物を密かに捜査していると公表されれば関係各省ならびに人権団体から槍玉《やりだま》に挙げられる懼《おそ》れがあるが、虞犯《ぐはん》の可能性のあるグループを監視するという手法は正攻法だ。

「初動捜査の段階で手掛かりも希少、犯人像も見えていない。まことに歯がゆい話だが、現状は基本に則って地取りと鑑取りを地道に継続するより他ない」

東雲は捜査員一同の顔を見渡して言う。

「だが、どんな事件でもそうだが地道な捜査が結局は一番早道であることを忘れるな。犯人は被害者に必ず接近し、その行動パターンを知悉《ちしつ》している。そうでなければこうも巧妙に被害者を拉致できるはずがない。犯人は地取りや鑑取りで浮上してくる。今はまだ深さが足らないだけだ」

まだ捜査が徹底されていない――所轄を含めた叱咤《しった》に捜査員たちの表情が強張《こわば》る。

「殺害されたのが県議会議員ということも手伝って、県民の目は我々捜査本部に注がれている。ここで見事犯人を検挙できるかどうかに、県警の威信が懸かっている。異例なことではあるが、昨日は県警本部長に県知事より事件の進捗《しんちょく》について心を砕いているとのお話があった」

笘篠は少なからず驚いた。他の捜査員も同様に違いない。噂通りだったにせよ、まさかこの席上で東雲がそれを打ち明けるとは予想外だった。

「権力の犬と謗る輩がいることを承知で言うが、県民の代表たる議員が殺害されたという事実は、いち市民が殺害されたということよりも数段重い。取り上げ方によれば県政へのテロ、県民への恫喝《どうかつ》という側面を持つからだ。解決の遅れ、ましてや迷宮入りなどもっての外《ほか》だ。進捗次第では更なる増員も考慮し、県警総動員も視野に入れる。各員においては、成果がない限りは本部に帰着しないくらいの気概で捜査に当たるように。以上だ」

その声を合図に捜査員が散っていく。

「えらく気合いの入った説諭でしたね」

蓮田が困惑気味に囁《ささや》きかける。東雲の焦燥が伝染したのかも知れなかった。その様子にこそ笘篠は一抹の不安を覚える。

「お偉方の尻に火がついたくらいで、俺たちが飛び上がる必要はないさ。いつも通りの捜査をすりゃあいい」

「そうでしょうか。何だか臨戦態勢の号令が掛かったような印象があるんですけど」

「現場を回るのが俺たちの仕事、責任を取るのが管理官たちの仕事だ。末端の俺たちまでが責任に押し潰されちゃ、できることもできなくなるぞ」

いかに警察がタテ社会であっても、上層部と末端が同じ種類の緊張を強いられる必要はないと笘篠は考える。求められる成果はそれぞれ違う。だからこそ給料に違いがある。同じ命令でも、それぞれの職域に照らし合わせて翻訳すればいいだけの話だ。

「ただし管理官の話で聞き流しちゃならないこともある。犯人は必ず被害者に接近している云々の件《くだり》だ」

「でも機会を見計らって二人を拉致するくらいだから、行動パターンを知り尽くしているのは当然じゃないですか」

「二人分知り尽くしていたというのが問題なんだ。善人の三雲忠勝、人格者の城之内猛留。人からは恨まれたり憎まれたりすることはないという他に、別の共通点があったように思える。会議の席上では精神疾患の話も出たが、精神を患っている者の犯行にしては手際がよすぎる。二人は無作為に選ばれたんじゃない。何某《なにがし》かの共通点によって選ばれたんだ」

「それは根拠が弱くないですか」

「もし無作為に選んだとすると、犯人はわざわざ事件報道が大きくなる県議会議員を気紛《きまぐ》れで拉致したことになる。しかも拉致された当日は県庁で議会があって、庁内の警備が普段よりも厳重だったにも拘わらずだ。城之内の行動パターンを知っていたとしても、それだけで誘拐に踏み切るのは危険すぎる。議会の終了時刻や県庁の周辺警備も把握しておかなきゃならない。気紛れで選ぶ相手としては手間が掛かりすぎる。三雲にしても同様だ。福祉保健事務所の仕事が何時に終わり、三雲課長が何時に退社するかも、数日張りついていなければ分からない情報だから、彼もまた無作為に選ぶとしたら手間が掛かる。二人が選ばれたのには必ず理由がある。その理由は二人に共通するもののはずだ」

すると蓮田は推し量るようにこちらを見る。

「何か思いついたんですね、笘篠さん」

「県議会議員という肩書に振り回されたんだよ、俺たちは。いくら人気の議員さんだろうが、生まれてからずっと登庁していた訳じゃない」

「議員になる前の仕事……」

「そうだ。城之内県議の前職から学生時代までを遡《さかのぼ》って調べてみよう。その間に三雲との接点があったかも知れない」

会議室を出た笘篠は早速ネット上で宮城県議会のホームページを開く。議員一覧の中にある〈城之内猛留〉の氏名をクリックすると、たちどころに彼の顔写真と連絡先、そして略歴が記載されていた。

・宮城県子供育成委員会名誉会長

・干物振興組合副理事

・水産加工業振興会理事
・宮城県中小企業連絡会会長
・仙台青少年育英基金理事
名誉職を歴任したという事実の羅列であり、いずれも県議になって以降の活動だ。

笘篠の欲しい情報ではない。

「こういう名鑑の類いって、出身校や前職までは記載している訳じゃないんですね」

「要は県民の興味がどこまで及ぶか、なんだろうな。第一、重要なのはどの会派に属しているかと当選回数のデータだけだ。それに比べたら前職なんてのは大した情報じゃないんだろうな」

国会議員ともなれば、もっと詳細な情報がどこかに記載されているのだろうが、県議会議員では公式に残っている記録はこの程度なのか。

それなら家族に訊くのが一番早い。笘篠は蓮田を伴って城之内の自宅へ向かった。

青葉区庚申町の自宅は瀟洒《しょうしゃ》な一軒家だった。告別式は昨日執り行われたが、ドアには〈忌中〉の札が貼られたままだ。玄関に入ると、すぐにぷんと線香の匂いが鼻を衝いた。

現場で見た時よりも美佐は憔悴《しょうすい》している様子だった。刺々《とげとげ》しさは引っ込み、代わりに花が萎《しお》れる際の微《かす》かな腐臭が漂っているようだった。

「あの人が議員になる前ですか」

美佐の声はどこか上の空だった。

「ええ。訃報を伝える記事にも、当選する以前については何も触れられてなかったものですから」

「初当選はかれこれ八年ほど前でしたけど、その前は厚労省の公務員でした」

「厚労省、ですって」

「結婚した時、あの人は気仙沼の福祉保健事務所に勤めていました。それから登米《とめ》・栗原《くりはら》・石巻《いしのまき》・岩沼《いわぬま》支所と転々として、退職間際には塩釜福祉保健事務所でしたね」

不意に美佐は懐かしそうに目を細める。だが笘篠の方には未亡人のご機嫌を窺うような余裕はすっ飛んでいた。

福祉保健事務所だと。

「奥さん。ご主人の知り合いに三雲忠勝という人物はいませんでしたか」

「三雲……さあ、そういう方は聞いたことがありません。大体あの人は県議になるまで仕事の話を家ではしませんでしたから。県議になってからは、よく同僚議員さんや会派の違いとかを話しましたけどね」

こういう人物なのですが、と三雲の顔写真を見せるが美佐の反応は乏しい。

「仕事仲間を家に連れてくる人ではありませんでしたから」

それでも城之内宅を辞去した笘篠は静かに興奮していた。やっと城之内と三雲を繋ぐ線を摑んだのかも知れない。

「三雲の自宅へ向かうぞ」

「でも、三雲の奥さんも同じように旦那の仕事仲間や上司は知らないんじゃないですか」

「二人の接点が確認できるだけでもめっけもんだ」

三雲宅は同じ青葉区なので移動も容易だったが、笘篠はその事実からも城之内との関係を怪しむ。これだけ近ければ、家人に気づかれることなく会談するのも可能だ。

予想していた通り、三雲尚美は城之内の名前こそ知っていたものの、夫と仕事上の付き合いがあったのかどうか記憶にないと言う。

「あの人も仕事のことは家で話さない人でしたし、県議会議員なんてテレビで観ることがありませんから話題にすることもないですしね」

尚美の言葉を聞きながら、笘篠は自分の家庭を顧みる。そういえば自分も仕事の話を家でしたことはあまりなく、帰れば妻からの話を一方的に聞かされるばかりだった。してみれば世の亭主というのは仕事や肩書に関係なく、ほとんどが家では寡黙になるということなのか――そう思うと、三雲や城之内に親近感が湧いた。

「それではご主人の勤務先の変遷を教えてくれませんか」

尚美はしばらく天井を見上げ、記憶をまさぐるような仕草を見せる。

「結婚する前は栗原福祉保健事務所、それから塩釜福祉保健事務所、最後が青葉区の事務所になります」

笘篠はそれぞれの任期を手帳に記していく。隣のページには、やはり城之内の職歴が時系列に記述されている。

二人の職歴を並べてみたところ、八、九年前に一度だけ勤務地の重なる部分があった。

塩釜福祉保健事務所。そこで二人は二年間顔を合わせている。

「ご主人は塩釜福祉保健事務所時代について何か話しませんでしたか」

「いいえ。さっきもお話しした通り、家の中では仕事の話をしない人でしたから」

「何か、そういった取り決めがご夫婦の間にあったのでしょうか」

「特にそういうことはありませんでした。でも、他の奥さんの話を聞くとずいぶん助かったと思いました」

「何故ですか」

「こんなことを言うと刑事さんも男ですから気を悪くされるかも知れませんけど、専業主婦も家事や育児に追われて毎日大変なんです。夜にもなればへとへとになっているところに夫が帰ってきて、ぐちぐち仕事の愚痴を聞かされたらきっと堪《たま》ったものじゃないでしょうね。わたしたちの夫婦仲が続いたのも、あの人が家に仕事を持ち込まなかったお陰なのかも……今思えば、本当にいい夫でした」

三雲宅を出た笘篠と蓮田は青葉区の福祉保健事務所にクルマを向ける。

「でも、どうしてあそこへ行くんですか」

「三雲が仕事でのトラブルや愚痴をこぼすとしたら職場くらいのものだろうからな」

「……また思いつきましたか」

「亭主が家で職場の愚痴を一切こぼさないなんて、さぞかし鬱憤《うっぷん》が溜まるだろうと思ってな」

「わたしはそういうのが溜まらないタチなんで、あまりよく分かりませんけど」

「俺たちは特別公務員の警察官だから家族に話せないことだらけじゃないか。城之内や三雲は一般公務員だ。愚痴の種類は民間と大差ないだろう」

「どういう意味ですか」

「二人とも仕事の話をしなかったんじゃなくて、できなかったんじゃないのか。だから碌《ろく》に同僚の名前さえ女房に告げなかった」

「ちょっと考え過ぎじゃありませんか」

「そうかな。少なくとも女房や子供に聞かれたら気まずいことがあったと仮定してみよう。例えば俺たちだったら、捜査の進展があまりに進まないから証拠を捏造《ねつぞう》するとかだな」

「……笑えない例え話ですね。そんな話を食卓でした日にゃ家族から軽蔑されるでしょうね」

「そういう醜聞《スキャンダル》をつい口走ることがないように日頃から職場での話は家でＮＧにしていた、という可能性はどうだ」

「それも考え過ぎのような気が……第一、二人とも当時は福祉の職場だったんでしょう。そんな仕事で家族にも打ち明けられないような醜聞が、果たして発生するもんでしょうか」

　やや遠慮がちに疑念を口にする蓮田の気持ちは理解できる。笘篠本人にも多分に穿った見方ではないかという自覚がある。だがこれも可能性の一つである限りは潰しておくのが捜査だ。

「じゃあ逆に訊くが、俺たち警察の仕事は市民の生命と財産を護り犯罪を防止することだが、今まで冤罪《えんざい》は一つもなかったのか。裏ガネ作りや被疑者に対する行き過ぎの尋問や違法捜査は一切なかったというのか」

「それは、その……」

　蓮田は口ごもり、そのまま黙り込んでしまった。

　福祉保健事務所を訪ねると、所長以外の職員は全員窓口対応をしており、相手になってくれそうなのは円山だけだった。

「三雲課長が仕事の愚痴を、ですか」

　円山は今まで目を通していた書類をいったん横に置いた。

「中間管理職の悲哀とかの類いでしたら、昼食の席などで一度ならず耳にしたことはありましたけど……そんな深刻なものではなかったですよ。要は我々一般職員と所長の板挟みは時として結構しんどいというようなことです。でも、それってどこの職場でもあるある話でしょう」

「いや、そういう話ではなくてですね、例えば以前の職場ではこんなトラブルがあったとか、深刻な類いの話ですよ」

　笘篠が食い下がってみせると、円山は眉を顰《ひそ》めた。

「捜査に関係あるんですか。どんな職場にも大なり小なりトラブルがあるものでしょう」

　これは福祉保健事務所側で調べればすぐに判明することなので、関係者に告げても問題はないだろう。

「城之内県議会議員が殺害された事件はご存じですか」

「ええ。地元のテレビ局だけじゃなく、全国ネットのニュースになりましたからね。それが何か」

「城之内さんは以前、塩釜福祉保健事務所で三雲さんと一緒でした」

その途端、円山の表情が一変した。

「ホントですか、それ……」

「そちらで保管されている勤務関係のデータベースを当たれば出てくるはずです」

「一般職員の権限では、職員の個人データにアクセスできないようになっているんですが……刑事さんが調べたことなら、きっと本当なんでしょうね」

「二つの事件には関連があるかも知れません」

「でしょうね。二人にそういう繋がりがあるなら。さっきの質問はそれを踏まえてのことですか」

「ええ。二人が在籍していた八、九年前の塩釜福祉保健事務所時代に何かトラブルめいたものがあった可能性は否定しきれません」

「福祉をモットーとする職場ですよ」

円山は蓮田と同じことを口にする。だが、それこそが言い逃れの材料に思えた。

「どんな仕事にも外部に洩らすことのできない陰の部分がある。教師に宗教家に弁護士。世に聖職と称される職業がいくつかありますが、かといって彼らが犯罪に全く無縁である訳もない。そこにカネが絡む限り、必ず陰はできます。それは福祉を掲げていても同様でしょう。違いますか」

問い詰めると、円山は口を噤んでしまった。

少し追い込み過ぎたか、と反省しかけた時、思い出したように唇が開いた。

「三雲課長が殺されたことと関連があるかどうかは分かりませんけど、福祉保健事務所があまり外部に見せたくないものというのは確実に存在しますよ。わたしたちが当然の業務としていることで、恨みを買ってしまう事実が」

「当然の業務なのに恨みを買う、ですか」

「ここ保護第一課の職務は生活保護の受付と申請ですけど、実はもう一つ、ケースワーカーとしての業務もあるんです」

ケースワーカーという言葉は笘篠にはぴんとこなかった。

「現業員とか地区担当員なんて呼び方もありますけど、生活保護が必要な対象者の相談に乗ったり助言をしたり……」

「そういう仕事なら恨みを買うようなこともないでしょう」

「生活保護を希望する方は窓口に申請書を提出するんですが、その申請書に記載されているのが全て真実とは限りません。受給目的で資産を過小申告する人や就業事実を虚偽記載する人もいます。内容を現地で確認するのもケースワーカーの仕事になります」

「それは……確かに不心得な申請者からは恨まれるかも知れませんね」

「知れません、ではなく、確実に存在するんですよ」

円山は少し困ったように笑う。

「生活保護を申請する人は、ひどく追い詰められた精神状態にある人がほとんどですから、それを妨害しようとするケースワーカーは、言わば天敵みたいなものです。自ずと当たりは強くなりますよ」

理屈としては頷けるが、切ない話でもある。貧すれば鈍するではないが、餓えた者に良識は通用しないという訳か。

「それから……」

「まだあるんですか」

「ええ、悲しいことに。これはケースワーカー最悪の仕事でもあるんですけどね」

そう言って、円山は抽斗《ひきだし》から何枚かの書類を取り出した。

「昨今、生活保護に関して不正受給の問題が取り沙汰されていますけど、これがその取っ掛かりというか最前線ですね」

差し出された書類は大きさがばらばらで、中にはFAXのコピーと思しきものも混じっている。

『小山町二丁目の津久《つく》島丙吾《しまへいご》は昼間からパチンコ屋通いをしている。生活保護を打ち切れ！』

『久野町五―三、国枝《くにえだ》の家の前に新車が駐《と》まっています。きっと不正受給です』

「それ、全部市民からの通報なんですよ。FAXに手紙、ホームページへの書き込み。もちろん電話での通報もありますよ」

「通報というのはあまり穏やかじゃありませんね」

「自治体の中にはそういった通報を奨励しているところもあるくらいですから。いくら宮城県が被災地だからといっても、時間が経てば揺り戻しがきます。そうなると、弱者救済一辺倒だった世論が不正受給許すまじに移行するきらいがあるんですよね」

これもまた頷ける話だ。東日本大震災のような未曾有の災厄ですら、二年、三年と時を経るに従って同情や関心は薄まっていく。義援金や復興予算が集中した後は、必ずと言っていいほどその用途に目が光るようになる。

理由の一つは、悲しいかな財源を詐取しようという輩がいるからだ。似非《えせ》NPOに被災者詐欺、生活保護不正受給。いずれも緊急性と善意で集まったカネだ。不法に使ったとなれば、普段より風当たりが強くなって当然だろう。

「そういう不正受給の取り締まりも福祉保健事務所で行うんですね」

「庁舎で定時の仕事を終えてから現地に向かうんです。よろしかったらご一緒されますか」

「円山さんにですか」

「何を隠そう、わたしがそのケースワーカーの仕事を担当していましてね。福祉保健事務所の職員がこぼす愚痴なんて、どこも似たりよったりなんですよ。三雲課長が前任地でどんなトラブルを抱えていたのかは知りませんけど、わたしが今からする仕事を見ていただけたら、凡《およ》その見当がつくんじゃないですか」

「わたしたちが同行してもいいんですか」

「却って有難いくらいですね。不正受給者の中には反社会的勢力の方とか、ひどく暴力的な人も結構いらっしゃいますので」

笘篠は蓮田と顔を見合わせる。妙な雲行きになってきたが、考えてみれば被害者は二人とも福祉保健事務所の人間だった。それならその仕事の裏表を知ることは、捜査にとって決してマイナスになることではない。

「実際にご覧になれば、この仕事が人に恨まれているのを理解していただけると思いますよ」

笘篠たちは円山についていくことにした。

3

午後五時を過ぎる頃、円山は周りの職員に挨拶してから笘篠たちに合流する。

「お二人は事務所のクルマに乗ってくれますか。軽自動車で少し狭くて申し訳ないのですけれど」

警察車両で生活保護受給者の家を訪問すれば後々要らぬ問題が生じかねないので、円山の誘いは渡りに船だった。

円山はカーナビも起動せずにクルマを出す。つまり道を憶《おぼ》えるほどに行き慣れているということだろう。

「この先に行くと、確か室山団地ですよね」

仙台市内なら大抵の土地鑑はあるので、クルマの向かう方向で行き先の見当がつく。

「よく分かりましたね。ご名答です。対象者はそこに住んでいるんですよ」

やがてクルマは六棟が寄り添うように建つ団地に到着した。何度か捜査で訪れたので、笘篠も見覚えのある場所だ。

通称室山団地、正式名称は〈仙台第三雇用促進住宅宿舎〉。元々は移転してきた就労者が住居を確保するまでの仮住まいとして建設が始まったが、その後は入居対象者の条件が拡大され、就労者以外の者も居住するようになった。仮住まいという性格上、家賃は平均して二万五千円と格安だが、契約期間は二年間という期限が定められている。もっとも、運営しているＳＫ総合住宅サービス協会が新規の応募状況を見ながら再契約を締結しているため、期限を過ぎて居住している者も多い。本来は平成三十三年度までに民間への譲渡・廃止が決定していたのだが、折からの不況で社員寮退去を余儀なくされた労働者への救済措置として、廃止が決定していた住宅を活用したという経緯がある。

造りは鉄筋コンクリートであるものの築年数の古さは如何《いかん》ともしがたく、団地全体に漂う窮乏と貧困の臭いは否定できない。通路のあちこちに散乱している生活雑貨と遊具のゴミが侘《わび》しさに拍車をかける。

「笘篠さんは何度か足を運ばれたみたいですね」

「ええ、容疑者の家宅捜査で以前に三回ほど」

「わたしは週に三回くらいですかね。下手すれば馴染みの定食屋より頻繁に通っています」

円山は自嘲気味に笑う。

「全国どこでもそうですが、こうした団地ではスラム化が始まっているみたいですね。でもスラムだからといって家賃の高いところへは簡単に引っ越せない。そうこうしているうちに入居者は高齢化していき、更にスラム化が進行するという悪循環です」

スラム化の傾向が顕著であれば、当然住人の中から生活保護の必要な世帯が発生してくる。

「対象者は渡嘉敷秀子《とかしきひでこ》さんという方でしてね。母子家庭で苦労されているのですが、苦労のあまり規定に反した行動をしてしまうんですよ」

渡嘉敷秀子の住まいはC棟の七〇五号だった。何と八階建てだというのにエレベーターもなく、三人はコンクリート造りの階段をひたすら上ることになった。

「今どき珍しいでしょう、こういうアパートも」

先頭に立った円山は冗談めかして言う。建物の佇まいだけで貧困が窺えるような場所だ。冗談めかした言い方は、おそらくその悲惨さを緩和させるためのものだろう。

建物自体に異臭が漂っている。微かに酸っぱく微かに甘い。

「変な臭い、お気づきになっていますか」

「ええ。これはいったい何の臭いなんですか」

「貧困の臭いです」

円山は言下に答えた。

「生活費を切り詰め、風呂も隔日になり、最後は食費も節約していくと、こういう臭いが出すんですよ。こういう仕事をしていると、よくこの臭いに出くわします」

要は生活疲れの臭いという訳か。

だがこの臭いは笘篠も満更知らない臭いではない。

微かに酸っぱく微かに甘い——それは腐敗臭に非常によく似た臭いだった。人が死に、やがて体内の細菌によって融解していく臭気。してみればこの臭いは、生活の腐敗臭といったところか。

円山は七〇五号の前に立つ。これも少し驚いたが、今どきチャイムと魚眼レンズだけのドアだった。

チャイムを二度鳴らすと、ドアの隙間から中年の女が顔を覗かせた。円山を見て軽く頭を下げたところを見ると、この女が秀子なのだろう。

ひっつめ髪に化粧っ気のない顔。目は落ち窪《くぼ》んでいて唇は薄皮が剝けたままになっている。事前に円山から聞いた話では四十一歳のはずだが、笘篠の目には五十代にしか見えない。

「こんばんは、秋穂《あきほ》ちゃんは？」

「外出してます」

「それなら好都合です。入れてください。ああ、この二人は実地研修できていますので、お気になさらずに」

三人は部屋の中に招き入れられる。その途端、さっきの腐敗臭が一層濃密になって鼻腔に侵入してきた。失礼なので鼻を摘《つま》むような真似は控えたが、いくぶん顔を顰《しか》めたかも知れない。

玄関の間口は狭く、大人四人が入ると立錐《りっすい》の余地もない。秀子は仕方ないという風に、三人を家に上げた。

間取りは2DKだが、廊下にも部屋にも小物が散乱しているために狭く感じられる。笘篠たちは食卓テーブルに座らされたがテーブル自体が小さく、四人が座ると互いの肘《ひじ》がぶつかった。

既に夕食が終わり、台所のシンクには食器が重ねられている。汚れと残り香からスパゲッティだと推測できた。

「何のご用でしたか」

秀子は警戒心を隠そうともしない。

「こんな遅くに男の人が三人も押し掛けたら、近所の人から何と思われるか……」

「用が済めば早々に退散しますよ。それで秋穂ちゃんはどこへ出掛けているんですか」

既に時刻は七時を過ぎている。秋穂という娘の年齢は聞かされていないが、こんな時間に外出しているとなると行き先は自ずと限定されてくる。だが秀子はだんまりを決め込むばかりで、娘の行き先を喋ろうとしない。

「今日伺ったのは、あなたについてちょっと困った通報があったからです」

「困る？　それは円山さんが困るんですか、それともあたしが困るんですか」

「どちらもですよ。通報の内容は、あなたが市内のスーパーでレジ打ちをしているというものでした」

「あれは臨時の仕事で……」

「わたしたちも仕事なので確認させてもらいました。宮城野区にある〈スーパーサクライ岩切店〉。店長さんからタイムカードも拝見させていただきました。三カ月も前から、フルタイムで勤務していますよね」

説明を聞いている秀子の顔が歪《ゆが》んでくる。

「渡嘉敷さんに支給される生活保護費は児童扶養手当を差し引いた十一万円となります。でも、パート収入が先々月は十二万円ありましたよね」

「あの、それははっきりと憶えていなくて」

「渡嘉敷さんが憶えてなくても、タイムカードで概算はできます。何ならスーパーの方から給与明細の写しを入手したっていいんですよ。申請の際、わたしはちゃんと説明しましたよね？　毎月の収入が生活保護費を上回っていたら、打ち切りの対象になるからって」

円山は詰問したが、口調は至極穏やかだった。

「もちろんそれで即座に生活保護が打ち切りになることは少なくて、いったん停止にして最長で六カ月様子を見ます。その間やはり給与収入が生活保護費を上回っていれば打ち切りになりますし、逆に下回った場合には再開します。でもですね、渡嘉敷さん。問題なのは給与収入の多寡ではなく、給与収入があることをわたしに黙っていたことです。もし就業したら必ず福祉保健事務所に連絡するという約束でしたよね」

「それはその、忙しくて……」

「申し訳ありませんが、この場合忙しいというのは理由になりません。いいですか、渡嘉敷さん。以前にも説明した通り、宮城県でも生活保護費の予算は逼迫《ひっぱく》していて、必要な人に必要な金額を支給できていないのが現状です。当然、生活保護費が不要になった人を対象から外して新しく申請した人に振り分けなければいけません。それは分かってもらえますよね」

「ええ」

「そうでなくても、与党は生活保護費の十パーセントの削減案を提案しています。それに加えて、今世間ではタレントさんのご家族が生活保護を不正受給したとかで方々から叩かれているでしょ」

そのニュースは笘篠もテレビで見聞きしていた。人気を博して年収も跳ね上がっていたはずのお笑い芸人の母親が、ずっと生活保護を受給していたとかいうスキャンダルだ。本人に収入がなくても、扶養義務のある家族に経済的余裕があるのなら、国の厄介になる前にそちらを頼れという理屈で不正受給を疑われるらしい。

芸能人のスキャンダルを皮切りに、マスコミで不正受給の報道が一斉に火を噴いた。

『生活保護のモラル崩壊！』

『不正受給で焼け太る人々』

『社会保障に胡坐をかく無産階級』

『二十代なのに生活保護でグータラ生活』

まず女性週刊誌が生活保護受給者バッシングの口火を切り、写真週刊誌と総合雑誌がそれに追随した。一時期は不正受給者に法的なペナルティを与えるべきとの声まで出たほどだ。

「今はそういう状況で、以前よりも不正受給に対しての風当たりが強いんです。渡嘉敷さんのパート勤めが通報されたのも無関係じゃないんです。もっと慎重になってもらわないと困ります」

「あたしがパートしていたことが知れると、担当の円山さんが叱られますものね」

「わたしは叱られるだけで済むけど、渡嘉敷さんは生活保護を止められるんですよ」

秀子は次第に俯き加減になっていく。

「そんなの、円山さんさえ黙っていてくれればいいじゃないですか」

開き直りとも聞こえる言い方に、無関係であるはずの笘篠までが苛立ちを覚える。盗人猛々《たけだけ》しいとは、まさにこのことだ。それでも円山は努めて冷静に対処しているようで、若いながらもさすがと思えた。

「不正というのは汚れみたいなものです。黙っていれば黙っている分だけ、こびりついて落ちにくくなる。見つけた時に素早く拭き取るのが一番いいんです。発覚した時には、不正受給していた分を遡って返還請求されるんですよ。放っておけばその金額が巨きくなるだけです。それを返せるだけの余裕、渡嘉敷さんにありますか」

「そんな余裕があったら、生活保護なんて受けていません」

「そもそも、何でこんなことをしたんですか。わたしや福祉保健事務所に隠してまで贅沢がしたかったんですか」

「……贅沢なんでしょうか、これって」

「何がですか」

「娘を塾に通わせることが」

不意に円山の表情が固まった。ふと見れば蓮田も同じような顔をしている。

「今の成績ではとても進学校に進むことができなくて、でも学校の授業だけじゃ追いつけなくて……それで評判の高い塾に通わせたんです」

「じゃあパート代は……」

「個別指導なので週三回三時間ずつで四万円、秋期講習に五万円。教材費と諸経費は別です。通いの交通費も必要です。それに塾にも友だちがいるので、毎日同じ服を着せる訳にもいきません」

秀子は俯いたまま喋り続ける。笘篠の場所から表情は窺えないが、険しくなっていることは容易に想像がつく。

「塾代を除外して算定するという規定はありません。学校の授業料を勘案して弾き出された支給額は変更できないのですよ。嫌な言い方になりますが、塾代というのは必要不可欠な支出には認められません」

「生活保護を受けている家庭は、子供の教育にも口を出されなきゃいけないんですか」

秀子の声が矢庭に尖る。

「母子家庭の子供はまともな教育を受ける権利もないんですか」

「そんなことは言っていません」

「今はどこだって、学校の授業だけじゃ足らないんです。子供を少しでもいい学校に入らせるために、どこの家も無理して塾通いさせてるんです。塾に通ってない時点で、学力に差がついているんです。偏差値の低い高校に入学したら、もうそれで将来が決まってしまうんです」

「渡嘉敷さん。それも極端な話で……」

「ちっとも極端なんかじゃありません。教育費におカネをかけられる家の子供は、やっぱり学力が向上するんです。当たり前ですよ。そうじゃない家の子は学校の授業しか受けられない、家に帰っても一人で予習・復習するしかない。個別指導してくれる先生がいるといないとでは大違いなんです。落ちこぼれないためには、最低でも他の子供と同じように塾へ通わせなきゃいけないんです」

最後は絶叫になった言葉に円山も口を噤む。

秀子の言い分にも一理あった。授業料の高い私立高と公立高では、授業時間やカリキュラムだけで既に差がついている。私立校に通わせるだけでも出費は重なるが、そもそも入学させる以前の前哨戦《ぜんしょうせん》で経済力が大きく作用する。結局、低所得層の家庭では子供たちも不本意な将来しか選択できなくなる。

学歴は不文律のカースト制度だ。高卒や三流大卒では、高収入の道は険しくなる。下手をすれば正社員にもなれない。かくして低所得層の家庭に生まれ育った者は低所得層にしかなれない。これもカースト制度と同様だろう。いつからかこの国は、富裕層でなければ子供に満足な教育を施してやれない国になってしまったのだ。

「あたしがあんな亭主に引っ掛かったのは、学がなかったからです。あんな男と出会う機会しかなかったからです。円山さん、学歴とかおカネとかって、付き合う人間まで決めてしまうんです。白馬に乗った王子さまなんてね、そんなもの嘘っぱちです。貧乏人の娘には貧乏人の男しか寄ってこないんです。そうしてくっついた途端に子供ができて、結局はその子供たちも貧しい人生を歩んでいくしかしようがなくなるんです」

いささか短絡的な見解とも思えるが、この家の中にいると妙に現実感が湧く。秀子の勢いに気圧《けお》されたのか、円山も気まずそうに頭を掻く。

「渡嘉敷さんの心配も分からなくはないんですけどね。そうかといって渡嘉敷さんの家庭だけを特別扱いする訳にはいきません。保障制度は各戸に平等じゃなきゃならない」

「じゃあ、いったいあたしにどうしろって言うんですか。スーパーを辞めて物乞いでもしろって言うんですか」

「物乞いというのも、正確には法律違反です。福祉保健事務所の人間が市民に違法行為を勧める訳がないでしょう」

「どうか、見逃してください。この通りです」

秀子は椅子から下りると、四つん這いになった。

さすがに笘篠も同情を禁じ得なかったが、円山はあくまで職務に忠実だった。

「ごめんなさい、渡嘉敷さん。そんなことをされてもお互い気まずくなるだけで、解決にも何もなりませんよ。頭を上げてください。とにかく規則ですから生活保護は三カ月間だけ停止します」

「そんな……」

「渡嘉敷さんに与えられた選択肢は二つです。このままスーパーの給与収入を得て生活保護を打ち切られるか、あるいは収入を支給額以下に減らして今の生活を維持していくか。総合的にみたらどちらが得なのかは考えるまでもないはずです」

円山はそれだけ言うと席を立ち、笘篠たちにもそうするよう促した。

「何かあればすぐに連絡してください。わたしたちは決して渡嘉敷さんに敵対する立場ではありません。あなたたち母子の生活を支援したく……」

「もう、出ていってくださいっ」

後は秀子に追い返されるように、三人の男は部屋の外へと押し出された。

円山は苦笑いを浮かべながら、次に行きましょうと言う。思わず笘篠は声を掛けたくなった。

「わたしたち警察も大抵因果な商売ですが、円山さんの仕事もなかなかに切ないですね」

「仕方がないですよ。いくら対象者の親身になるといっても限界がありますから。同情するあまり、いちいち不正を見逃していたら結局は相手のためになりません。生活保護というのはあくまで緊急措置であって、本人の社会復帰が本来の目的なんです」

次にクルマが向かったのは久野町だった。

「通報にあった案件ですよ。相手は国枝恵二《けいじ》という人物なんですが、これが難のある人でしてね」

秀子も十分に難儀だったが、あれ以上があるというのか。

「お二人に同行いただいた甲斐があります」

「ひょっとして反社会的勢力の人間というのは、その人物のことですか」

「お恥ずかしい話なんですが、やっぱり苦手な案件は後回しになってしまいます。基本、僕は臆病者なので」

「警察力に頼らなければ面談もできない相手なのですか」

「時によりけりですね。今回は生活保護打ち切りの話に言及する可能性もあるので……」

それにしても、と蓮田が二人の間に割り込んだ。

「その男がヤクザだと分からなかったのですか。確か暴力団員は生活保護の対象外だったはずでしょう」

この規定は素人の笘篠たちも知っている。

まず生活保護とは受給者の社会復帰を目的とした制度だが、暴力団員がシノギで得た収入は文書などで証明できないから社会復帰を立証できない。

二番目は、生活保護費として支給された現金が反社会的勢力の財源になってしまう惧れがあるからだ。

「申請した時点では、もうヤクザから足を洗ったという申告だったんですよ。それに手口も巧妙でした。何と生活支援福祉団体の職員を伴って事務所にやってきたんですよ。そういう人の紹介では信用しない訳にいきません。ところが後日調べてみると本人は構成員のままだし、その職員も脅されて片棒を担がされていました。もう後の祭りですよ」

「しかしヤクザが生活保護を当てにするとは、ずいぶんとみみっちい話ですね」

「彼の場合は月々十一万九千円、冬になれば灯油代としてプラス三千円。正月には更に一万円が加算されます。もちろん暴力団としての収入もあるでしょうけど、それだけの金額が定収入になればやめる気も起きないのでしょう」

それも笘篠は理解できる。暴対法以降、彼らの資金源は縮小し続けている。幹部以外の構成員の中には日銭稼ぎに明け暮れている者も少なくない。

久野町は昔ながらの住宅地で、木造平屋建ての家屋も少なくない。国枝の自宅も相当に築年数の経過した家で、生活保護を受給している家庭と言われたらなるほどと思える構えだ。

ただし駐車場に駐めてあるクルマが異彩を放っている。ベンツのCクラス。通報にあった新車とはこのことだろう。

「うーん、受給者には不相応なクルマですけど、新車ではありませんね。型落ちですよ」

円山はベンツを一瞥してそう呟く。

「ベンツC180ブルーエフィシエンシーアバンギャルド、三年落ちの中古車。これなら三百万円前後で買えますよ」

「詳しいんですね」

「こういうケース、結構多いんですよ」

円山は溜息交じりに言う。

「住む家がみすぼらしくても、外で乗り回すクルマは分不相応なほど豪華。一点豪華主義というんじゃなく、ただ見栄っ張りなだけなのでしょう。商売が商売だから軽自動車じゃカッコつきませんしね。受給者の中にもそうした人がいるので、変にクルマには詳しくなってしまいました」

「生活保護を受給しているのに、まだ見栄を張る人がいるんですか」

「人間というのはつくづく強欲な生き物だと思いますよ」

まだ二十代だというのに、円山はひどく冷めた物言いをする。他人の苦界に干渉し続けていると、誰でもこうなってしまうのかと笘篠はうそ寒い気分に襲われる。

インターフォンを鳴らすと、ドアを開けて貧相な顔立ちの女が現れた。

「福祉保健事務所の円山です。ご主人、帰ってますか」

女は男三人をひどく迷惑そうに睨んでから、いったん奥に引っ込んだ。

「あんたあ、福祉保健事務所の人、来てるよ」

「留守だって言っとけ」

「馬鹿だね、聞こえてるよ」

「へっ」

「家の中で鬱陶しい話すんの、やめてよね。子供に聞こえるからさ。外で話してよね」

「うるせえ、このクソアマ」

すぐに乱暴な足音が奥から迫ってきた。

「しつこいな、手前ェも」

玄関に現れたのは短髪の小男で、目つきだけでスジ者と分かる男だった。

「国枝さん、生活保護費受給の件で」

「馬鹿野郎、玄関先でそんな話するんじゃねえよ。クルマの中でしろ、クルマの中で」

なるほど家の中以外で秘密の保てるのは車中だけという訳か。

「で、この二人はいったい何なんだよ」

「研修中といいますか……安心してください。守秘義務は徹底されていますから」

国枝は肩を怒らせながらベンツに乗り込む。助手席に円山が座ったので、笘篠と蓮田は自ずと後部座席に追いやられる。

「いいクルマですね。ベンツのCクラスですよね。どうしたんですか、これ」

「人のクルマだ。事情があって預かってるんだ」

国枝は吐き捨てるように言う。円山の手前、自分が所有しているとは言えないのだろう。

「調べさせてもらっていいですか」

「何をだよ」

「陸運局に問い合わせればクルマの名義が誰なのかはすぐに判明しますよ」

「……もらったんだよ」

「こんな高級車をですか」

「俺たちの世界はなあ、ベンツだろうが何だろうが義理に比べりゃカスみたいなもんなんだよっ」

「つまりベンツは国枝さんの所有なんですね」

「ああ」

「だったら売却すればかなりの現金になりますね。ベンツの中古市場は高値で安定していますから、生活保護費一年分は余裕でしょう」

「何ふざけてやがる、このクソ野郎！」

途端に国枝は色めき立ち、円山の胸倉を摑み上げる。

「ふざけているんじゃありません。こんなクルマは生活必需品としてとても認められるものではありません」

「殺されたいのか」

「そういう台詞《せりふ》は後ろのお二方の顔色を窺ってから口にした方がいいですよ。何しろ宮城県警の刑事さんたちですから」

そう紹介されたら無視する訳にもいかない。笘篠と蓮田が同時に警察手帳を提示すると、国枝の表情が一変した。

「な、何だって刑事がこんなところにいるんだよ」

「国枝さん、まだ組員ですよね。そういった反社会的勢力の組織に属している方と生活保護の相談をする際には、警察から情報提供と助言指導、ならびに面談の場合は同席していただくようガイドラインが設けられているんです」

さすがに刑事二人を目の前にして啖呵《たんか》も切れないらしく、国枝は唇を曲げて黙り込む。

「今しがたわたしの胸倉を掴み上げましたが、大した力でした。申請時には利き腕が動かないという医師の診断書を持参されましたが、この分なら完治したということでいいですよね」

「おい、ちょっと待てよ」

「国枝さんへの受給は打ち切りの方向で検討させていただきます」

「待てって言ってるだろうがっ」

「それとも今まで不正に受け取っていた生活保護費を返還してもらえますか」

円山の表情には怯えが見てとれるが、それでも笘篠たちの援軍が後ろに控えているからか懸命に言葉を絞り出す。

「はっきり言わせてもらいますが、あなたのように遊んで暮らしている人に受給していた分、そっくり他の対象者に回してあげたい。どうか返還してください」

「けっ、そんなもの、もう使っちまったに決まってるじゃないか」

「じゃあ、せめてこの用紙に署名捺印してもらえませんか」

円山はそう言って、携えていたカバンから紙片を一枚取り出した。表題部には生活保護受給辞退届とある。

「これに署名捺印してもらえれば、既に受給したものについてほじくり返すことはしませんから」

「調子に乗るんじゃねえぞ」

国枝は用紙を奪い取ると、円山の目の前で二つに引き裂いた。

おい、とすかさず笘篠は口を挟む。

「それ以上、手荒な真似はしない方がいいぞ」

加勢を得て、円山は再び同じ書類を取り出す。

「結構ですよ。用紙はまだ沢山ありますから。取りあえずお渡ししておきます。もっとも辞退届がなくても、福祉保健事務所の判断だけで打ち切りはできるんですけどね。

それじゃあ、国枝さんも寝覚めが悪いでしょうしね」

国枝は笘篠たちには目もくれず、ひたすら円山だけを睨みつける。彼さえ脅かせば生活保護の打ち切りが回避できると考えているようだった。

「では用件も済みましたので、わたしたちは帰らせてもらいます」

「待てよ、この野郎」

「後日、福祉保健事務所から打ち切り決定の通知が届きます。もし内容がご不満でしたら、ちゃんとした手続きに則って不服申し立てをしてもらえれば、わたしたちも真摯に対応しますから」

「待てっつってんだろっ」

国枝は声を荒らげて再び摑みかかるが、笘篠がその肩に手を置いた途端、動きを止めた。

「騒ぎを起こすな。家族に聞こえてもいいのか」

それはまるで魔法の呪文だった。

円山を摑んでいた手を離し、当たり散らすように新しい書類の束を彼の顔に投げつける。

三人は国枝一人を残してクルマを出た。

「どうもご迷惑をおかけしました」

自分のクルマに戻ってから円山は頭を下げた。

「何だか虎の威を借る狐みたいで恥ずかしい限りなんですけど、国枝さんには一度あてでも言わないと……」

「ああ、構いませんよ。お陰で色々と参考にもなりましたから。生活保護というのはプラスの面だけではないことがよく分かりました」

「受給者の数は全国で二百万人を突破しています。社会保障費が削減されれば、こういう不正受給ケースはもっと増えていくし、その分わたしたちの仕事も忙しくなるでしょう」

円山は自嘲するように言う。

「でも、これでお分かりいただけたと思います。あの二人のように、行政側が真っ当な対応をしても相手からは憎まれることの方が多いんです。彼らにしてみれば生活保護費が定期収入のような感覚になっているので、打ち切られるのは国に搾取されているような気になるのでしょう」

「悪いのは自分たちなのに」

蓮田は憤懣《ふんまん》やる方ないという風に洩らす。

「それじゃあ逆恨みもいいところだ」

「三雲課長も城之内議員も、この仕事に関わる以上ご本人たちに身に覚えがなくとも逆恨みを受けることはあるのですよ。逆恨みというのは、相手構わずという場合も多いですからね」

車中の三人はしばらく黙り込んでいた。

4

「利根さん。今度はそっち、持っていってくれ」

現場監督の碓井《うすい》は岸壁近くに積み上げられた瓦礫の山を指差した。足場が不安定な場所では重機も使用できず、いきおいマンパワーを駆使するしかない。

はいと短く答えて、利根は猫車に瓦礫を乗せて指定された場所に運び出す。足腰の弱るような年ではないものの、荷積みの仕事はまだ身体に馴染まない。極端に荷が重いと、猫車のように不安定な運搬用具ではコツ以外に相応の体力が要る。

運んでいる最中、道路の窪みにタイヤを取られ、猫車があっという間に引っ繰り返る。

「おい、またかよー」

碓井は地面に散乱した瓦礫に駆け寄るが、手を差し伸べようとまではしない。

「いい加減に慣れてくれないと困るんだよな」

「……すんません」

　呟くように答えて、利根は瓦礫を掻き集める。

　城之内の死体発見が新聞報道で流れた日、利根は荻浜港《おぎのはま》にいた。櫛谷が東奔西走して就職先を探してくれたのだが、結局採用されたのは旋盤の資格には何ら関係のない港湾労働だった。もちろん利根に選択肢がある訳もなく、相手側の提示した条件に唯々諾々《いいだくだく》と従うしかない。

　刑務所の中でも作業に明け暮れたが、少なくともこれほど肉体を酷使したことはない。支払われる対価の違いを考えれば当然なのだが、長らく力仕事から遠ざかっていた身体に港湾労働は苛酷に過ぎた。

　瓦礫を運びながら、利根は刑務所で囚人仲間と交わした会話を思い出していた。この囚人はいったん出所したものの、ひと月も経たぬうちに同じ房に舞い戻ってきたのだ。

『結局よお。ムショ帰りにそうそう条件のいい働き口なんてねえんだよ。必死の思いで取った資格も、それこそ足の裏についた米粒と一緒で、取るに越したことはないが取っても食えねえ。同じ三度の飯と宿が確保できるんならよ。そりゃあ気心知れた仲間のいる塀の中の方が、よっぽど楽だってことさ』

　聞いた時にはそんなものかと他人事のように捉えていたが、いざ我が身のこととなるといちいち納得せざるを得なかった。

利根が前科持ちであるのを知っているのは現場監督の碓井までだが、得てしてこういう話ほど早く広まる。今でさえ職場から浮いた存在だというのに、前科が知れたらいったいどんな扱いを受けることか。

一日の仕事が終わると寮に戻る。同僚の何人かはつるんで呑みに行くようだが、まだ給料が支給されていない利根は二の足を踏む。

寮は建設会社の借り上げ社宅だった。間口こそ普通だが、中は極端に狭い。居住空間は四畳にも満たず、布団を敷けば更に狭くなる。元々はワンルームであった間取りを強引に二分したのだ。これなら家賃を激安にしても十分に利益が上がるし、その安さに飛びつく入居希望者も多い。何でも外国人居住者の多い新宿辺りが発祥の地らしいが、これではまだ房の方がいくらかマシのように思える。

ここは自分の居場所ではない。

人からも場所からも自分は嫌われている。

現場で汗を流していても、雑踏の中に身を置いていても、違和感は絶えず纏《まと》わりついてくる。これが前科持ちに共通の感覚だとすれば、懲役という刑罰は人の心のありようまで変えてしまう、残虐なものであると思い知る。

翌日は休工日だったので、利根は最寄りのＮＴＴ営業所に足を延ばした。

最近はネットや携帯電話の普及で固定電話を利用する者が極端に減ったと聞いた。だからだろうか、一階フロアの中には数えるほどしか来客がいなかった。整理券の発行機が設置されていないのも、なるほどと頷ける。

受付に座っていたのは四十代の女性職員だった。

「あのう、仙台市の電話帳が欲しいのですが……」

「結構ですよ。ずいぶん予備がありますから。少々お待ちください」

数分ほど待っていると、彼女は数冊のハローページを抱えて戻ってきた。カウンターの上にでんと置き、全部揃っているか確認しろと言う。

「それではどうぞ、お持ち帰りください」

大きめのナイロン袋を突き出すと、それで用件は済んだとばかり、利根から視線を外す。

「代金は……」

「要りません」

無料配布でも構わないほど、固定電話や電話帳の需要がないということなのか。いずれにしても目的の物が入手できたので、利根の方に文句はない。ハローページ数冊を袋に放り込み、そそくさと営業所を後にした。

寮に戻ってから早速仙台市版を開いてみる。

捜し求める三人目の人物。長らく塀の中にいた利根が人捜しをしようとした時、まず思いついたのは電話帳で相手の住所を検索することだった。104に登録さえしていれば氏名だけで住所が分かる。相手もそれなりに地位のある人物だったので、確率の高い調査方法に思えたのだ。

利根はしばらくハローページを繰っていたが、いずれにも目当ての名前が掲載されていないことを確認して頁《ページ》を閉じた。

どうしたことだ。まさかあいつは、もう宮城県内には住んでいないということなのか。それとも先の震災被害で命を落とすか、あるいは転居でもしたのか――。

つらつら考えているうち、死亡説は排除することにした。世帯主が死亡したとしてもすぐに104登録の名義を変更することは、遺族感情から推しても考え難い。第一、今検索しただけでも該当者と同じ苗字を持つ女性の掲載は一件もなかった。

では転居した可能性はどうか。

これは十分に有り得る。仙台市内はともかく湾岸沿いの住人の中には避難したきり、元の住所に戻っていない者も多数あると聞く。一度災厄が訪れた場所に住みたくないと思う者も一定数いるだろう。

早々に調査が行き詰まってしまい、利根はフローリングの上に伸びて天井を眺める。元より電話帳だけで相手の居場所を突き止められるというのは見通しが甘かったのかも知れない。

塀の中で新しい入所者からは、この十年ほどで情報の取得方法が大きく変化したことを知らされた。パソコンにスマートフォン、個人の端末で必要な情報が即座に入手できる時代になったのだと言う。

だが出所したばかりで、まだ住所も定まっていなかった利根は携帯端末の購入にさえ二の足を踏んでいた。それに仕事が安定するまでは、月々の使用料を払えるかどうかも不安だった。そして何より、新しい道具に触れる恐怖心が先に立つ。自分に使いこなせるのか、使いこなせないことで不要な疎外感を味わうことになりはしないか。

これもまた塀の中で生活していた者特有の浦島気分だった。塀の外の世界は移り変わりが早過ぎる。内と外では時間の経過そのものが違うような気さえする。懲役期間が長ければ長いほど、外での順応能力が削られるというのは本当だった。

まあ、いい。携帯端末がなくてもネットカフェに行けば、飲み物一杯でネットが利用できる。個人情報の全てが入手できるとは思えないが、少なくとも電話帳よりは手掛かりが摑めそうだ。

休日だからといって時間を無駄に費やせる立場ではない。そうと決めると利根はまた寮を出た。

駅前のネットカフェは、けばけばしい看板で遠目からでも場所が分かる。

店内に入ると、会員になるためには身分証の提示が必要だと説明された。生憎、以前に取得していた免許証は懲役期間中に失効してしまい、保険証の類いもまだ発行されていない。

「これならどうですか」

困った末に勤務先の社員証を提示すると、多少時間がかかったが、会員登録を済ませて奥の部屋へ案内された。

「三時間のご利用で千円。以降三時間ごとに千円が加算されます。一分でも超過すると延長と見做《みな》されるので注意してください」

つまり九時間いても三千円で済む計算だ。それなら下手に安ホテルに宿泊するよりも、ずっと手頃ではないか。聞けば簡便なシャワー室まで用意されているという。

「泊りがけの人もいるんですか」

「あまりお勧めはしていませんが……」

苦笑気味の店員についていくと、なるほどパーテーションで区切られた個室の中には、明らかに一泊する気らしく寝袋のようなものを用意している者もいる。

「指定された時間の三分前になったら、ブザーでお知らせしますので」

最低限の説明を終えてパソコンの電源を入れると、店員はまたカウンターへ戻っていく。

こうして座ってみると自分の書斎のようだが、狭小さが妙に馴染む。これも房での生活が長かった影響かと思うと、少し苛立たしくなる。

パソコンのキーを叩くなど何年ぶりだろうか。両手の人差し指を使って検索ワードに文字を入力してみる。

〈上崎岳大《かみさきたけひろ》〉

〈上崎岳大〉に関する記事を最新のものから検索してみたが、一件一件を吟味しているると時間はあっという間に経過していった。何しろ日本国内は言うに及ばず、海外発の情報まで網羅されている。大学教授、スポーツ選手、医師、町議会議員、ライオンズクラブ会員、釣り仲間――。

これはと思うものは年齢が合わず、年齢が近いものも写真を見れば別人だった。しかも住所も東北のみならず九州・沖縄まである。

そのうちに、最近は〈画像検索〉なる機能もあることを知った。何度か間違いながら画像検索のサイトを探し当て、検索ワードに氏名を入力するとこれもずらずらと画像が現れた。

だが当初予定していた三時間を過ぎても、目的の男にはなかなか巡り合えなかった。

既に時限を知らせるブザーは鳴っている。慣れない作業であることも手伝って、まだまだ調べ足りない。やむなく延長を申し出ることにした。

こうして情報収集をしていると、ネットの広大さをより思い知ることになる。利根はキーを叩きながら畏怖《いふ》する。

地位がある者ない者、有名である者そうでない者の区別なく、一度でもネットの海に放り込まれた者はこうして半永久的に写真が残る。これは前科を持った利根ならではの考えかも知れないが、全国指名手配と何が違うのだろうか。追われる立場でも糾弾される立場でもないのだろうが、よくもあっけらかんと自分の顔を曝《さら》け出せるものだと半ば感心する。少なくとも、自分は頼まれてもこんな場所に載りたくない。

不意に刑務所が懐かしくなる。あの塀に囲まれた世界は一種閉じられた世界であり、囚人同士が知る情報といえば前科と称呼番号くらいのものだ。しかもあそこでは、前科もランクづけの材料でしかない。

ネットの世界で顔を知られ、名前と所属、下手をすれば趣味や出自まで知れてしまう。それが果たして自由な世界なのかと問われると答えに窮してしまう。

やがて延長した三時間も終わりに近づいてきた。未だ必要とする情報は得られていないが、そろそろ限界がきたようだ。目指す人物はネット上にも姿を見せていない。

利根はどっと疲労を覚えながら個室を出た。

ネットカフェを出る頃にはすっかり暗くなっていた。

結局六時間も粘ってみたが捜し求める男の有力な手掛かりは遂に得られず、利根は歯嚙《はが》みをするしかなかった。あの男はネット上にも姿を現していない。素人である利根が探れるのはここまでだ。

後はどんな手段があるか――歩きながら考えていると、やがて一人の男の顔が浮かんだ。

確か、ここに入れておいたはずだ。思いついて札入れの中を探ると、果たして指先が一枚の名刺に触れた。

五代良則《ごだいよしのり》。塀の中で出会った男だが不思議とウマが合い、利根よりも先に出所したら名刺と手紙を送ってきた。もし出てきたら会いに来いとの内容だった。確か前科は詐欺罪で、ヤクザながら腕っぷしよりは知略に長けた男で、話していても退屈しなかった記憶がある。

名刺の肩書きには〈エンパイア・リサーチ代表〉とある。手紙に添えてあった説明では民間調査会社らしい。元ヤクザが経営する調査会社なので、真っ当なものとは考え難かったが、調査会社という触れ込みに惹《ひ》かれた。

正直、塀の中で知り合った人間に会うのは気が引ける。出自がヤクザなら尚更だ。塀の中では好人物でも、外に出た途端に妙なバッジや代紋がつき、関わった瞬間にその世界に引き込まれるような不安が拭いきれない。

それでも今の利根には情報が必要だ。会って少し話をするくらいなら実害はあるまいと、公衆電話から名刺に記載された連絡先にかけてみる。

『はい、エンパイア・リサーチ』

適度に畏《かしこ》まった口調に、半分安堵《あんど》する。

「あの、そちらに五代さんという方はいますか。俺、利根って者なんですけど」

『利根さんですね。少々お待ちください』

少し間があって違う声が電話に出た。

『はい、五代ですが』

「あの、俺です。刑務所にいた利根……」

『あーっ、あの利根ちゃんかあ。何だ、やっと出てきたんか』

「どうも。実はちょっと相談に乗って欲しいことがあって」

『就職の話かい。利根ちゃんならウチはいつでも歓迎だよ。あんたの真面目さ気に入ってるんだ』

早くも勘違いされそうなので、利根は慌てて軌道修正に入る。

「いえ、そっちの話じゃなくて。近々会ってもらえませんか」

『俺と利根ちゃんとの間で近々なんて、水臭いことを言うなよ。今、どこだい』

「石巻の近くですけど」

『そうか。じゃあ駅前かどこかで待っててくれないか。すぐ迎えに行くからよ』

「すぐって……そっち、多賀城《たがじょう》市じゃないですか」

『すぐだよ、すぐ』

それだけ言うと、五代は一方的に電話を切ってしまった。思い起こせば、五代という男は妙にフットワークが軽かった。

指定された石巻駅前のロータリーで待っていると黒のセダンがやってきて目の前で止まった。

「よお、久しぶりだなあ」

クルマの中から出てきた五代は人目も憚らず、利根に抱きついた。細面に理知的な目。黙っていたら、誰もスジ者だとは思わないだろう。

「いつ出てきたんだよ」

「一カ月ほど前です」

「何い。一カ月も前？　何でもっと早く連絡を寄越さなかったんだよ」

「居場所が決まるまで時間がかかったもので」

「居場所なんて俺がすぐにでも用意してやったのによ。そういうところが水臭いっていうんだ」

「すみません」

「まっ、そういう遠慮深いのが利根ちゃんの美点なんだけどな。飯、まだなんだろ。

どうせだから付き合えよ」

　そう言って、半ば強引に利根をセダンの中に押し込む。こうなってしまえば五代のペースに従うより仕方がない。

「震災の後に出てきたんなら、街の変わりように驚いただろ」

「ええ」

「ひでえもんさ。人も建物も、そこにあったものを全部流しちまいやがった。俺が出所したのは震災から二年後だったが、元の家なんざ基礎部分しか残っていなかった。まあ、元があばら家だったから惜しくも何ともなかったけどな」

　住んでいた家族はどうなったのか——とは敢えて訊かなかった。訊かれて構わないことなら自分から喋り出す男だった。

　五代と利根を乗せたクルマは多賀城市内に入り、あるキャバレーの前で停止した。

「ここのママが知り合いでよ。遠慮は要らねえよ」

　訊きもしないのに気軽に喋ってくる。この気安さも五代の身上だった。

　二人が通されたのはテーブル席ではなく、奥の個室だ。

「何を飲む。取りあえずビールでいいか」

「はい、それで」

　ボーイがグラスに入ったビールを置き、部屋を出る際にドアを閉めると店内で流れていた音楽もホステスたちの嬌声も一斉に遮断された。

「防音効果、すごいだろ。ここならどんな話でもできるぞ」

「はあ」

「まずは出所祝いだ。乾杯っ」

五代は喉を鳴らしながら中身を一気に呷《あお》るが、利根はちびりと唇を湿らせる程度に抑える。塀の中では絶対口にできないものの一つが酒だが、元より下戸の利根にはそれほどの有難味もない。

中身を空けた五代は利根の顔を覗き込んで言う。

「いいだろ」

尋ねられているのが店の雰囲気なのかビールの味なのか判然とせず、利根は返答に窮する。

「ちゃんと水商売が成立していることがだよ。俺が出てきた時にはこの店もなかった。それでも公共の施設よりは早かったからな。テレビとかのニュースじゃ流さないが、何もかもなくなった後で一番早く立ち上がるのは食い物屋と水商売だ。どちらも生きていくのに必要だからな。言ってみりゃ入口と出口だ。食い物を入れて、不平不満を出す」

「そんなものなんですか」

「この部屋出てみりゃ分かる。客のほとんどは愚痴と憂さ晴らしで来ているんだ。仮設住宅や勤め先じゃ言えない想いをここへ吐き出しにやってくる。そういう需要のあることをお上《かみ》は全然分かっちゃいない。復興といえば無駄なハコモノをすぐ作りたがる。本気で考えているんなら、こういう歓楽街を整備した方がよっぽどカネが落ちていく。まあ、お上がそういうことに気づかないから、潤うヤツが出てくるんだけどな」

五代は不敵に笑ってみせる。

「で、お前の話したいことってのは何だよ」

「五代さんの仕事って、何を扱っているんですか」

「うん、俺の仕事か？　色々取り扱っているけど、主たるものは名簿屋だな」

名簿屋というのは塀の中で利根も何度か小耳に挟んだことがある。高額所得者やら株主やら、カモになりそうな人間の連絡先を名簿にして売り捌《さば》く商売のことだ。

「その名簿の情報というのは正確なんですか」

「そりゃあ入手先にもよるさ。ウチのは正確無比だぜ。何せ銀行や証券会社の顧客名簿の完璧な写しだからな」

「へえ、そんなものどうやって手に入れるんですか」

「簡単だよ。中で働いている社員がデータを持ち出すのさ」

五代はしれっと大胆なことを言い出した。

「正社員をこっちに巻き込むのは難しいけどよ。派遣社員やパートのおばちゃんとかは結構簡単にカネになびくんだよ。まっ、自分が正社員になれないって恨みもあったりするしな。そういうヤツらに会社の顧客データを持ち出させる。手数料は十万円程度だが、カネ持ちの顧客情報ってのは一件あたり最高五千円とかで売買できるからすぐに元が取れる」

「犯罪……ですよね」

「あったりまえじゃないか。立派な窃盗罪だよ。個人情報保護法にも違反しているかな。盗んでいる本人たちだって承知でやっているんだし、発覚しない限りは誰にも迷惑かけないし、ずいぶん穏当な犯罪だよな」

快活に笑う五代を見ていると、本当に犯罪ではないように思えてくるから不思議だ。

「だけど俺の仕事の内容を聞いてどうするんだ。やっぱり興味があるのかい」

「いち個人の情報を探すってのは可能ですか」

「何だって」

「カネ持ちかどうかは知りませんけど、ある男の居場所を知りたいんです。俺も電話帳やネットで一応調べてみたんですけど、全然手掛かりがなくって……五代さんの会社だったら、そういう情報、入手できますか。もちろん手数料は払います。一度には無理かも知れないけど」

「おい、ちょっと待てよ」

防音効果を自慢しておきながら、五代は一段声を低くした。

「あまり穏やかな話じゃなさそうだな」

穏やかな話でないのはその通りなので、利根は無言で頷いてみせる。

「その相手ってのは、どんなヤツなんだ」

「俺がムショにぶち込まれる原因になった男です」

「今でも恨んでるのか」

「憎んでも憎み足りないヤツです」

利根の目を覗き込んでいた五代は、短い溜息を吐く。

「要はお礼参りか……ちょっと意外だな」

「何がですか」

「お前はそういう手合いじゃないと思っていたからな。何て野郎だ」

「上崎岳大。上の崎、山岳の岳に大きいと書きます。今なら年は六十五歳。八年前は塩釜の福祉保健事務所で働いていましたけど、今はどこで何をやっているか全然分かりません」

「福祉保健事務所勤めってことは公務員か。それなら数日もあれば探し出せるだろうな」

「頼まれてくれますか」

「ムショ仲間の頼みなら聞かない訳にはいかないだろう」

「有難うございます。いくら出せばいいんですか」

「カネは要らん」

「えっ」

「ムショで、嫌がりもせず俺の話をまともに聞いてくれたのはお前だけだったからな。今回はタダで引き受けてやるよ。で、この上崎ってヤツの居所が知れたら、お前は何をするつもりなんだ」

これにはさすがに答える訳にいかなかった。

「お前に懲役を食らわした復讐でもするつもりか」

「……もしそうだったら、引き受けてもらえないんですか」

「そんなことはねえけどな。俺が教えたことで、結果的にお前がムショに逆戻りすることになったら寝覚めが悪くなるからだよ」

「五代さんには決して迷惑をかけません」

「馬鹿野郎。そんなこと言ってんじゃねえ。まあ、手前ェの身だからどうしようがお前の勝手なんだけどよ」

五代は苛立たしそうに、指でテーブルを叩く。

「塀のこっち側と向こう側を行ったり来たりってのは、退屈はしねえが碌なもんじゃねえぞ」

五代なりに心配してくれているのが分かるので、利根はひたすら恐縮する。

「まあいい。とにかく頼まれたからには結果を出してやる。ほら」

そう言って、五代は利根の眼の前に携帯電話を突き出した。

「架空名義のケータイだ。お前、どうせ持ってないだろう。これに結果を連絡する。後は好きなように使うなり捨てるなりしろ」

「何から何まですみません」

「その代わり、一つだけ約束しろ」

五代は指をくいくいと動かして、利根の顔を近づけさせる。

「何をするのもお前の自由だが、下手はうつなよ」

「……そう心掛けます」

五代との会合はそれで終わり、利根は元いた場所まで送り届けられた。セダンのテールランプを見送りながら、利根は五代と交わした会話の数々を反芻《はんすう》してみる。保護司の櫛谷を除けばこっち側の人間は押しなべて利根に冷淡だ。ムショ仲間の五代の方が、よほど人情味がある。

ああ、そうかと不意に合点がいく。一度懲役刑を食らった者の再犯率が高いのは、こんな風にムショ仲間しか頼れないからなのだ。

近い将来、自分もまた塀の中に舞い戻るのだろうか——利根は腹が冷えていくのを感じた。

五代から連絡があったのは、それから二日後のことだ。着信音の振動を胸に感じるのはそれが初めてだったので大層驚いた。

「はい……」

『俺だ、五代だ。例の男、居場所が分かったぞ』

連絡を受けたのが現場だったので慌てた。

「ちょっと待ってください。今、近くにメモするものが……」

『後でメールしてやるから、それで確認しろ。一応、口頭でも伝えておくぞ』

そして五代は相手の住所を喋った。

『じゃあ、気をつけろよ』

それっきり電話は切れた。利根は見えない相手に向かって深々と頭を下げる。

三雲忠勝も城之内猛留も死んだ。これで残るは上崎だけとなった。

あいつを捜し出せばそれで自分の仕事は終わる。

三　貧者の死

1

行政側が真っ当な対応をしても逆恨みされることがある。

円山の仕事に同行したお陰で、笘篠には今回の事件の動機がうっすらと見えたような気がした。

「犯人は表に出ている数字から排除されているんじゃないのか」

刑事部屋の中で笘篠がそう呟くと、早速蓮田が反応した。

「表に出ている数字って何のことですか」

「見てみろよ、これ」

笘篠は自分用のパソコンを指し示す。そこに表示されているのは厚生労働省が発表した〈生活保護受給者の動向等について〉という表題の報告書だった。

「二ページ目に、過去十年間の受給者数の推移が掲載されている。これによると平成十六年七月には百四十万人だった受給者が今では二百十六万人にまで増加している」

「グラフの伸び方がえげつないですね。でもここ二年くらいはほぼ横ばいになっているじゃないですか」

蓮田が指を差した部分は、なるほど平行線に近い。近年の推移だけなら、グラフは高止まりになっていると見えないこともない。

「いや、現政権になってから社会保障費一割減を政策として提案しているだろう。横這いになっているのは、その政策に沿って受給者数を調整しているからだと思えないか」

「でも、宮城県のケースは別でしょう。円山さんの話だと、生活保護率は震災の翌年から上がっている上に、仙台市には県内各地から生活困窮者が流入しているんでしょ」

「生活保護率の分母は世帯数だ。世帯数が激減していたら、実際に受給している人数が変わらなくてもパーセンテージは上がる」

「あ……」

「宮城県の特殊事情はさておき、過去十年で生活保護受給者はとんでもなく増加している。財源にアップアップの厚労省が、この事態にただ指を咥《くわ》えて見ていた訳がないし、受給者が増えたということは、申請者はもっと増えたことを意味している。県内の福祉保健事務所が水際作戦で受給者の増加に待ったを掛けていたのは想像に難くない」

「じゃあ、笘篠さんの言う数字から排除されているってのは、その水際で食い止められた申請者って意味ですか」

「善人である三雲と人格者である城之内が殺された。考えられる動機は逆恨みくらいだろう……今から塩釜に行く」

「塩釜。福祉保健事務所ですね」

「三雲と城之内が勤務している期間、生活保護申請を却下された者。あるいは受給していながらケースワーカーの報告で打ち切られた者。そういう対象者のリストを入手して片っ端から潰す」

蓮田は何の疑問も口にせず、後に従う。

塩釜福祉保健事務所に向かう道すがら、笘篠は蓮田に問い掛けてみた。

「さっきから黙りこくっているが、何を考えている？」

「いや……笘篠さんの言う通り、犯人が生活保護の受給から弾かれた人間と仮定しても、あの殺害方法はやはり残酷だなと。ただ餓死という方法を採ったのも、犯人像が貧困者ならなるほどとも思えます。飲まず食わずの苦しみをお前も味わえって趣旨ですからね」

同じことは笘篠も考えていた。今までは三雲や城之内のような信望厚い人間を餓死させるのは、よほど怨恨をもった人物と推測していたのだが、動機が生活困窮に関わるものなら、逆恨みからの犯行と仮定しても十分に説得力を持つ。

問題は対象となる人間の数と情報の正確さだった。

九年前からの二年間、塩釜福祉保健事務所がどれだけの生活保護申請を受け付け、そしてどれだけ排除してきたのか。また、申請の記録が保管されているとして、それが現在まで有効な情報なのかどうか。何しろ二〇一一年の震災で多くの人命が失われ、それと同等の人間が県外に移転している。そうなると情報の追跡に時間が掛かる。

「それにしても笘篠さん。仮にその犯人が三雲と城之内を逆恨みしていたとして、どうして今頃になって犯行に及んだんでしょうか。恨み骨髄で八年待ったというのは理解できても、そのインターバルには何か意味があるんでしょうか」

「八年待たなきゃいけない理由があったとしたらどうだ。何らかの理由で犯人は八年間、被害者たちに近づくことができなかった。そして八年経って、その軛《くびき》から解き放たれた」

「つまり外国に居住していたか、あるいは刑務施設に収監されていたか」

「ああ。そんなところだと思う。いずれにしても相当執念深いヤツだろうとは思うがな」

その時、車窓の隅に見慣れた男を目撃した。まだクルマは青葉区を出たばかりだ。それなら彼を見掛けたとしても不思議はない。

「すまん、その先でちょっと停めてくれ」

「どうかしましたか」

「ちょっと気になるものを見た」

一つ向こうの区画でクルマを停めてもらい、笘篠は蓮田とともに外へ出る。向かったのは平屋建ての建物がずらりと並ぶ長屋だった。

「いったい何が気になる……」

「しっ」

笘篠が指す方を見て蓮田が口を噤む。

手前から三軒目の低層住宅。その玄関先に円山と老婆の姿があった。

見れば、円山は懇々と何事かを老婆に説明しているようだ。やがて円山は老婆を促すようにして家の中に入って行く。

「また昨夜のように、生活保護打ち切りの警告をしてるんですかね」

犯罪行為でもないのに他人の仕事に介入するつもりなどさらさらない。しかし、円山の話していた老婆がひどくみすぼらしく弱々しいのが気になった。

今更社会正義を名乗るつもりもないが、さすがにあの風体の人間もセーフティネットから弾き出すというのは、個人的にも看過できない。蓮田も同じ思いを抱いたのか、やや表情を険しくして円山の背中を見守っている。

「でも、笘篠さん。円山さんがあの婆さんの生活保護を打ち切るような報告をしても、警察にそれをどうこうする権限はありませんよ」

「警察としてはな。しかし俺たちがそういう場面を目撃したことが今後の彼にとって心理的なブレーキになるのなら、越権行為でも何でもないだろう」

「……笘篠さんも割にエグいことを考えるんですね」

「その程度のことがプレッシャーとして有効になる人間だと見越しているからやるんだ。あの円山って職員は職務に忠実ではあるが、それだけの人間だとも思えないしな」

笘篠と蓮田は二人の入っていった家に近づく。ドアが薄く、玄関で話しているので内容は外にいても洩れ聞こえてくる。

『こういう小難しい書類は書き慣れてないねえ』

『だからね、佐々木《ささき》の婆ちゃん。細かいことはこちらで記入するからさ、婆ちゃんはここに自分の名前書くだけでいいんだってば』

『それじゃあ代筆だろうに』

『いいんだって』

『気が進まないねえ』

どうやら生活保護の辞退について、本人の署名を強引に取ろうとしている様子だ。文書の種類にもよるが、強制の度合いがひどければ恐喝罪もあり得る。蓮田の表情が一層険しくなる。

だが、次に洩れてきた円山のひと言で様子が変わった。

『気が進むも進まないもない。お婆ちゃん、勤めもしていないし、身寄りもいないじゃないか』

『それは……』

『こっちだって調べたんだよ。お婆ちゃん、ビル清掃の仕事を二カ月前に辞めさせられたじゃないか。唯一の身寄りだった息子さん夫婦は津波で家ごと流されている。そんな状態で生活保護を受けないって、どんな了見なんだよ』

『でもねえ。生活保護を受けてるなんて人聞きが悪いじゃないか』

『電気止められた状態で人聞きが悪いも何もないだろっ。さあ、早くこの申請書に名前だけ書いて。そうすれば来月から楽になれるんだからさ』

『でもねえ……やっぱり気が引けて』

『どうして』

『生活保護って、要するにわたし以外の人が払っている税金から賄っているんだろ？　何かさ、世間様に迷惑をかけているみたいで申し訳ないじゃないの』

『佐々木の婆ちゃん、あんた、間違ってるよっ』

円山の声が跳ね上がる。笘篠たちと話している時とはまるで別人のような口調だった。

『お婆ちゃんの世代は、ふた言目には世間に迷惑をかけるからって言うけど、それは違うんだからね。生活保護っていうのは、税金っていうのはあんたみたいな人たちを掬い上げるためにあるんだ。それ以上に税金の真っ当な使い道なんてないんだから』

『そんなものかねえ』

切羽詰まった様子の円山に対して、老婆の口調はまるで他人事のようだ。

『そうだよ。だから遠慮なく申請して構わないんだって。申請書さえあれば、後はこちらで何とか通しておくから』

『何だか悪いけど……まあ、福祉保健事務所の職員さんが言うことだからご厚意に甘えようかね』

『ご厚意なんかじゃない。これは権利なんだって。お婆ちゃんには最低限文化的な生活を送る権利がある。それを国が援助するのは当たり前だ』

『それでもやっぱり他人様のおカネだからねえ』

『だからね、これは資産の再分配といって……』

『だからよお、小難しいことはよう分からん』

『余剰資産の一部を困っている人間に回す。それは政府が使命としてやっていることだ。だから佐々木のお婆ちゃんは、それを当然のものとして受け止めればいいんだよ』

何とか老婆を説得しようとする声を聞いているうちに、苫篠は切なさを覚えてきた。

「もう、行こう。どうやら俺たちは邪魔者らしい」

そう促すと、蓮田も納得したように頷く。

「笘篠さんの人を見る目は確かですね。円山って人は、ただ職務に忠実なだけの人間じゃないみたいですから」

「いや、やっぱり職務に忠実なだけの人間だ」

「だって」

「あれが、本来の公務員のあるべき姿だ」

「……ですね！」

生活保護受給に関わる職員全てが円山のような人間ばかりなら、問題も少なくなるのだろうな——一瞬そう思ったが、すぐに撤回した。

行政側の人間がいくら職務に忠実であっても、問題がカネ絡みである限り揉《も》め事は決してなくならない。それが人間の業のようなものだからだ。

「あれくらいの真面目さを塩釜の福祉保健事務所にも期待したいところですね」

再びクルマに乗り込む際、蓮田は半ば愚痴るように言った。

気持ちは笘篠も同じだったが、過分な期待はするまいと決めていた。おそらく円山のような職員も少なくないだろう。しかし組織は個人の思惑などひと呑みにしてしまう。国が社会保障を抑制しようとしているさなか、円山の行っていることは蟷螂《とうろう》の斧《おの》に等しい。

同じ公務員同士でも、やはり警察手帳の霊験はあらたかで、笘篠と蓮田はすぐ応接室に通された。二人を迎えたのは生活支援班の支倉《はせくら》という男だった。

「八、九年前、生活保護申請を却下した案件、ですか」

「当時、ここには三雲忠勝さんと城之内猛留さんが勤務していましたよね」

「ええ、それはその通りです。二人とも三年の任期のようでした。城之内さんが班長、そして三雲さんが受付担当者。わたしもさっきあなた方から知らされて調べたんですけどね」

支倉は迷惑そうな様子を隠そうともしなかった。

「申請を却下された者の中で、二人を逆恨みした者が犯行に及んだ可能性があります」

「逆恨みと言われましても……福祉保健事務所は対象者に恨まれるような阿漕《あこぎ》な真似はしておりませんよ。社会的弱者を救う崇高な仕事なんですから」

不思議なもので、この男の口から聞かされる〈崇高〉は胡散《うさん》臭い響きがしてならなかった。

「されるはずのない恨みだから逆恨みなんですよ。何もあなた方の業務が不適正だと言っている訳ではありません」

「それはもちろんそうでしょうが……」

「早速ですが、却下案件を見せていただけませんか」

「今すぐと言われても困ります。何せだいぶ前の記録なので現存しているかどうか」

思わず耳を疑った。

「まさか、そんな記録を抹消しているんですか」

「文書類の保管年限は五年ですしね。月ごとの申請数を考慮すれば、五年でも手一杯なのですよ」

「……とにかく調べてください」

「ええ。ただし職員は多忙を極めていますので、お時間をちょうだいしたいですね」

そう言うお前はずいぶん暇そうじゃないか。

笘篠は思ったことが表情に出ないように努める。

「申請書というのは紙ベースなんですか、それともデータ化されているんですか」

「データ化されていますよ」

「それなら、さほど時間はかからないように思えるんですが」

「時間がかかるとは言っていません。通常業務を優先させてほしいのですよ」

支倉は唇の端に傲慢《ごうまん》さを浮かべている。

感情を面《おもて》に出すことはしないが、ここは捜査本部としての態度を示しておく場面だろう。笘篠は身を乗り出して、支倉を正面から見据える。

「重ねて申し上げますが、これは犯罪捜査です。善良なる市民はもちろん、公務に携わる方にも協力をお願いしなければなりません」

「言われるまでもありません。しかしお時間はいただきたいですね」

これでは堂々巡りだ。

支倉とこれ以上話していても進展は見込めない。笘篠は事務的な対応に切り替えることにした。

「承知しました。では、可能な限り早急に対処していただければ有難いです」

「今でなくても結構ですから、正式に文書でご依頼いただけますか」

笘篠は心中で歯嚙みする。言葉は慇懃だが、裏を返せば正式な文書での依頼がない限り着手しないと言っているようなものだ。

「ご対応を見ていると、あまり協力的ではないように思えますが」

「とんでもない。官庁同士、フォーマットに則った手続きが好ましいと思っております」

本来、こうした場合には捜査関係事項照会書を発行するのが通例だが、その手間さえ惜しんでいるのを知った上での対応らしい。しかも照会書という文書の性格上、求めているのはあくまで資料提供という協力であり、対応が遅くなろうが、甚だしい場合には無視を決め込んだとしても罰則は存在しない。強制的に捜査したいのなら令状を取って乗り込まなくてはならない。

「何か、そちらに都合の悪い事情でもありますか」

「滅相もありません。役所仕事というのは、こういうことでしょう。違いますか」

ここは忍の一字だ。

「署に戻ったら、早速手配しましょう。それでは退散するとしましょう」

笘篠ほど自制心のない蓮田は不満げな様子だったが、それでも促されて一緒に席を立つ。庁舎を出るまで我慢していた憤懣は、クルマの中に入った瞬間に爆発した。

「畜生、何て態度だ。足元見やがって」

「そんなにかりかりしなさんな」

「しかし笘篠さん。あんな非協力的な態度って」

「あちらさんにも不都合があるのさ」

不都合と聞いた途端、蓮田は顔色を変えた。

「表に出して何も困ることがなければ、あの場で提出するさ。それをなるだけ後回しにさせようとしているのは、精査されたら具合の悪い情報が存在しているからだ」

笘篠は吐き出すように言う。

「仙台市には前科もある」

「前科？」

「二〇〇九年だったか。宮城野区の女性が、職員から生活保護費受給の辞退届を無理に書かされたとして審査請求している。仙台市が十分な配慮を怠ったとして、県は打ち切り処分を取り消した。二〇一三年には保護費の切り下げについて審査請求をしようとした女性が、市の窓口で書類の受け取りを一時拒否された。大きく報道されたものでもそれだけある。報道されていないケースはもっとあるんだろうな。それをいちいち掘り起こされるとなれば抵抗したくもなるさ」

「水際作戦ってヤツですか……ひどいというか、なりふり構ってられないみたいですね。それにしても笘篠さん、よくそんな事件憶えていましたね」

「調べたのさ。もっとも、今言った通り報道された事件だけだがな」

結局のところ、ネットで検索できる事件は解決済みのものばかりで、しかも生活保護の復活や関係者の謝罪で終わっている。では、闇に葬られたケースはどうなっているのか。

「警察の要請にも拘わらず、データの提出をあれほど出し渋るんだ。自分の担当でなくても隠したいことがあるんだろう。それこそ組織防衛の心理が働いている」

「あれで素直に出してきますかね」

忌々《いまいま》しいことに、蓮田の懸念は現実のものとなった。捜査本部に取って返した笘篠はすぐに捜査関係事項照会書を塩釜福祉保健事務所に送りつけたが、翌日になっても翌々日になっても一向に回答は届かない。痺《しび》れを切らして電話で直接支倉に督促しようとしたが、のらりくらりと言い訳を聞かされる羽目になった。

一週間が経過しても何の進展もないため、笘篠は単身塩釜福祉保健事務所を再訪した。ところが散々待たされた挙げ句、受付の事務員から返ってきたのは「支倉班長は外出しています」という木で鼻をくくったような返事だった。

居留守を使われたのは明らかだった。

「福祉保健事務所が情報開示に応じないだと」

笘篠から報告を聞くなり、東雲はあからさまに不機嫌な顔を見せた。

三雲と城之内の接点がかつての勤務先であることは、捜査会議の席上のみならず東雲個人にも伝えている。従って情報開示の重要性も十二分に承知している。不機嫌なのはその証しだった。

「先方に何か都合の悪いことがあるのか」

管理官室には東雲と笘篠の二人しかいない。腹蔵なく話をするにはちょうどいい環境だった。

「福祉保健事務所が行っている水際作戦に、行き過ぎの事例が含まれていると推測しています」

「その行き過ぎの例の一つが今回の事件に繫がっている……そういう線か」

「断言はできませんが、無視もできないと思います」

「人が二人も殺されるくらいだからな。それが事実だとしたら相当に阿漕な真似をしたのかも知れんな。マスコミに洩れでもしたら、担当者の首が一つ二つ飛ぶくらいの」

「可能性はあります」

「だが一つだけ疑問がある」

「何故、今頃になって八年前の恨み辛みが発動したのか、ですか」

「いや、それは何らかの事情があってのことだろう。疑問なのは八年もの間継続するような恨み辛みが果たして存在するかどうかということだ」

なるほど、そこにくるのか。

「我々公務員や毎月の収入が保障されている人間には理解しづらいものでしょうが……生活保護が受給されないというのは、つまり今日食べるにも事欠く有様という意味です。月並みな言い方ですが、食い物の恨みは怖ろしいですよ」

「何やら実感のこもった台詞だな」

「あの震災の起きた日、わたしは公民館で被災民の保護と対応に追われていました。

一日ほど救援物資が手元に届きませんでしたが、たったの一日でも気分がささくれ立ちました。公民館にいる者全員が同じ境遇だったからまだしも自制心が働きましたが、もしあれが自分一人の身に起きたとしたら果たして感情を抑えきれていたかどうか」

「……なるほどな」

東雲はあっさりと合点したようだった。東北の人間にとって、あの出来事はふた言み言で全ての感情を共有できる悲劇だった。

「そういうことならデータの提出を急がせるとしよう」

「しかし管理官。先方は担当者が居留守まで使う有様です」

「相手は役人だ。だったら役人が一番嫌う手法を使うまでだ」

東雲は不敵に笑ってみせる。

「県警本部長に動いてもらおう。現役の県議が被害者になっている重要案件だ。ここで権威を振り翳《かざ》してもらわなきゃ、宝の持ち腐れだ」

県警本部長から直接の指示があれば、福祉保健事務所も無視することはできない。

「ただし、あくまでも本丸は容疑者捜しであるのを強調しておくべきだろうな。福祉保健事務所の水際作戦を炙《あぶ》り出すような印象は控えなければ、先方もデータを差し出しにくくなる」

生活困窮者に対する阿漕については片目を瞑《つむ》れということだ。諸手を挙げて賛同する気にはなれないものの、捜査方針だと考えれば辛抱できないこともない。

「大抵の場合、鶴の一声というのは現場の士気を殺《そ》ぐものだが、ごく稀《まれ》には逆に作用することがある。見物しておいて損はないぞ」

東雲は愉快そうに嗤ってみせる。

「たかだか厚労省の出先機関が資料提出の拒否だと。ふん、笑わせてくれる。そんなちっぽけな権力を笠《かさ》に着ている者は、もっと大きな権力に脅かされればいい」

東雲の嗤いもまた傍で見ていて気分のいいものではないが、この場合はよしとしよう。毒を以《もっ》て毒を制すの格言通りだ。

実際、東雲が県警本部長に進言すると効果は覿面《てきめん》に表れた。何とその日のうちに資料の一切合財が捜査本部に送られてきたのだ。

段ボール二箱分の資料にUSBが一つ、それこそが三雲と城之内の執務期間中、生活保護を打ち切られた者および申請を却下された者全員の書類とデータだった。

「よくもまあ、これだけの案件を弾いたものですね」

現物を見た蓮田は呆れたように言った。

だが笘篠は呆れるより先に怖気《おぞけ》をふるった。段ボール二箱分の憎悪が込められているかと思うと、なかなか箱を開ける手が伸びなかった。

2

その日から、笘篠と蓮田は捜査本部に泊りがけで資料を精査することになった。段ボール箱やらUSBやらに収められていた生活保護打ち切りと申請却下の件数は、城之内と三雲が在籍していた二年間で七百件近くに上っていた。

「弾きも弾いたり七百件ですねえ」

蓮田はひどく倦《う》み飽きたように言う。

「円山さんの仕事を見ているんで、福祉保健事務所側に打ち切りや却下の理由があるのは分かっているんですが、さすがにこうも数があるとどっちもどっちという気がしますね」

蓮田がそう言うのも無理はないと思った。一件一件の書類に目を通し、二人を殺害する動機が見込まれるケースを抽出していく。その上で申請者の存在を確認していくのだから、手間も時間も掛かる。東雲の配慮で増員してもらったが、それでも精査する度に申請者の内情が垣間見えて捌く手も遅くなる。

生活保護費申請却下と打ち切りの事由は、主にカネの有無と申請内容の虚偽の有無だ。

〈申請却下事由〉
・稼働能力を活用していない
・豪華な持家がある
・一定以上の貯金がある
〈生活保護費打ち切り事由〉
・虚偽申請（財産等の不正申告）
・家族関係の経歴詐称

積み重ねられた書類の山は、窓口事務やケースワーカーがこうした虚偽を暴いてきた記録だった。一方、笞篠は備考欄も空白のまま、ただ却下されている書式に得体の知れなさを覚える。

「こういうのはあくまで役所の書類だからな。却下するにしても役所側の論理だし、対象者の言い分はひと言だって書いていない」

「この書類が恣意《しい》的なものだっていうんですか」

「警察も含めて、役所の作成する書類なんてみんな恣意的じゃないか」

蓮田は大して反駁することもなく頷いてみせる。捜査畑を一年も歩いていれば思い当たるフシも多々ある。

検索作業は四日に亘《わた》った。その結果抽出されたのは不服申し立てを含み申請が複数回に及ぶ者。事務所関係者とトラブルがあった者。そして本人もしくは扶養親族が存命中のケースだった。

　申請者の中には一度くらいの却下にはめげず何度も窓口を訪れる者がいる。笘篠たちは、そこに申請者の執念を読み取った。一度きりの却下で諦めるような人間なら、当時の担当者を八年以上の長きに亘って恨むようなこともないという読みだ。

　執念深い者の中には当然のように窓口やケースワーカーとトラブルを起こした者が存在する。小さな揉め事なら事務所側が要注意人物として記録に残しているし、暴力沙汰になれば所轄にも届出が残っている。

　そして最も重要なのが申請者本人及び扶養親族の生存確認だった。いくら事務所に恨み骨髄であったとしても、関係者が死亡していては犯行に手を染める者が存在しない。

　それらの三つの条件で絞り込んだ結果、四人の容疑者候補が浮上してきた。

市川《いちかわ》まつ江《え》（七十四歳）　塩釜市北浜
瀬能瑛助《せのうえいすけ》（五十四歳）　塩釜市本町
郡司典正《ぐんじのりまさ》（六十歳）　塩釜市尾島町
高松《たかまつ》ひで子《こ》（享年六十二）　塩釜市港町

「最後の高松ひで子は既に亡くなっているんですね」

「ああ。本人の死後に親族が事務所とトラブルを起こしている。それ以外は本人が存命中だ」

「死んだ家族の復讐という可能性ですか……でも、笘篠さん。復讐するほど本人を慕っていた親族なら、そもそも生活保護云々の話は出ないんじゃないんですか」

　蓮田の疑問はもっともであり、実を言えば笘篠も同じように思っていた。それほど大事な家族なら、生活保護を申請する以前に親族が扶養するのが当然の成り行きだからだ。

「候補に挙がっているからには聞き取りしなきゃならん。実際に当事者から聞いてみれば、申請書からでは窺い知れない事情が炙り出てくる可能性がある」

「でも本人を訪ねるにしろ親族を訪ねるにしろ、相当前の話ですからね。案外、事務所と揉めたことも忘れている可能性だってありますよ」

　それはあまりないだろうと笘篠は考える。申請を却下した側の城之内や三雲が忘れたとしても、されたた方は決して忘れないだろう。殴った側が拳の痛みを忘れても、殴られた側は頬の痛みを忘れないのと同様だ。そして回数が多いほど、殴る側は拳の痛みにも不感症になっていく。

「それはそうと、あの男の所在は判明したのか」

　笘篠は容疑者潰しよりも重要な案件を忘れなかった。

「城之内や三雲と同じ時期に福祉保健事務所に勤めていた男だ。三人目の犠牲者にならんとも限らん」

「上崎岳大でしょ。ちゃんと居場所は特定していますよ」

蓮田は大丈夫だというように親指を立ててみせる。

「当時の職員名簿から追跡して現住所を割り出しています。本人と面談する必要もありますけど、とりあえず自宅に一人張りつかせています」

城之内と三雲の関係が判明すると、笘篠はすぐ二人の上司に注目した。

上崎岳大は二人が勤めていた当時、塩釜福祉保健事務所の所長だった。容疑者が二人を狙っていたのなら、上崎が第三の標的に選ばれても不思議ではない。いや、彼らの上司であり決定権を持っていたのなら彼ら以上に憎まれても当然ではないか。

「でも笘篠さん。三人目なんて有り得ますかね。二人殺されて、我々県警本部の人間がその関係性に気づいているのも分かりそうなものです。それなのに、敢えて三人目を狙おうとしますかね」

「まともな犯人なら、そんな無駄なことはやめるだろうな。二人連続で殺されて、こちらが躍起になっているのも容易に想像がつく。今、三人目に手をつけるのは、飛んで火に入る夏の虫だ」

しかし、と笘篠は言葉を続ける。

「刺すでもなく首を絞めるでもなく、被害者を飲まず食わずにして餓死させようなんて犯人なんだ。まともな犯人だと思わない方がいい。そして、まともじゃないから平気の平左で三人目を狙うんじゃないか」

「……ですね」

「所在が判明しているのなら、その上崎から早速事情を聴取しよう。二人を知っている人間なら、今回の事件を招いたトラブルについて何か知っているかも知れない」

すると蓮田は申し訳なさそうに首を振った。

「それは無理ですよ、笘篠さん」

「何が無理だ。下手すりゃ自分が狙われるっていうのに事情聴取を拒否するつもりなのか」

「いえ、そうじゃなくて……上崎は数年前に奥さんを亡くして独り者なんですが、今はフィリピンに旅行中で会えないんですよ」

会いたい相手が外国にいたのではしょうがない。上崎の帰国を待つ一方で、笘篠と蓮田は四人の容疑者候補から話を聞くことにした。

八年以上前の話を果たして本人が憶えているのか——蓮田の疑念は最初の相手で見事に払拭された。

市川まつ江は福祉保健事務所から受けた仕打ちをまるで昨日のことのように憶えて

いた。

「あいつらは初めっから、わたしに生活保護費を受給させる気なんてなかったのさ」

まつ江の自宅はまるで廃墟と見紛うばかりで、破れた窓ガラスにはビニールが貼られ、床の数カ所は腐って凹《へこ》んでいる。ここに人が住んでいるという事実が俄《にわか》には信じ難い。

「その時の窓口担当を憶えていますか」

笘篠の質問にも、まつ江は牙を剝く。

「三雲ってヤツだよ。わたしゃあいつの顔と名前を金輪際忘れたことがないんだ」

「しかし、最初から受給させる気がなかったというのは言い過ぎじゃないんですかね。彼らだって公務員なんですから、生活保護が必要な人には受給させるでしょう」

この訊き方がフェアではないことは笘篠も承知している。わざとまつ江の怒りを誘うように仕向けているのだ。だが、まつ江を陥れようなどと画策している訳ではない。まつ江の本心、三雲や城之内に対する本音を引き出すための手法に過ぎなかった。加えて、先日に垣間見た円山の仕事ぶりが記憶にあるので、事務所側の一方的な理由で申請却下をしているとは思えなかった。

それでもまつ江は過剰なほどの反応を見せた。

「へんっ。警察官も公務員だから身内を庇《かば》おうとするのは当たり前かね。公務員ってのは国のためには働くけど、国民やわたしら弱いモンのためには働こうとしない」

「いささか誤解のような気がしますけどね」

「誤解なものかね。もし福祉保健事務所の職員が弱いモンのために働いてくれるのなら、あんな申請書にするはずがないじゃないか。あんたは、あの申請書を見たことがあるかね」

生活保護申請書はもう何百枚も見たので、笘篠はいささかげんなりする思いで頷いた。

「ありますよ。あの六枚綴《つづ》りになっている書式ですよね」

「あんなもの、この年寄りに書ける訳あるかね」

まつ江は吐き捨てるように言う。

「資産調査やら自宅の評価額やら給料の明細やら、そんな小難しい書類、書けるもんかね。自慢じゃないけど数字にも書類にも疎いんだ」

「窓口で記入に関しての説明はなかったんですか」

「説明なんかするものかね。あの三雲という男、わたしが必死になって書き方を訊いても、記入例の通りに書いてくださいの一点張りだ。記入例ってのはちゃんと定期収入があって持家のある例だったから、わたしとずいぶん条件が違う。全然、参考になんてならないよ。それでも苦労して書き上げたら、あの男、『ご苦労さん』とか吐《ぬ》かして、結局書類不備で却下したんだ。それで、申請し直そうとしたら、『一度申請したものは修正できません』とか言ったんだよ、あの外道。不備が分かっているんなら、書く時に言ってくれりゃあいいものを、知っていながら黙って見ていたんだ」

「どうして、そんなことを」

「決まってるじゃないか！　少しでも生活保護受けさせる人間を少なくしたいからだよ。あ、あ、あいつらはわたしらみたいな人間が飢えて死のうが何とも思ってない。それよりも役所の偉いヤツらから叱られる方が怖いんだ」

笘篠の胸がちくりと痛む。

犯罪捜査の上で被害者や遺族を蔑ろにしてきたことはないつもりだ。それでも捜査本部や上司の意向に逆らえないことも多々ある。地方公務員法では、上司の職務上の命令に忠実に従わなければならないとの条文もある。条文がなくても、タテ社会の警察機構の中で上司への反駁は難しい。その意味でまつ江の糾弾は当たらずとも遠からずだった。

「それから何度も窓口に行ったけど、けんもほろろに扱われて、お終《しま》いには警察を呼ばれた」

「その三雲さんが殺されたのをご存じですか」

瞬間、まつ江はきょとんとしたが、やがて愉快そうに表情を緩ませた。

「そうかい、それで犯人がわたしじゃないかと疑ったのかい。まあ、本当にわたしが殺せたのなら本望なんだけどさ。生憎ともうそんな仕事のできる身体じゃないしね」

まつ江は己の折れ曲がった腰を見て、けたけたと笑う。歩行するにも覚束《おぼつか》ない足取りだった。

「三雲の居場所も知らないし、そこへ行くまでの気力もないし。わたしもあんたも残念なこった」

二人目の瀬能瑛助もまた三雲のことを忘れてはいなかった。

「あのクソ野郎が死んだんだって？　ほお、そうかい。新聞とらなくなってずいぶん経つんで知らなかったが、知っていたら祝杯を上げたかったたな。まあ、肝心の酒はないけどよ」

瀬能は憎まれ口を叩きながら、傍らに山と積まれた空き缶を一つずつ潰していく。

「本当ならホームレスのやるような仕事なんだが、結構いいカネになるんだ。年金もらうまでにはまだ結構待たないといけないからな。それまではこんな仕事でも続けなければ仕方がない」

まだ五十四歳なら、他に実入りのいい仕事があるだろう――そう言いかけて、笘篠は口を噤んだ。瀬能は片足が不自由らしく、立ち上がる際もよたよたと不安定そうだった。

「若い頃、事故で足首をやっちまってよ。歩くことはできても、走ったり荷物を担いだりが難しいから、そうそう力仕事もできねえんだ」

「それなら障害年金が支給されるでしょう」

「国民年金だとな、障害等級が一級か二級でないと支給できないんだとよ。力仕事もできない、障害年金ももらえない。勤めていた会社からリストラされたら、もうオマンマの食い上げだ。それで恥を忍んで生活保護の申請に行った。あのよ、言っておくけどそれまで働いていた人間が国の世話になるのは結構勇気が要るんだぜ。こっちだって殊勝な気持ちで窓口に行ったんだ。それをあの三雲って野郎……」

「何か失礼なことをされたんですか」

「いいや、言葉も物腰も上品なものよ。だから余計に腹が立った。あのクソ野郎、言うに事欠いてこんな風に吐かしやがる。『生活に困窮されているのでしたら、その証明さえできれば申請は通ります』だとよ」

笘篠は首を捻《ひね》る。困窮していることが明らかなら生活保護を支給する。その話のどこが理不尽だというのだろうか。

「あのな。カネを持っていることは現金を見せれば証明できるだろ。預金通帳を見せるのも一手だ。しかしカネのないことをどうやって証明する？　収入源がないことをどうやって証明する？　どこかに秘密の口座を持っているかも知れない。表沙汰にできないバイトをしているかも知れない。そういうのは、あるのを証明するより難しいんだ」

存在しないことを証明する。所謂《いわゆる》悪魔の証明というヤツだ。なるほどそれは立証困難だと笘篠は合点する。

「それでも生活保護の受給がなけりゃ、とても生きていけないと思ったから、ない知恵絞ったり、もう生活保護を受けていた知り合いから聞いたりして書類を作った。もし不備や記入間違いがあったら、窓口で教えてくれると思った。だって、そうじゃないか。年金の受給対象にならない程度の障害で就ける仕事が限られている、頼る身寄りもいない。そういう人間の受け皿として生活保護っていう制度があるんじゃないのか」

瀬能の言葉に笘篠は返す言葉が見つからない。

どんな制度の網にも、こぼれ落ちる人間は一定数存在する。しかし瀬能の場合はそれ以前の問題であり、その怨嗟《えんさ》も制度にではなく姿勢に対するものだ。

「やっとの思いでこしらえた申請書を抱えて窓口に行った。三雲の野郎はえらく素っ気なく書類を受け取った。こっちの苦労も知らずによ。ああ、これが役人の顔だと思ったよ。それで何日か経って届いたのが却下通知だ。俺はそれを握り締めてまた窓口に行った。福祉保健事務所が決定した却下には不服申し立てができるって聞いていたからだ。ところが、三雲は涼しい顔してこう言いやがった。説明資料の不備で却下されたら不服申し立てはできないんだって。そんな話聞いていなかったから頭に血が上った。思わずカウンターを飛び越えたら、その場にいた職員全員に取り押さえられて家に帰された。翌日からはまるで出入り禁止だ。こんな無体な話があるかよ」

瀬能の言い分を一方的に信じることもできないが、話を聞く限りは事務所側が申請を阻止しようとしているようにしか思えない。申請者の無知と制度の規定を盾にした合法的な水際作戦と言える。それ自体は適法なのだろうが、申請者の立場に立ってみると無体というのも頷ける。

「大方、昔の記録を辿って俺に行き着いたんだろうが、生憎だったな。確かに三雲やその上の城之内も憶えているが、住んでいる場所も仕事先も知らねえ。知っていたとしても、その日一日生きるのが精一杯で仕返しするまで手が回らねえよ」

言われるまでもなく、笘篠は瀬能を容疑者リストから外していた。瀬能の特徴ある歩き方なら、現場に必ずその痕跡が残っているはずだからだ。

「今思い出しても事務所の調査ほど頭にくるものはなかったな。ほれ、マイナンバーとかで個人情報が全部お上に知られるのが嫌だと言ってるヤツがいるだろ。生活保護の申請してみなよ。マイナンバーどころの話じゃないんだからさ」

三人目の郡司典正は意外にさばさばした口調で話し始めた。

「とにかく窓口に行った途端、ああこいつら俺にカネ寄越す気はないなって思えたんだ。昔から人の顔色を読むのが得意でさ、まあ役所の人間なんてのは客商売じゃないから余計に思っていることが顔に出るよな」

「それでも申請はしたんですよね」

「そりゃあしたさ。自営していた製紙工場が潰れてニッチもサッチもいかなくなった。当時で五十を超えていたから、どこにも仕事の口がなくって、そうこうしているうちに貯金を取り崩すし、税金は滞納するし、本当にどうしようもなくなっていたんだ。事務所の連中は揃っていけ好かないヤツらばかりだったけど、背に腹は代えられないからね。こっちが実状を説明したら力になってくれると思ったのさ。国の機関ってのは国民のためにあると信じていたからね、その頃は」

　郡司の家は先の二人の住まいに比べれば大きな破損が見当たらないだけマシだった。だが、築年数の古い木造平屋建ては、微かに腐葉土のような臭いがする。しばらくしてから笘篠は、それが生き物が朽ち果てる際の臭気であることに気づく。

「窓口の三雲って担当者のことは未だに憶えているよ。丁寧過ぎる喋り方だが、顔つきが丁寧じゃない。いかにもこちらを見下すような目で、しかもそれを隠そうともしない。何て言うかえらく冷たい目でね。ああ、俺はこんなヤツにこんな目で見られるほど落ちぶれたのかと情けなくなったもんさ。でも仕方ないからヤツの説明を黙って聞いていたんだ。説明も丁寧だったから理解しやすかったけど、そのうちとんでもないことを言うと思ったよ。資産調査が全て終了しない限り、申請もできないって」

「それはその通りだと思いますけど」

「あのね、刑事さん。あいつらの言う資産調査ってのは根こそぎなんだよ。全ての預金を明らかにしろ、ポケットの中の小銭も差し出せってな」

郡司は自嘲するように言う。

「前は経営者だったから、会社のカネと個人のカネを区別するために複数の口座を持っていた。子供の授業料や給料の支払いも別の口座だ。多い時には十いくつも銀行口座を持っていた。福祉保健事務所はよ、その全部に照会をかけるんだ。ところが銀行の方は他に優先する業務もあるから、すぐには回答を寄越さない。一円の得にもならない仕事だしね。いや、そもそも口座があること自体を知らせたくないんだよ。下手したら解約されちゃう訳だからさ。残高は大したことがなくても口座がひと口なくなるのはやっぱり嫌なんだ。だから当然、調査が終了するのに時間が掛かる。俺の場合は半年かかってもまだ終わらず、そのうち事務所の方が『金融機関からの協力が得られない以上、調査の継続は困難』とか理由をつけて申請を却下しやがった。クソッタレな話だと思わないかい。だって経営困難で会社を畳んだんだよ。どれだけ口座を持っていようが、残高なんてある訳がない。そんなの小学生にだって分かる理屈だ。それを三雲は規則だからの一点張りでね。俺はこれでも温和な方だが、さすがに腹に据えかねた。あれほど他人が憎らしく思えたことはなかった」

聞きながら、笘篠は三雲という人間の二面性を否応《いやおう》なく見せつけられる思いだった。職場や知人からは善人として知られる男が、ある立場の人間からは蛇蝎《だかつ》のように忌《い》み嫌われている。この二面性の基となっているのが生活保護の仕事だとすれば、福祉保健事務所の方針はかくも非人間的だということになる。

「腹に据えかねたが、かと言って窓口職員を殴って済む話じゃない。ぐっと堪えて再申請を繰り返していたら三雲本人から、何度申請しても無駄だからもうやめろと言われた。塩釜福祉保健事務所じゃ埒が明かないと思って仙台まで足を運んだけど結局同じだった。それで諦めて、この土地を担保に借金した。坪単価が低かったから借りられたカネも貸してくれた業者も碌なモンじゃなかったけどね」

アリバイを確認しようとすると、郡司は情けない顔をして笑った。

「その時分は入院していたから無理だ」

「ご病気ですか」

「栄養失調と気管支炎。急に倒れたのを病院に運び込まれたけど、入院費も満足に払えなかったから叩き出された。実はそっちの借金が残っている」

笘篠と蓮田が最後に訪れたのは高松ひで子の次男、高松義男《よしお》の自宅だった。

福島市内の建売住宅に四人家族、本人と妻が共稼ぎでやっと生計が成り立っているのだと言う。

「情けない話、八年前は二人の子供の進学が重なった時期でとても母親の面倒を見る余裕がなかったんです。冗談でも何でもなく、毎月貯金を取り崩すような生活でしたからね。たった五千円の仕送りすらできませんでした」

高松は口惜しそうに頭を垂れる。実の母親が窮乏生活を送っているのに、手を差し伸べることができなかった悔しさが言葉に滲《にじ》み出ていた。

「まあ、あなたにはあなたの家族もあった訳ですしね」

「本当に不甲斐ないんですけどね。だからせめて母親が生活保護を受けられるように僕も協力しようとしたんです。ウチにも扶養照会書というのが送られてきたから、僕と女房の収入と支出、資産の詳細を記入して、ウチの家計では母親を扶養できないと申告したんです。母親も病気がちで働ける身体じゃなし、貯《たくわ》えもなかった。それで三親等内の身内から援助も見込まれないとなればすんなり申請が通るはずだったんですよ」

「その口ぶりでは、すんなり通らなかったみたいですね」

「ええ、塩釜の福祉保健事務所がとんでもない難癖をつけてきたんです」

「難癖？」

「僕には三つ上の兄貴がいましてね。当然この兄にも扶養義務があるから、その照会が取れない限り申請は受け付けられないと言ってきたんです」

「じゃあ、お兄さんにも協力を仰げばいい」

「話はそう簡単じゃありません。兄は十年以上前、東京へ行ってから音信不通になっているんです。どこで何をしているやら、生きているのか死んでいるのかも分からないんです」

「それじゃあ照会のしようがない」

「普通はそういう理屈で、兄貴は対象から外されるじゃないですか。ところが福祉保健事務所の理屈は僕ら一般市民の理解から大きく乖離《かいり》してましてね。役所の理屈では、音信不通であってもその親族に経済的余裕が認められないと証明されない限り、申請は通らないっていうんです。ね、変でしょう。不確定の要素をわざわざ逆の理屈で捉えているんです。彼らは意地でも申請させたくないんです」

高松の話が本当なら噴飯物だった。音信不通の親族を無理にでも捕まえろと言っているのにも等しい。

「僕は福祉保健事務所に乗り込んで抗議しましたが、あっちは一ミリだって譲歩しません。規則だからと繰り返すばかりです。遅まきながら兄貴の行方を捜してみましたが、十年来音沙汰のなかった人間があっさり見つかるはずもありません。そうこうしている間に、母親はますます体調を悪くして死んでしまいました。近くに住んでいたなら僕たちも様子を見ることができたんですが、これだけ離れていたんじゃ……母親の最後は惨めなものでした。碌に食事もできず、体力の低下が死期を早めたんだと医者に言われた時には、自分を殴ってやりたいとさえ思いました」

高松はそう言って肩を落とす。

「正直、福祉保健事務所の人間、特に窓口担当の三雲という職員を恨みました。何といっても顔と名前の分かる職員ですからね。母親が死んだ後、福祉保健事務所に抗議しに行きました。ところがそこでも、福祉保健事務所の対応には一片のミスもなかったと所長から説明されて」

「当時の上崎所長ですね」

「もし訴訟になってもそちらが訴訟費用をドブに棄てるようなものだから諦めろと。はらわたが煮えくり返る思いでしたが、所長の言うことはもっともで裁判を起こしても勝てる見込みはありません。それで泣く泣く矛を収めたんです」

「しかし、それで本当に諦めきれたのですか」

笘篠が水を向けると、高松は上目遣いでこちらを見た。

「刑事さんが僕を疑うのも当然でしょうけど、さっきも言った通りここは仙台から遠く離れています。サラリーマンで拘束時間の長い僕が、仙台まで行って人を殺し、すぐ帰ってくるなんて芸当は不可能ですよ」

高松の言い分はもっともで、笘篠は納得せざるを得ない。

こうして四人の容疑者候補から事情を聴取したものの、得られた手掛かりはゼロ。いや、四人とも犯行が不可能であることが判明したのでマイナスという言い方もできる。

これで容疑者は全て潰れてしまった。追い掛ける獲物もまた視界から消え去る。笘篠は途方に暮れて仙台へと重い足を引き摺っていく。

3

「仕切り直しだ」

捜査本部に戻った笘篠は精査済みの資料を前にそう宣言した。

「条件づけした四人はいずれも空振りだった。だが、だからと言って弾かれた七百人の中にそれらしき容疑者が一人も存在しないなんて考え難い」

「でも条件づけそのものは間違っていたと思えないんですけどね」

蓮田が弁解じみたことを口にするのは、容疑者の洗い出し作業が徒労であったのをどこかで認めたくないからだろう。

笘篠の鼻も、目当てのものはこの資料の中に埋もれていると察している。見つからないのは掘り下げ方が足りないだけだ。

何かが欠けている——そう考えた時、一つの可能性が浮かんだ。

「段ボール箱に入っていた資料はUSBと突き合わせをしたんだよな」

「ええ。ディスクに記録されていた案件と現物を照合して一致していたはずです。元々、照合するためのディスクでしたからね」

「そのUSBを鑑識に回してくれないか」

「鑑識って……笘篠さん、まさかこの資料自体を疑っているんですか」

さすがに蓮田は眉間に皺を刻んだが、気後れは感じない。

「資料というより、これを提出してきた支倉という男が信用できないだけだ」

「……まあ、確かにあのオッサンには胡散臭いというか、百パーセント信用できないところがありますけど」

「資料の現物自体に改竄《かいざん》の痕跡はなかった。あるとすればUSBの方だろう」

「了解」

こうして塩釜の福祉保健事務所から提出されたUSBはいったん鑑識課で分析されることになったが、その結果は早くも当日中に判明した。

笘篠が疑った通り、USBの中の記録には一部削除された痕跡があるというのだ。

「やってくれるもんだ」

予想が的中しても、支倉への不信が募るだけだった。

「県警本部長から直に話があって、この体たらくだ。面の皮が厚いにも程がある」

「削除されたのは、それだけ開示したくない情報なんでしょうね」

「いずれにしてもお偉いさんの文書で埒が明かないのなら、もう一度出向くよりしょうがない。削除されているのは何件だったんだ」

「三件だけです。受付日と通番で具体的な氏名や住所は分かりませんけど」

笘篠は椅子に掛けてあったジャケットを摑むと、蓮田を伴って塩釜福祉保健事務所に直行した。

前回に訪れた時よりも支倉に対する心証は確実に悪化している。身内を庇いたくなる気持ち、組織の恥を晒すまいとする気持ちは同じ公務員として理解できないでもないが、それにしてもやり方が姑息《こそく》に過ぎる。

「いったい犯罪捜査を何だと思っている。役所の書類仕事と一緒にするな」

覆面パトカーの中で笘篠は独り言のように毒づくが、ハンドルを握る蓮田は少し白けたような顔をしている。

「きっと、あの人たちにとっては犯罪捜査も書類仕事と同じなんですよ。いや、ひょっとしたら殺人事件を一件解決するよりも、未決書類一枚片付ける方が重要と思っているかも知れませんね」

「どうした。えらく斜に構えたような言い方だな」

「斜に構えてるんじゃなくて、正面を見てるんですよ。あの七百件の却下書類を一件一件検《あらた》めていくと、あの人たちの仕事が受付というよりは切り捨てなんじゃないかと思えるんですよ」

蓮田の声はいつになく不機嫌そうだった。

「本来、福祉保健事務所というのは社会的弱者を救うための機関じゃないですか。それなのに実際にやっていることは弱者の切り捨てだ。わたしは生活保護についてはずぶの素人ですけど、それでもあの夥《おびただ》しい申請書を眺めていたら、申請者がどんな状況下でそれを書いたのかがうっすらと見えてくるんです。ところが彼らは予算の都合で次から次に切り捨てた。少なくともわたしたち警察は予算の都合で被害者を見捨てることはしません。同じ公務員に括られるのは迷惑というものです」

笘篠は返事に窮する。蓮田は忘れているかもしれないが、大阪府警が約五千件の事件の捜査資料を紛失して捜査を放置していたことが報じられた。うち三千件は公訴時効も過ぎてしまった。そういう例がある限り、警察が福祉保健事務所の対応に義憤を覚えても目くそ鼻くそのレベルに堕してしまう。

福祉保健事務所が故意に申請案件を握り潰していたのが厚労省の方針だったとする

なら、福祉保健事務所所長ならびに職員はその意向に従ったまでなのだろう。しかし、いくら上意下達の組織だからといって済む問題ではない。それなら個人の犯罪ではなく、組織ぐるみの犯罪というだけのことだ。

「だからと言って福祉保健事務所の対応を事件として立件するのは困難です。百歩譲って生活保護法違反を適用するにしても、下手をしたら国そのものを相手取ることになります」

「勘違いするな。俺たちの仕事はそんな巨悪を追うことじゃない。三雲忠勝と城之内猛留を殺した犯人を捕まえる。ただそれだけだ」

笘篠の言葉に蓮田は渋々といった体で頷く。本心から納得していないのは、横顔からでも容易に察しがつく。

「……善人とされた三雲、人格者と謳《うた》われた城之内。二人とも外面はよかったけど、実際にしていた仕事は厚労省のいいなりに生活保護申請者を弾くことだった。正直、二人を殺した犯人への憎しみが少しばかり薄れてきましたよ」

「俺以外の人間にはそういうことを言うなよ」

個人的な愚痴の類いには違いないが、笘篠は釘を刺すことを忘れない。

「刑事部長や管理官辺りが耳にしたら即刻担当を外されるぞ」

「殺されても当然の人間が殺されても、あまり同情心が起こりませんね。偽善者なら尚更です」

「偽善者なら、見下げ果てた人間なら殺されて当然だというのは危険な理屈だ。それこそ無差別殺人をやらかすクソッタレどもの喚き立てる理屈だ。そういうヤツらと同列になりたいのか」

さすがに蓮田は押し黙る。

「別に塩釜福祉保健事務所の人間を擁護する訳じゃないが、俺が怒っているのは彼らが捜査に協力するどころか情報そのものに歪曲《わいきょく》を加えたからだ。厚労省の思惑も役人どもの保身も興味がない。俺は一刻も早く二人を殺した犯人を挙げたいだけだ」

「笘篠さんは根っからの刑事なんですよ」

「それ以上のことは期待されていないし、実行できるとも思っていない。自分に課せられた仕事を自分の能力の範囲内で片づける。それが一番真っ当だと思わないか。どんな人間にもどんな組織にも力の限界ってものがある」

今回、塩釜福祉保健事務所には予告なしに踏み込んだ甲斐もあって、すぐ支倉を捕まえることができた。警察に提出した資料が不十分なものであるのを承知しているらしく、笘篠と蓮田の姿を見るなり慌てて自分の机から離れようとした。

「おっと。待ってくださいよ、支倉さん」

蓮田は伸ばした手でその手を掴む。傍目には柔らかに見えるだろうが、実際には万力のような握力で握ったものを決して放さない。

「何も逃げなくてもいいじゃないですか」

「逃げてなんかいませんよ。いきなりあなたたちが現れるから」

「いきなりだと何か都合の悪いことでもあるんですかね」

笘篠は蓮田の背後から絡む。蓮田の握力と笘篠の言葉に絡め取られて、支倉は身動きが取れないようだった。この異状に周囲が気づかないはずもなく、フロア一帯に不穏な空気が張り詰める。

「とにかく他の場所に移動しませんか。ここでは落ち着いて話もできない」

この提案には恭順を示し、支倉は笘篠たちを先導する形でフロアを出る。せめてこの場では虚勢を張りたいといったところか。

「いったいアポも取らずに来てもらっても困るんですが」

別室に入った途端、支倉は抗議したが口調は弱々しかった。

「この間はアポイントを取ってもお会いできませんでしたからね」

「あれは急用ができたからで……」

「じゃあ、今日も急用ができるかも知れない。その前にあなたを確保するのは賢明な判断だと評価してください」

「確保。まるで容疑者のような言い方ですね。それが宮城県警のやり方ですか。ウチの所長を通じて厳重に抗議を……」

「県警本部長からの要請にも拘わらず不十分な資料を提供して、それでよしとするのが福祉保健事務所のやり方ですか」

笘篠が突っ込むと、途端に支倉は萎れた花のように首を垂れる。どうやら警察相手に突っぱね続ける度胸までは持ち合わせていないようだ。

「わたしたちが追っている事件とは性格が違うが、これを捜査資料の一部としてマスコミに公開したら結構な反応があるんじゃないですか」

「あなた方警察だって似たようなことはしているでしょう」

追い詰められた格好の支倉は、開き直ったかのように言う。

「たとえ担当者が右だと思っていても、上の方から左だと指示されれば左を向かなきゃいけない。宮仕えなんてどこも一緒でしょう。あなた方だって交通違反で捕まえた相手が議員だったら、おいそれと赤切符は切れない。それと同じだ」

笘篠は同列にするなと憤ったが、所詮そんな理屈でも捏《こ》ね回さなければ自分を正当化できない男だと考えれば腹も立たなかった。

「まあ確かにお互い宮仕えの身ではありますね。現場の意見が別の場所の思惑に邪魔されるのも皆無とは言いません。ただしわたしたちの仕事は福祉保健事務所の仕事よりは、ずっと単純明快です。違法行為をした人間を捕まえるということですから。もちろん、それには公文書偽造も含まれます」

「公文書偽造?」

「公文書偽造には、記載内容の改竄や意図的な削除・隠蔽《いんぺい》も適用されます。県警本部が捜査関係事項照会書を送付し、それに呼応した形で送付されてきた資料に意図的な虫食いや欠落部分があれば、十分文書偽造の要件が成立する」

いくぶん恫喝めいた物言いだが、このくらいなら許容範囲だろう。案の定、支倉は思い詰めたような顔になる。

「ちょっと待ってください。何だってわたし一人がそんな罪を被らなきゃならないんですか。却下案件の資料を送ったのは所長の命令だったんですよ。ふざけないでください」

「命令に従っただけの中間管理職には何の罪もないと? ふざけているのはあなたの方だ。そんな言い分が通ると思うのなら、法廷の証言台に立って試してみるといい」

赤から青へと顔色を変える支倉を見ながら、笘篠はそろそろ潮時だと判断する。これ以上の脅しは逆効果になりかねない。

「支倉さん、何事にも見逃しや間違いというのは存在します」

「どういう意味でしょう」

「補足すべき情報があるのならいますぐ提出してください。それなら意図的な削除・

隠蔽にはなりませんから」

出すものを早く出せ、と笘篠は言外に迫る。

「容赦ないですね」

支倉は恨めしそうな目で笘篠と蓮田を見る。

「あなた方は、逮捕した容疑者もそんな風に追い込むんですか」

「何ならご自分で試してみますか」

「……遠慮しておきますよ。ただ、少しはわたしの言い分も聞いてほしいものです」

「何でしょう」

「福祉保健事務所が申請の何割かを却下しているのは、厚労省のというよりは国策なんです。わたしたちはただの末端ですよ」

責任転嫁にしては大きく出たものだ。

「笘篠さん、今、この国が抱える生活保護受給者の数がどれくらいなのかご存じですか」

「確か二百十六万人を超えているとか」

「その通りです。しかもその数字は今後増えることがあっても減ることはないというのもご存じですね」

「とんでもない好景気ととんでもない多子社会にならない限り、そうなるでしょうね」

「ところが社会保障費は年々削られる一方です。消費増税で財源を確保しようにも、景気が上向かないのでそれもできない。多少の歳入があっても、震災復興やらオリンピックの開催費用を優先させる。挙げ句の果てには与党内で一割減しろなんてことが平気で取り沙汰されている。最前線の我々が受給者数を調整しないことには、この国の社会保障制度が崩壊してしまうんです」

「水際作戦は必要悪ということですか」

「申請案件を全部承認していたら、県の社会保障費予算は半年でパンクしてしまいますよ」

言い分は分からなくもないが、かと言って上からの命令通り次から次に申請を却下する職員の矜持《きょうじ》は那辺《なへん》にあるのかと考える。

「さぞかし役人根性に凝り固まった男だとお思いでしょうね」

支倉はこちらの気持ちを見透かしたように睨《ね》め回してくる。

「あなた方の仕事は法を犯した者を捕まえるという単純明快なものだ。だがわたしたちは福祉と謳われる組織にいながら、福祉を必要としている者たちを弾かなければならない。そういう矛盾を抱えたまま従事する者の気持ちがあなた方に分かりますか」

中間管理職の愚痴でも始まるかと思ったが、支倉の言説は別方向に向かう。

「二〇〇六年五月、厚労省は全国の福祉保健事務所の所長を集めて会議を開きました。

席上で示されたのは各自治体間での生活保護利用率の比較です。人口や産業構造が同等な自治体を比べ、保護率が高い自治体は怠けていると名指しでこき下ろすんです。要するに吊《つ》るし上げ大会ですよ」

社会保障費の増大を警戒する厚労省ならそれくらいのことはするだろう。笘篠はその点に関して納得する。

「その会議で優秀だと評価されたのが北九州市です。ご存じかも知れませんが、翌二〇〇七年にはこの北九州市から『おにぎりを食べたい』と書き残して餓死した男性のケースが明らかになりました」

初耳だったので驚いた。つまり餓死者を出した自治体を厚労省が優秀だと評価したことになる。

「ところがそれで厚労省の対応が変わった訳ではなく、相変わらず受給者数を抑制しろの一点張りです。もちろんわざと餓死者を出そうなんてつもりはありませんが、我々関係者の脳裏にはいつも二〇〇六年の会議で北九州市が評価された事実が残っています」

「……それがまともな行政機関のあるべき姿とお思いですか」

「逆にお伺いしますが、真っ当な行政機関という定義は何なのでしょうか。国民のためにはどんな無理難題でも抱え込む組織ですか。それとも省庁の指示通りに運営して行政に破綻を来たさない組織ですか」

支倉の倦み飽きたような目を見て、笘篠はわずかばかり同情を覚えた。

この男も入所時には円山のように、申請者のことを第一に考える職員だったかも知れない。そんな人間でも長く組織の中に留まるうち、心と身体が組織の色に染まっていく。その方が居心地良くなるからだ。円山のような若者が五年後十年後に支倉のようにに変貌しないとは、誰にも言い切れないではないか。

「残念ながらわたしは支倉さんの質問に答えるだけの知見を持ち合わせていません。ただ顧みられなかった者は、そのことを忘れないだろうとは思います。三雲さんや城之内さんが殺されたのも、全く無関係とはとても考えられません」

支倉は既に白旗を挙げている。後はこちらの要求を突きつけるだけだったが、同情心が笘篠の気持ちに水を差している。

「お預かりしたUSBを解析すると数件ほど却下案件が削除された痕跡が認められました。敢えて洩れ落ちたという表現をしますが、それはいったい何件だったのですか」

「三件です」

よし、件数は鑑識が探り出したそれと一致する。

「その三件の申請書、現物を提出していただけますか」

「現物はありません」

抑揚のない口調だった。

「申請書は廃棄処分しましたから」

「何ですって」

「その三件は却下理由が微妙だったので、早々に除外しておいたんです。USBから削除しておいて現物が残っているのは辻褄が合いませんから廃棄しました。今頃は業者によって溶解されているんじゃないでしょうか」

何ということをしてくれた。笘篠は思わず拳を握りしめた。

すると後ろから蓮田が口を差し挟んだ。

「証拠隠滅と取られても仕方ありませんよ」

「証拠隠滅だなんて大層な。もう再申請もされない案件だったんです。廃棄して誰が迷惑するものじゃありません」

俺たちが迷惑するんだ、という言葉は喉の奥に呑み込んだ。

「なぜ再申請がないと言い切れるんですか。数年も経てば生活環境にも変動が生じるでしょう」

笘篠が畳み掛けるように問い質《ただ》しても、支倉はまるで恐縮する様子がない。

「その三件というのは申請者自身が物故していますからね。それ以上、生活環境なんて変わりようがない」

「却下理由が微妙だったということは、廃棄する前に申請書を読み込んだ訳ですよね。では詳細も憶えていますよね」

「まあ、住所氏名くらいは」

助かった。それならまだ追跡調査が可能だ。

「しかしその三人は何故死んだんですか。まさか三人とも餓死したんじゃないでしょうね」

「とんでもない。うち二人は震災の犠牲者です」

文倉は事もなげに言う。

「生活保護受給があるなしの話ではなく、その二人は津波に呑み込まれたのですよ。身寄りもなく、家に一人きりだったので助かりようもなかった。身寄りがいなかったから、遺体を引き取る遺族もなく、未だ亡骸は不明のままです」

「じゃあ、一人だけは違うんですね」

「その申請者が亡くなったのは八年前ですからね。ただし彼女にも親族の類いはありません。その点では震災の被害に遭った二人と同じ条件です」

勝手な理屈だと笘篠は憤ったが、ここで声を荒らげても仕方がない。

「三人の氏名を」

「小塚良助《こづかりょうすけ》、久保田幹子《くぼたみきこ》、この二名が震災被害者。残りの一人が遠島《とおしま》けいというお年寄りです」

「却下理由が微妙だったということですが、具体的にはどういう欠格事由だったんですか」

するとは支倉はまた口を閉ざした。

この期に及んで、この男は何を護ろうというのか。

「支倉さん。その三件はいずれも三雲さんや城之内さんが受付であり決裁者であった頃の申請でしょう。今更あなたがそれを明らかにしても時効のようなものでしょう」

「個人的にはそうでしょうが、組織の外聞に関わる問題となればわたしの口から話すのには抵抗があります」

これも責任逃れなのか、それとも支倉なりの筋の通し方なのか。いずれにしても捜査の上では邪魔にしかならない。

「あなたが秘匿することで三つ目の殺人が起きても平気なんですか」

「えっ」

「三雲さんと城之内さんだけで終わったとは限りません。犯人がそう宣言した訳でもありませんしね。もし三人目の犠牲者が出た時、支倉さんは責任を取ってくれますか」

数多《あまた》の役人にとって〈責任〉ほど嫌な言葉もない。笘篠の目論見《もくろみ》通り、支倉はすぐに顔色を変えて口を開いた。

「却下理由というのは、三件とも資産調査が不十分だったからです。言い換えれば、申請者自身が己の生活が困窮状態であることを証明できなかった。そして更に、その三件は却下決定後に窓口担当とトラブルを起こしていました」

困窮具合、つまり資産がないことを証明しろというのはあることを証明するよりも困難極まる。それは笘篠自身が、申請者たちから事情聴取した際に散々教えられた話だ。

「今となっては、彼らの生活状況がどうであったのか、詳細は分かりませんが」

それでも凡その見当はつく。申請書の現物を廃棄するほどだ。却下するには不適当なほど困窮状態だったのだろう。

「トラブルというのは？」

「却下の通知がされた後、本人が窓口まで来て担当者と口論もしくは暴力沙汰に発展したケースです。こちらの詳細もまた不明ですが」

見え透いている、と笘篠は思った。警察に見られてはまずいと判断した却下事案だ。トラブルの内容も自慢できるようなものではないに決まっている。だが確認する必要はある。

「暴力沙汰というのは我々に通報するレベルのものだったのですか」

「小塚良助と久保田幹子に関しては福祉保健事務所の職員が取り押さえたので、それほど大騒ぎにならなかったようです。ただ遠島けいの場合は却下通知をしてしばらくしてから、知人男性が怒鳴り込んできたとかいう話でした」

「知人男性？　親族ではないのですか」

「詳しいことはわたしも存じません。ただ、当時窓口業務だった三雲さんと城之内さんに怪我《けが》をさせた挙げ句、建物に火を放ったというんですから、抗議というよりはヤクザのやり口ですよ」

支倉の口調には明らかに嫌悪の響きがあった。

「もうずいぶん前から生活保護はヤクザのシノギになってしまいました。ヤクザ自身の不法受給に、不法受給の指南まで含めるとかなりの金額が暴力団の資金源になっている。遠島けいの場合もそのクチですね」

「しかし放火とは……」

「この建物ですよ。夜半のことで人もおらず、発見が早かったのでボヤで済んだようですけどね」

関係者二人への傷害と放火なら結構な罪状だ。福祉保健事務所が申請書を廃棄したとしても、その知人男性の記録は所轄署に残っている。事件記録を読めば、それこそ申請書に記載されているよりも詳細な情報が網羅されているはずだ。

「その知人男性の名前を憶えていますか」

「確か、利根とかいう男でした」

4

　文倉から入手した情報のうち、笘篠の脳裏に強く残ったのは遠島けいに関するトラブルだった。生活保護受給に関するトラブルのほとんどは福祉保健事務所内で解決しているようだが、遠島けいの一件は警察沙汰になったらしい。その特異性がひどく気になった。

「でも、気になるのはそれだけじゃないんでしょ」

　蓮田は分かったような口を利くが、事実その通りなので反駁はしない。

「ああ、福祉保健事務所に怒鳴り込んできたのが肉親じゃなくて知人男性というのが、どうにも引っ掛かる。ただの知人が担当者に暴力を振るった挙げ句、庁舎に火を放つなんて腹いせにしても度が過ぎている」

「文倉さんの言った通り、その利根という男がヤクザだったからじゃないんですか。今日びヤクザもピイピイ言ってますからね。シノギがなくなるとなれば必死にもなるでしょう」

　もっともらしい理屈だが、笘篠は違和感を覚える。いくら不労所得とはいえ月額十数万のカネと引き換えに、暴行や放火の罪で刑務所送りになれば元も子もないではないか。

「笘篠さんの考えていること、何となく分かりますよ」

笘篠はぎょっとして、思わず蓮田の口元に目を向ける。

「そんなチンケなカネで放火なんかしても割に合わないっていうんでしょ。でもですね、それは至極真っ当な人間の論理ですよ。まあ、それが笘篠さんらしいと言えばらしいんですけどね」

何気ない口調だったが、笘篠は微かな苛立ちを覚える。同僚とはいえ、年下の者に見透かされていると思うとあまりいい気はしない。

「シノギのなくなったヤクザなんて虫けら以下ですよ。十万円だろうが五万円だろうが、本人にとっちゃあ死守しなきゃならない生活費です。以前から違法にピンハネしていたのなら、固定給みたいな感覚でしょうからね。それを奪おうとする人間には牙も剝けば、爪も立てる。後で割を食うことなんか、頭にないんですよ。馬瘦せて毛長しって言うじゃないですか。貧乏なヤクザにできることといったら、暴力を振るうことだけですからね」

支倉から聞いた話では、トラブルを起こした利根は塩釜署に逮捕されたという。それが事実であるのなら警察のデータベースを覗いてもいいのだが、折角ここまで足を延ばしたのだから塩釜署に直接出向いた方が手っ取り早い。

アポイントは取らなかったが、塩釜署の仁藤《にとう》という男は嫌な顔一つせず対応してくれた。

「八年前の捜査資料ですか」

笘篠から話を聞いた仁藤はそう呟くと頭を掻いた。

「概要ならデータベースに載せているはずですが、事件記録の現物となるとどうですかね」

「何か都合の悪いことでもあるんですか」

「いえ、ウチの署は書類倉庫が地下にあるんですが……ほら、例の津波で一階部分まで水に浸かってしまって」

ああ、と笘篠と蓮田は力なく頷く。あの震災で、壊滅的ではなかったとはいえ海岸に近い塩釜市内の物的・人的被害は甚大なものだった。地下に保管していた資料が無事であったはずがない。

塩釜署に限らず、被災地の官公庁は多かれ少なかれ同様の被害に遭っている。資料のデータベース化が進んでいた民間に比較すると官公庁のそれはスピードが遅かったために、資料の現物を倉庫に死蔵しているケースが少なくなかった。二〇一一年の震災はそうした資料を直撃したのだ。

民間はデータベース化を外部に委託しているところがほとんどだった。民間も少なからず個人情報を扱っているが、警察や裁判所の保管資料はほぼ全部がセンシティヴな個人情報なので比較にもならない。外部委託できない部分は、勢いデータ処理が得意な職員に割り当てるしかないので電子化が遅れても仕方のない事情があった。

「とにかく洗ってみますよ。実際、泥に塗《まみ》れた資料は文字通り洗って乾かしたんですけどね」

大して面白くもないジョークに自分で笑いながら仁藤は奥の部屋へと消えていく。

刑事部屋に残された笘篠と蓮田は、所在なく彼が戻ってくるのを待つしかなかった。

二十分ほどしてから、仁藤は再び二人の前に姿を現した。その顔色を見た途端、笘篠は期待が裏切られるのを覚悟した。

「お二方、申し訳ない。一部は判読できますが、残りは修復不可能として廃棄処分されています」

笘篠は落胆したが、それでも資料の全てが廃棄されるよりはいくぶんましだ。

「残存しているのは被害届と、被害者からの聴取内容。放火現場の写真くらいですね」

「すると利根の供述調書は」

「生憎ですが……ただ、送検された案件なので検事が作成したものは裁判所に保管されているはずです。ウチで訊いた内容とそれほど違いはないはずです」

仁藤の言い訳を聞き流して、笘篠は蓮田とともに捜査資料を開く。供述調書がないのでその他の資料と実況見分を読む限り、当時の状況は次のようなものであったらしい。

二〇〇七年十二月八日午前九時ころ、開庁間もない塩釜福祉保健事務所に利根勝久（二十二）が闖入《ちんにゅう》、窓口業務に従事していた三雲忠勝（三十九）にいきなり殴りかかった。三雲は頬を打撲し全治二週間の怪我を負う。また、利根はこれを制止しようとした城之内猛留（四十八）にも暴力を加え、やはり全治二週間の軽傷を負わせる。その場に居合わせた他の職員たちが取り押さえようとしたが、利根はそのまま庁舎を出ていった。この時、三雲と城之内は所轄である塩釜署に被害届を提出しようと考えていたらしい。

だが二人の被害届が提出されるよりも早く、次なる事件が発生する。同八日深夜、塩釜福祉保健事務所庁舎の裏手から火の手が上がり、近隣住人が警察と消防署に通報した。駆けつけた消防署員によって火はすぐに消し止められ、被害はボヤで事なきを得た。消防署の捜査によれば、庁舎裏のゴミ集積場に何者かが火を放ったものと推測された。

塩釜署の初動捜査は迅速だった。福祉保健事務所の敷地内に設置されていた防犯カメラの映像と三雲・城之内二名の証言により利根が容疑者として浮上、塩釜署は自宅にいた利根に任意同行を求めた。

「取り調べの結果、利根が放火の事実を認めたために逮捕。しかし肝心の供述調書がないのは悩ましいところですね」

「しかし実際に利根という男は送検され、裁判で罪が確定しているようですからね。冤罪というか、取り調べに当たった担当刑事が恣意的に調書の内容を弄《いじ》った可能性はありませんよ」

仁藤は警戒するような口調だった。

「いえ、何もお宅の取り調べに問題があると言っている訳じゃないんです」

「わざわざ県警本部の方が所轄を陥れようとしているなんて、わたしも思っていません。第一わたしが塩釜署に赴任してきたのは利根の事件の後ですから、当事者でもないですし。しかし、やっぱり気にはなります」

当事者ではないが、所属する組織を防衛せずにはいられない――。同じ宮仕えの人間として仁藤の心情は理解できるので、笘篠も敢えて逆らおうとはしない。

「当時の塩釜署が一方的な取り調べをしたとは、わたしも思っていません。ただ現在の事件で利根を最重要の関係者と捉えた場合、動機を八年前の出来事まで遡る必要があります。それには本人の主張なり言い分を知っておかないと」

「わたしも故意に資料隠しをしている訳じゃありません。当時の担当者にしてもそうでしょう。記録の散逸部分が津波被害による不可抗力だったことは信用してください」

仁藤の言葉の端々に微かな憤りを聞き取る。言われるまでもなく、現存している記録はところどころが波打つような皺になり、文字も盛大に滲んでいる。任意の箇所だけ破棄するにしても手が込み過ぎている。ここは仁藤の言葉通り、当時の塩釜署の捜査手順を信じるべきだろう。

「さしたる証拠もないのに、身内を疑うようなことはしませんよ」

笘篠と蓮田は礼を言って塩釜署を後にする。次に目指すのは、もちろん仙台地方裁判所だ。

「さすがに地裁には事件記録の全部が残っているでしょうね。あそこは津波被害にも遭ってないし、せいぜい資料を保管していたキャビネットが倒れたくらいのものでしょ」

「全部揃っていても使い物になるかどうか」

「えっ。笘篠さん、さっきは身内を疑うようなことはしないと言ってたじゃないですか」

「身内は疑わないさ。しかし検察や裁判所がいつも身内とは限らないし、被疑者の弁明を丁寧に掬い上げてくれるとも限らん。有罪率九十九・九パーセントなんて数字は、多分に恣意的にならなけりゃ弾き出せない数字じゃないのか」

検察や裁判所の仕事にケチをつけるつもりはないが、己の仕事を絶対正義だと思い込むことに躊躇があった。

「そこまで疑いますか」

「そういう仕事だ」

仙台地裁のある合同庁舎は県警本部から車で十分ほどの、言わばご近所だ。だがご近所だからといって無条件に信用していいものではない。

「供述調書にしたって、取調担当が被疑者を送検できる形に仕上げる。検事は百パーセント有罪にできるよう内容を吟味する。内容に虚偽記載があるとまでは言わんが、全ての真実を網羅しているかとなると話は別だ」

尚も続く笘篠の苦言に蓮田は少々うんざりした様子だったが、利根の言い分が明らかにならない限り不信感を払拭しきれない。

書記官室で過去の事件記録について閲覧の手続きを取ると、しばらく待たされた挙げ句にやっとファイルを手渡された。

「よくよく考えれば、意外と近くに全ての資料が揃っていたんですよね」

「骨折り損だったと言いたいのか」

「別にそんなことは……」

「一周廻ってここに辿り着いたとしても、それまでに見た風景は無駄にはならんさ」

虚勢ではなく本音だった。塩釜福祉保健事務所、塩釜署と尋ね歩いた過程で、被害者側の主張だけが表に出ていることにどうしようもなく違和感を覚える。それだけでも官庁巡りをした甲斐がある。

「利根の起訴理由は現住建造物等放火罪ですね」

現住建造物等放火罪の法定刑は死刑、無期懲役、五年以上の有期懲役だ。現行では殺人罪と量刑が同等であり、数ある犯罪の中でも特に量刑が重い。二〇〇四年の刑法改正以前には殺人罪の量刑の下限が三年以上の有期懲役だったので、それよりも大きな罪とされていたことになる。それは建造物に居住している者を殺害するばかりか、延焼によって不特定多数の人間を死に至らしめる可能性を孕んでいるからだ。

「検察の求刑は懲役十年。以前傷害の前科があったにも拘わらず求刑十年というのは、放火したのが無人となった庁舎で、しかもボヤで済んだからですかね」

「実際、被害というような被害はなかったから妥当な線だろうな。放火の対象物と犯行の時間帯を考えれば、利根に殺人の意図はなかったと大抵の弁護士はそう主張する。もっとも理論上は殺人の事実がなくても極刑判決が出る可能性もあるんだが」

笘篠は利根の供述調書に目を通す。

供述調書

本籍　宮城県塩釜市新富町大字〇〇〇－〇
住居　宮城県塩釜市香津町八丁目〇－〇
職業　無職
氏名　利根勝久（とね　かつひさ）
　昭和六十年一月二十八日生（二十二歳）

　上記の者に対する平成十九年十二月十一日、警察署において、本職はあらかじめ被疑者に対し、自己の意思に反して供述をする必要がない旨を告げて取り調べたところ、任意次の通り供述した。

一　私は本年十二月八日午後十一時頃、塩釜市北浜四丁目所在の塩釜福祉保健事務所に放火したことで取り調べを受けている者です。本日は事件発生当時の状況についてお話しします。

二　その日の午前中、私は知人である遠島けいの生活保護受給の件でむしゃくしゃしていました。彼女が生活保護を申請したのに却下されたからです。私は塩釜福祉保健事務所を訪れ、担当者である三雲忠勝さんに抗議しましたが、三雲さんは規則に定められた条件に従っただけだと取り合ってもくれません。私は腹を立て、その場で数回三雲さんの顔面を殴打しました。すると後方の席に座っていた城之内さんが止めに入ったため、私は彼も数度殴りました。そこに他の職員さんたちが飛びかかってきて、私は二人から引き剝がされました。このままでは袋叩きにされるか、さもなければ警察に引き渡されると考えた私は彼らの手を振り払い、福祉保健事務所の建物から逃げ出しました。

三　自宅に帰ったものの、三雲さんの対応や城之内さんや他の職員からの扱いを思い出すとはらわたが煮えくり返る思いでした。私は彼らに思い知らせてやるために、彼らの勤め先である福祉保健事務所に火をつけてやろうと画策しました。ただし中で働いている人たちを焼き殺してやろうとまでは思わず、怖ろしい目に遭わせてやりたいと考えたのです。福祉保健事務所から消防署はそう遠くなかったので火事になってもすぐに消し止められるだろうと軽く考えていました。放火するのに特に用意したものはありません。福祉保健事務所の裏口がゴミ捨て場になっているのは知っていたので、そこに火をつければいいのだと単純に思っていました。

四　時刻が午後十一時を回ったころ、私は福祉保健事務所の敷地に侵入して裏手に回りました。ゴミの回収日が何曜日なのかは調べていませんでしたが、ゴミ置き場にはシュレッダーゴミの詰まった袋がいくつか置いてありました。私はそのうち一つの結び目を解《ほど》き、持参していたパチンコの景品のライターで中のシュレッダーゴミに火をつけました。火はあっという間に燃え広がり、ビニール袋を溶かし始めました。わたしはそれを見届けると、敷地から走って逃げました。

五　翌日、福祉保健事務所の近くまで行くと建物は焼けてもおらず、ボヤで済んだことが分かりました。火をつけておきながらこんなことを言うのも変ですが、大火事にならずに正直ほっとしたのです。パトカーと警官の姿が見えたので、不審火が起きたことは職員にも知らされたはずです。せいぜい怯えていろと私は痛快な気持ちで現場を去りました。

六　ところが私の姿が防犯カメラに映っていたらしく、翌日には塩釜署の刑事さんが自宅にやってきました。私が福祉保健事務所の敷地から出てきた数分後に裏から火の手が上がっているとのことでした。現場に残っていた足跡が私の履物と一致したことから、もう言い逃れはできないと覚悟し、刑事さんに自分が火をつけたことを打ち明けました。

七　結果的にはボヤで済みましたが、風向きや空気の乾燥具合によっては大火災になる可能性もあったと聞き、私は今更ながら自分のしたことがとんでもないことだったと気づきました。今では福祉保健事務所の職員さんや近隣住人の方に大変申し訳ないと思っています。

利根勝久（署名）拇印

以上の通り録取し読み聞かせたうえで閲覧させたところ誤りのないことを申し立て署名指印した。

塩釜警察署
司法警察員
警部補　神崎茂雄《かんざきしげお》　押印

一読して笘篠は鼻を鳴らした。見掛けは真っ当な供述内容だが、裏を返せばあまりに真っ当過ぎて作文めいている。

「何だか不満そうですね、笘篠さん」

横で調書を覗き込んでいた蓮田が見透かしたように話し掛けてくる。

「不満も何も予想通りだ。この供述調書には肝心要の部分がすっぽり抜け落ちている」

「動機、ですか」

「そうだ。ここなんかひどいもんだ。『知人である遠島けいの生活保護受給の件でむしゃくしゃしていました』。暴行傷害から放火に至るまでの動機が、たったこれだけの抽象的表現で済まされている。放火の方は福祉保健事務所でのひと悶着《もんちゃく》を根に持ってという文脈にすり替えられているが、大元の動機については薄っぺらな記述しかない」

「でも、所詮ヤクザの行動原理なんて薄っぺらいものでしょう」

蓮田が殊更に反論を繰り返すのは真意ではない。おそらく反論を潰していくことで笘篠の推論を補強させようとしているのだ。しばらくコンビを組んでいるので、その辺の呼吸は分かる。

「それにしては利根が構成員である旨の報告は一切されていない。資料に明記されているのは二十歳の時に傷害事件を起こした事実だけだ。行動原理が薄っぺらだからじゃない。供述内容が警察と検察に都合がいいよう、本人の心証に関わる部分を削除しているとしか思えない」

資料を読むにつれて浮かんでくるのは利根勝久という男の粗暴さと無計画さだ。しかし、それは動機について詳述されていないがため単純に見えるだけだ。

「第一、遠島けいは知人とあるが、いったいどういう関係でどれくらい深い付き合いなのかも記載されていない。暴力団とは明記していないが、この関係性を曖昧にしているることで利根がヤクザではないにしろ、老人を食いものにしているヤクザ紛《まが》いの人間だと印象づけている」

「言われてみればそんな気もしますけど、どうして塩釜署や仙台地検がそんな工作をするんですか。まさか塩釜福祉保健事務所とつるんでるなんて言い出すんじゃないでしょうね」

「そこまでは言わん。ただ利根という男の心証を悪くしておけば、法廷で有利に闘えるのは事実だろうな。目端の利いた検察官なら当たり前のようにそう考える」

「だとしても弁護側の主張で本人の動機は語られるはずじゃないですか」

蓮田の反論はもっともだが、その解答は判決文を読めば氷解するようになっている。

「弁護人は情状酌量を訴えるだけで積極的な弁護をしていない。被告人の利根は二十歳そこそこの無職。記録によれば身寄りもいない。そんな人間が私費で弁護士を雇える訳もない。十中八九国選だろう」

法廷は書面主義が横行している。被告人や弁護人が派手なパフォーマンスを繰り広げても、訴訟案件の大部分は書面による応酬で勝敗が決する。この裁判記録に残っている資料が裁判で審理されたもの全てなら、利根が減刑される目はほとんどと言っていいほどない。

「実際、検察側の求刑十年に対して裁判所が下した判決は求刑通りの懲役十年。大方の裁判事例が求刑の八掛けだということを考えれば、検察の全面勝利だ。弁護人のやった仕事は単なるセレモニーでしかなかったということになる」

「しかし一応裁判なんですから、本人の意見も一応は考慮するでしょう」

「被告人が自発的な発言を求められるのは最終陳述の時くらいだからな。しかもご丁寧なことに判決文には最終陳述の内容が書かれない。弁護側、検察側からの質問でも被告人の動機については深く突っ込んだものが一つもない。検察は自信満々、弁護人はまるでやる気なし、裁判官は体のいいギャラリーだな」

「しかし利根は判決をおとなしく受け入れたようですね。控訴した様子もありませんし。もし、もっと深い動機があったのなら、控訴しませんか」

「量刑に影響のない動機だったとしたら控訴しても同じだろう」

いずれにしても裁判記録を閲覧した限りでは、利根の真意が見えてこない。

「笘篠さん、取調担当の神崎という刑事に直接訊くっていうのはどうですか」

「とっくに考えている。神崎が真実を言うかどうかは別として、こうなりゃ当時の関係者に片っ端から当たってやる。だが、その前に一番重要なことが残っている」

「何ですか」

「肝心要の利根勝久が今どうしているかだ。刑が確定した後、宮城刑務所に収監されたことになっているが、再来年には出所する予定のはずだ。ヤツの動向が気になる」

県警本部に取って返した笘篠はデータベースで利根の服役情報を当たってみた。するとと驚いたことに利根は既に仮出所したことになっていた。慌てて今度は出所者情報にアクセスしてみると、出所日は九月二十四日となっている。

懲役十年のところを八年で仮出所ということは、利根が模範囚であった事実を物語っている。だが塀の中で模範囚だった者が外に出ても模範でい続けるとは限らない。

「笘篠さん。九月二十四日といったら三雲が勤めを終えたまま連絡を絶った日の一週間前ですよ」

「ああ、分かっている」

蓮田が口調を一変させるのも無理はなかった。塩釜福祉保健事務所のひと悶着から八年。当時福祉保健事務所の職員だった三雲がそのまま福祉保健事務所に勤務していることは容易に想像がつく。そこから先は利根の調査能力次第だが、宮城県内の福祉保健事務所の数などたかが知れている。数日もあれば三雲が青葉区の福祉保健事務所に勤務していることを調べ上げられるだろう。

利根が三雲や城之内に執着する理由は未だ不明だが、少なくとも鎖から解き放たれたことで最重要の関係者から容疑者に格上げされたのは確かだった。

「仮出所なら利根には保護司がついているはずだ。すぐに保護司の所在を調べる」

「了解」

蓮田の声がいくぶん緊張していた。

「これは利根のお礼参りですかね。自分を八年も刑務所に縛りつけたきっかけは三雲と城之内ですから」

「逆恨みという訳か」

「えらく粗暴なヤツらしいですからね。そういうヤツなら逆恨みもするでしょう」

まだ会ったこともない相手を粗暴と決めつけることに違和感を抱いたが、一方累犯者というのは呆れるほど類型的だ。蓮田の判断をあながち早合点と誹れない部分がある。

それからしばらく笘篠は神崎と面談する手筈《てはず》を整えていたが、途中で蓮田が飛んできた。

「駄目ですよ、笘篠さん」

「どうした、不機嫌な面して」

「利根の保護司を引き受けたのは櫛谷という男なんですけど、問い合わせたところ既に手元から離れたみたいで連絡が取れないそうです」

四　家族の死

1

「クソッタレめ」

四月、ある日の黄昏時《たそがれ》。利根勝久は舗道を歩きながら大声で悪態を吐いていた。たった今擦れ違ったばかりの中年女が、まるで犬の糞《ふん》を見るような視線を利根に浴びせる。

「何見てんだよ、クソババア」

怒鳴ってみても気分は一向に晴れることがない。むしろ余計にささくれ立つ。どうせ自分のことをチンピラか何かだと思っているに違いないが、それを否定する材料のないことが腹立たしい。

利根が成人式を迎えたのはこの冬のことだった。式場では金髪に羽織袴を着た派手な同級生たちもいたが、所詮彼らは地元で安い職に就き、地元で安い所帯を持つ者たちで、自分とは毛色が違うという自意識がある。

自分は地元には馴染めない。馴染もうとしても地元から拒絶されている。祝福されないのであればここを出ていくしかないが、今はそのための羽を持っていないのでくすぶっているより仕方ない。

クソッタレめ、ともう一度呟く。呟く相手が誰なのかは判然としなかったが、呟かずにはおれない。擦れ違う歩行者も貧乏くさい街並みも、歩いている舗道と、そして自分さえもがクソッタレだった。

カネさえあれば。受け容れてくれる先さえあればこんな腐った街は後ろ足で砂をかけて出ていってやるのに――。

利根は塩釜のこの街に生まれ育ったが、愛着と呼べるような感情は皆無だ。家族といた時分には多少あったのかも知れないが、高校の終わりに母親と別れてからはそんな感情があったのかどうかも忘れてしまった。

それでもこの街に留まっているのは利根を受け容れてくれる場所がないからだ。当然だろう。カネなし、身寄りなし、学歴なし、あるのは前科だけなどという人間を誰が好き好んで受け容れてくれるというのか。

大体、前科といっても自分に非があったのではない。あっちが絡んできたのがそもそものきっかけじゃないか――そんなことを考えていると、道の向こう側から知った顔がやってきた。

「ご無沙汰――」

目の前に立ってへらへらと笑っているのは、利根が前科持ちになるきっかけを作った男だった。確か名前は須藤《すどう》とかいったか。

頭の中で警報が鳴り響いた時にはもう遅かった。利根が振り返った時には背後に別の男が立ちはだかって退路を断っていた。

「結構、簡単に見つけられたな。ラッキー」

須藤は今にも舌なめずりしそうな顔で近づいてくる。

「俺を捜していたみたいな口ぶりだが、何か用か」

「分かってんだろ。あの時のケリをつけなきゃな」

思い出したくもない記憶が甦る。

数カ月前、行きつけの定食屋で酔った須藤と隣り合わせた。どちらかの肘が当たったとか、どちらかの唾が皿の中に落ちたとか、そんな些細な出来事だったが、酔ったヤクザと血の気の多い馬鹿が殴り合いをするには十分な理由になった。

「ケリをつけるって、俺は捕まって裁判も受けた。ケリならとっくについてるだろ」

「決着したのは手前ェだけだ。こっちは顔を潰されて組のヤツらに示しがつかないんだよ。あの時はこっちが酔っているのをいいことに、好き勝手やってくれたからな」

相手が酔っていたから有利だったのではない。ヤクザだからといって腕っぷしが強いとは限らない。こいつらのほとんどは脅し慣れているだけだ。そして利根は須藤より喧嘩《けんか》慣れしていただけの話だ。殴られている最中に意識を失くしたので、須藤はそう思っていないのだろう。

「捕まって裁判を受けたって？　じゃあ、どうしてお前がここにいるんだよ。執行猶予なんてケリがついたうちに入らねえだろ」

須藤はじりじりと間合いを詰めてくる。顔色と仕草から本気が伝わってくる。

まずい、と思った。

須藤の腕っぷしがどの程度かは知っている。後ろのヤツを合わせて二対一でも負けない自信がある。

だが躊躇した。相手の意識がなくなるまで殴打しても執行猶予がついたのは、利根が初犯で相手がチンピラだったからだ。今度傷害で挙げられたら実刑は免れない。今更裁判や刑務所など怖くもないが、須藤のようなチンピラのために臭い飯を食う羽目になるのだけはごめんだった。

「今、相手をしてやるヒマがないんだ」

逃げるが勝ち――利根はそう判断した。

しかし、判断よりも相手方の動きの方が早かった。やり過ごそうと一歩退いた途端、膝の後ろに激痛が走った。

思わず膝から崩れ落ちると、続いて右肩に何かを打ち下ろされた。転倒する寸前、後ろにいた男が警棒のようなものを握っているのが視界の隅に映った。

「そうか。ヒマがないなら作ってやろうじゃないか。ちょっと付き合えよ」

利根は須藤ともう一人に腕を捕えられ、有無を言わせず細い路地へ引き摺り入れられる。振り解こうとしたが、右肩に力が入らないので為す術がない。

「付き合っただけの土産はつけてやるよ。気に入るかどうかは別だけどな」

須藤は喋りながら利根の脇腹を小突く。口調はひどく剣呑《けんのん》で、土産とやらが大層なものらしいことを窺わせる。

「粋がったのが命取りだったな。ちったあ腕に覚えがあるみたいだが、ヤクザもんの面子潰したらどうなるか、鏡を見る度に思い出させてやる。あらよっと」

須藤の爪先が鳩尾《みぞおち》に炸裂《さくれつ》する。胃の中身が逆流しそうになる。そのまま跪《ひざまず》くと、今度は顎をしたたか蹴り上げられた。

「今度はこっちだ」

後方に倒れようとしたところ、もう一人の男に背中を蹴られた。利根は堪らずアスファルトの上に倒れ伏す。

「こおんなもので終わりだと思ったら大間違い」

須藤の足が利根の背中に伸《の》し掛かる。

恐怖とともに怒りが込み上げてくる。須藤たちの好きにさせるつもりは更々ない。だが一方的な攻撃を受け続けているうちに、抵抗力が身体から抜けていってしまう。機先を制されたのがそもそも失敗だった。喧嘩は最初の一撃で決まる。その経験則を知りながら、前科を怖れるあまりに回避しようとした利根の失策だった。

「これ以上やったら、今度はお前が捕まるぞ」

牽制《けんせい》のつもりで言ってみたが、須藤は鼻を鳴らし、返事の代わりに利根の尻を蹴り上げた。

「俺たちはな、お前らと違ってサツもムショも怖くねえんだ。マエがあったら箔《はく》がつくしよ。殺しゃあしねえが、少なくとも一生忘れられないような記念をくれてやる」

背骨の辺りを強く押される。肋骨《ろっこつ》が悲鳴を上げる。

「おい、いい道具があった」

もう一人が嬉々《きき》として須藤に話し掛ける。見ると、そいつはブロックをぶら下げている。

「これならうってつけだ」

ブロックで手足を潰すつもりか。

慌てて立ち上がろうとしたが、須藤の足が背中に載っているので、すぐに押し潰されてしまう。まるで潰されたカエルのような有様だ。

「せめて選ばせてやる。両手両足四本のうち、どれがいい？」

「どれも嫌だ」

「欲が深いぞ」

言い終わらぬうち、第一撃が右肩を直撃した。

痛みを感じるより前に息が止まった。

右の耳が肉と骨の砕ける音を確かに聞いた。

叫ぼうにも、胸を上から押さえつけられて声にならない。

「須藤、その足退《ど》けてくれ。今度はこいつの背中に叩きつけてやる。背骨やっちまうと、結構後々まで障害が残るからな」

「おう、バッチこーい」

背中に掛かっていた圧力が抜けたが、その代わり両肩に足を載せられた。これで身動きできないまま背中がすっかり無防備になった。

「せえのっ」

利根は思わず目を閉じた。

ところが次の瞬間、打ち下ろされたのはブロックではなく水だった。

えっ。

驚いたのは須藤たちも同様だったらしく、二人とも驚きの声を上げていた。

「何だ、これ」

「誰がやった」

そして二人の声を掻き消すような大声が、辺り一面に響き渡った。

「火事だあっ、火事だああっ」

叫び声を聞きつけたのか、近所の窓が次々と開けられ始めた。

「火事だって」

「どこだ」

「どこが燃えてるんだよ」

窓から覗いた顔が、利根と須藤たちを見る。

これだけ衆人環視になればどうしようもない。びしょ濡れになった須藤たちは捨て台詞を吐きながらその場を立ち去っていく。

利根の意識はその辺りから薄らいでいった。

目を開けた時、利根は見知らぬ部屋に寝かされていた。病院の一室でないことは確かだ。ところどころに雨漏りの跡がある天井、今にも消えそうに明滅している蛍光灯、そしてせんべい布団。こんなところが病室であるはずがない。

「気がついたかい」

頭の上からひょいと老婆が覗き込んだ。

年は八十を超えているだろうか。顔中に深い皺が走り、眼窩《がんか》は落ち窪んでいる。化粧っ気など毛ほどもなく、口臭もきつかった。

「ここはどこだ」

「あたしン家《ち》。あんた、家の前で倒れてたんだよ」

頭の天辺《てっぺん》が涼しい。出血でもしているのかと恐る恐る手を伸ばしてみると、確かに濡れてはいるが血ではなく、ただの水だった。

「悪いねえ、あんたにも掛かっちまったからねえ。でも勘弁しておくれよ。ああいう手合いは水でもぶっかけない限り、離れようとしないからね」

まるでさかっている犬に水をかけたような言い方をするので、少し笑ってしまった。

だが、笑った途端に身体の至る部分が悲鳴を上げた。

「あまり動かない方がいいよ。右の肩を脱臼しているみたいだし、他にもずいぶんやられてるよ」

そうだった。自分は須藤たちに散々痛めつけられて意識を失ったのだ。

「ひょっとして火事だって叫んだのも婆さんか」

「ヤクザが暴れてるとか、警察呼んでとか叫んだって誰も見向きもしないからね。近所の人間を慌てさせるには火事だって叫ぶのが一番いいんだ」

見掛けはともかく、知恵の回る婆さんらしい。

「ここまで俺を運んでくれたのも婆さんか」

「さすがにこんな年寄り一人じゃ運び上げるのは難儀さね」

「僕も手伝ったんだよ」

部屋の隅から声がしたのでその方向に首を曲げると、向こうの部屋から小学生くらいの少年が顔を覗かせていた。

「婆さんの孫か」

「違うよ。近所の子でカンちゃんていうんだ」

「お兄ちゃん、重たかったからさ。けい婆ちゃんと二人がかりで運んだんだよ」

「けいってのがあたしの名前だ。で、あんたは」

「利根。利根勝久」

カンちゃんと呼ばれた少年が興味津々といった様子で枕元に近づいてきた。

「僕も見てたけどさ、お兄ちゃん、あの二人に無抵抗だったじゃん」

こんなガキにあんな情けない姿を見られたのかと思うと、無性に情けなくなった。

「カッコよかった」

「はあ？」

「だってお兄ちゃん強そうなのにさ。ホントはあんな二人組簡単にのせちゃうんでしょ。それでも全然手を出さなかったからカッコよかった」

そういう見方もあるのか。

脱臼していという右肩にそっと触れてみると包帯が巻いてあった。えらく丁寧な巻き方で凹凸がない。

「手当てしてくれたのも婆さんか」

「応急処置だけどね。大事には至らないと思うけど、念のために医者で診てもらいなよ」

「手慣れてるんだな」

「これでも昔は看護婦でね。昔取った杵柄《きねづか》ってヤツさ」

「看護師免許持っているのか。食いっぱぐれがなくていいな」

「この年になっちまったら、どんな免許だって紙切れ同然さ」

けいはからからと笑ってみせる。快活な笑い方に好感が持てた。

「けどまあ、丈夫な身体してるよ。右肩だって脱臼と擦り傷で済んでるからね。仕事、何してるんだい」

「工場勤め」

「立派なもんじゃないか。とにかく嫌じゃなけりゃ、もう少し安静にしていな。どうせこの家にはあたしとカンちゃんの二人だけだしさ」

それが遠島けいとの出会いだった。

「家族が心配するといけないから、連絡しておいた方がいいよ」

けいが素っ気なく言うので、利根も素っ気なく返すことにした。

「家族なんていないよ」

父親は物心つく頃からいなかった。母親の話では出稼ぎに行ったまま音信不通になったらしい。その母親も利根が高校を卒業する頃に男を作って家を出ていった。学業もぱっとしなかったので、利根は地元のちっぽけな工場に就職し、今は六畳一間の古い社員寮で暮らしていた。

「へへ、家族がいないところはあたしと一緒かい。奇遇だね」

「けいさんもかよ」

「息子夫婦がいたけどね。クルマの事故で孫もろともお陀仏さ」

「……悪い。つまらないことを訊いた」

「つまらないことじゃないよ」

「だけど、近所の子供がどうしてこの家にずっといるんだよ。別に親戚でも何でもないんだろ」

「家は三軒隣なんだけどさ、この子の母親の仕事が遅いもんだから預かっているのさ」

夜の仕事か――ちらりとカンちゃんを盗み見るが当の本人はさして気にした風もなく、二人の会話を聞いている。

「僕が帰っても、母ちゃんはもっと遅くにしか帰らないんだけどさ」

最初から母親が不在なのと、いても普段の生活でほとんど顔を合わせないのとではどちらが寂しいものなのか。利根はそんなことを考え始めたが、やがて詮無いことだと気づいた。自分とよその子供の境遇を比較して、何を安心しようとしているのか。

「まあ、家族がいないのならちょうどいいや。今日はひと晩泊まっていきな」

「でも」

「安心おし。いくら何でも怪我人を慰みモノにするような艶っぽさは抜けてるからさ」

「そういうことじゃなくて」

起き上がろうとしたが、情けないことに上半身が言うことを聞かない。

「食事なら心配要らないよー」

カンちゃんが横から口を出す。

「お兄ちゃん一人増えたくらい、どうにでもなるからさ」

話を聞くと、夕食の材料はカンちゃんの母親が二人分を提供しているとのことだった。長時間子供を預かってくれているけいに対しての、せめてもの礼のつもりなのだろう。

「ちょうど夕飯どきだしさ。お兄ちゃんも食べていけばいいよ」

初対面だというのにカンちゃんは屈託なく話し掛けてくる。ただし決して軽薄な印象はなく、むしろ利発そうな顔をしている。

今会ったばかりのけいとカンちゃん。年は全然違うが、不思議に鬱陶しい感じはしない。折角の申し入れなので、言葉に甘えることにした。

じゃあ頼むと利根が答えると、カンちゃんはいそいそと台所に向かい、食材を取り出し始めた。

「おいおい、大丈夫かよ」

お前が料理するのかという意味で訊いたのだが、カンちゃんはまるで気にする様子もない。

「大丈夫だよ。賞味期限過ぎてないし」

カンちゃんの握る包丁の音はどこかたどたどしかったが、しばらく聞いているとそれなりに心地良い。

「はい、お待たせしましたー」

二人がかりで起こしてもらい、利根は布団の上で食事を摂る。盆の上にはコロッケとキャベツの千切り、それに味噌汁がついている。

「そのコロッケさ、タイムセール品で一個五十円の激安価格なんだけど、駅前のお肉屋さんのだからちょっとすごいんだよ」

年に似合わぬ所帯染みた言葉を聞きながらひと口齧《かじ》ってみて驚いた。確かにこれが五十円とは思えない。衣はさくさくしていて、中身はふわふわと柔らかい。付け合わせのキャベツが不揃いなのはご愛嬌だ。

「あたしは料理も掃除も不器用なクチでさ」

「見りゃ何となく分かる」

「助けてもらった癖に失礼な男だね。それでカンちゃんを預かるようになると、この子が見るに見かねて炊事だけは担当してくれるようになってさ。自然に家事の分担ができたんだよ」

まだ右手がまともに使えないので、慣れない左手で食事をする羽目になった。不便なことはこの上なかったが、不思議に腹は立たなかった。

そして不意に思い出した。

こんな風に何人かで囲んで食事をするのは実に四年ぶりのことだったのだ。

須藤たちから受けた怪我も、翌日には腫れも痛みも少し引いた。

「世話になった」

礼を言ったが、けいはにこりともしない。

「そういうのはどうでもいいからさ。ちゃんと医者に診てもらうんだよ」

実を言えばおいそれと診療代や治療代を払える身分ではない。だが、打ち明ける気にはなれなかった。打ち明ければ、必ずけいが何かと口を挟んでくるだろうと思ったからだ。

「ちゃんと診てもらうよ。それよりひと晩泊めてもらったのと夕飯ご馳走してくれたお礼なんだけど……」

最後まで言わせてもらえなかった。

「ああ、もう最近の若いヤツってのは人の厚意までカネで返そうっていうのかね」

「いや、そんなつもりは」

「人から受けた恩は別の人間に返しな。でないと世間が狭くなるよ」

「どういう理屈だよ」

「厚意とか思いやりなんてのは、一対一でやり取りするようなもんじゃないんだよ。それじゃあお中元やお歳暮と一緒じゃないか。あたしゃカンちゃんにしてもらったことが嬉しかったのなら、あんたも同じように見知らぬ他人に善行を施すのさ。そういうのが沢山重なって、世の中ってのはだんだんよくなっていくんだ。でもね、それは別に気張ってするようなことでも押しつけることでもないから。機会があるまで憶えておきゃあ、それでいい」

利根はしばらくけいの顔を眺めていた。

「……何だよ、呆《ほう》けたような顔で人を見て」

「そんなこと、初めて言われた」

「きっと口うるさい大人が身近にいなかったんだね。あんたの母ちゃんはあたしよりも無口か、息子に甘かったんだね」

違う。無口でも甘かったのでもない。ただ息子に興味がなかったのだ。血を分けた子供よりも、女としての自分を満足させてくれる男に興味があったのだ。

「どうしたの、ぼおっとして」

「けいさんの家にいる間、カンちゃんは何しているんだ」

「一人で勉強したり遊んだりしてるよ」

「たまには俺があいつの相手をしてやるよ」

カンちゃんの相手をするというのは、我ながら格好の理由だった。その日も夕刻に遠島家を訪ねると、果たして二人とも在宅していた。

「あ、勝久兄ちゃん」

いつの間に名前で呼ばれるようになったんだと思ったが、不思議に悪い気はしない。

「何だい、またどこか殴られでもしたのか」

けいの憎まれ口も耳に心地よい。

「怪我してなきゃ客も入れないのかよ、この家は」

利根は挨拶代わりに、ぶら下げていた袋を無造作に突き出す。

「何だよ、これは」

「昨日の礼」

「あたしの言うことを聞いてなかったのかい。こういうことは別の誰かにしてやれって」

「借金背負ってるみたいで、早く返しておかないと気持ち悪いんだよ」

「あれっ。それ、駅前の肉屋さんの袋じゃない」

カンちゃんが横から袋をかっさらい、早速中身を検める。

「メンチカツじゃない。勝久兄ちゃん、奮発したね」

「一個二百円だった」

「三個あるってことは、勝久兄ちゃんの分も用意しろってこと？」

即答できずに口をもごもごさせていると、カンちゃんに腕を引っ張られた。

「玄関に立たれても邪魔だから、さっさと入りなよ」

「お前の家じゃないだろ」

「気にしない、気にしない」

結局、けいがテレビドラマに見入っている横で、利根はカンちゃん相手に対戦ゲームをする羽目になった。ゲームは初めてではなかったが、それでも数年の空白がある。勘を取り戻す前に完膚なきまでに負けた。

「一度くらい勝ってよね。年上なんだからさ」

「うるさい。社会人てのは遊んでばかりじゃいられないんだよ」

「僕だってゲームは一日二時間って決めてるよ」

罵《のの》り合っているうちに夕食の時間となった。自分でも意外だったが、利根はごく自然に夕餉《ゆうげ》に溶け込んで違和感がなかった。二人を目の前にしていると、あたかもずっと以前からこうしてテーブルを囲んでいたかのような錯覚に陥った。

2

元々、けいの家は四人家族だったので、古いながらも一人で住むには広過ぎる。かといって赤の他人である利根が転がり込む理由もなく、自分とカンちゃんは夕方から六時間ほどをけいの家で過ごすのが日課になった。ここで何をするということもなく三人で夕食を済ませ、零時が近づくと利根がカンちゃんを自宅まで送り届けるという具合だ。送り届けるといってもカンちゃんの家は三軒離れているだけなので、つまりは解散の合図のようなものだった。

最初、カンちゃんを見た時には小学生だと思い込んでいたが、よくよく聞いてみると中学生なのだという。童顔なので、実際よりも幼く見えてしまう。

「正直言って、ちょっと頭くるんだよね」

けいの家を出たカンちゃんは唇をへの字に曲げて見せた。

「クラスでも一番背が低いから、チビチビって馬鹿にされる。せめて勝久兄ちゃんみたくバリバリのヤンキー顔だったらよかったのにさ」

「それ、全然褒めてないぞ」

「ちゃんと褒めてるよ。勝久兄ちゃん、二人がかりで襲われてもギブしなかったじゃん。僕だったら、きっとすぐに降参しちゃう」

「喧嘩に強くなりたいのか」

「そんなの当たり前じゃん」

「やめとけ。腕っぷしが強いなんて変なトラブル引き寄せるだけで、何の価値もねえんだから」

「それはさ、喧嘩が強い人だから言えることだよ」

平屋続きの長屋なので、カンちゃんの家の造りもけいの家のそれと大差ない。

「ここでいいから」

玄関ドアまで来ると、カンちゃんは妙に慌てた口ぶりでそう言った。

鈍感な利根もそれで気づいた。いつもは真っ暗な家の中から明かりが洩れているのだ。母親が先に帰宅しているらしい。

それじゃあ、とカンちゃんが口にするのとドアが開くのがほぼ同時だった。家の中から顔を覗かせたのは四十がらみの中年女で、目元がカンちゃんにそっくりだった。

「あら、おかえんなさい。あなたが勝久兄ちゃんかしら？　ウチの息子がいつもお世話になってるみたいね」

カンちゃんから聞いていたので、母親が久仁子《くにこ》という名前であるのは知っていた。年齢も聞いていたのでぼんやりとカンちゃんに似てどこか優しげな母親を想像していた。

だが利根の想像とずいぶん違い、実際の久仁子は母親というよりは倦んだような色香を纏った中年女だった。

「いつも夕方からこんな時間まで面倒をみてくれてありがとうね。そうだ、何ならお茶でも飲んでいかない？」

久仁子はドアを開けたまま艶然《えんぜん》と笑い掛けてくる。

声は粘着性の糸のようだった。

笑顔は妖しい誘蛾灯のようだった。

思わず頷きかけた時、不意にカンちゃんの表情を視界の隅に捉えた。

カンちゃんの顔は不安と嫌悪で斑《まだら》になっていた。

「いや、もうこんな時間なんで失礼します」

「大人の時間でしょ」

「二十歳なんて、まだガキっスよ」

ちらと盗み見ると、カンちゃんはほっと安堵している様子だった。利根の判断は正解だったらしい。

「じゃあな」

母子に背中を見せて手を振る。余裕をかましてはいるが、本音はその場から足早に立ち去りたかった。

久仁子は夜の仕事で帰宅が遅いということだったが、今の姿を目にした瞬間に仕事の内容が透けて見えるような気がした。カンちゃんの含羞《がんしゅう》の意味もそれで納得できる。

家庭の数だけ不幸が存在する。天涯孤独同然の利根は片方だけでも親がいてくれるカンちゃんの境遇に少なからず羨望《せんぼう》を抱いていたが、どうやら見当違いだったようだ。いくら他人が羨《うらや》ましく思っていても、当の本人が隠したがっている関係は重荷でしかない――。

いや、待て。

本当にそうだろうか。自分はただ、あの弟分が自分よりも幸せだと認めたくないだけではないのか。

　利根は自分の母親の顔を思い出そうと試み、しばらくしてからやっと像を結ばせた。驚いたのは忘れていたからではない。思い出すのに相当な時間を要したからだった。

　けいやカンちゃんがどう思っているのか確かめた訳ではないが、利根自身はこの奇妙な共同生活が嫌いではなかった。家族のようであっても互いの嫌な面は表に出さないから、心地いい一方で不快な思いはせずに済む。まるで家族をレンタルしているような感覚だが、それでも定食屋で一人飯を食ったりアパートで膝を抱えていたりするよりはよほどましな時間を過ごせる。

　仮にこの三人を家族とすると、けいは母親のみならず父親の役も兼任していた。カンちゃんや利根に、今日一日何があり何をしたのかを尋ね、いいことがあれば一緒に喜び、よくないことがあれば飯を掻き込んで早く忘れろと言う。そういう部分は母親だ。

「明日もあんたたちは何かと闘わなきゃならないんだ。腹が減っては戦はできないからねえ」

　そう言って二人の肩を乱暴に叩き、豪快に笑い飛ばすところは父親だ。

　最初に担ぎ込まれた時から分かっていたが、けいはかなり切り詰めた生活をしていた。高齢で無職、夫とは離別。看護師として働いていた時期もあったが、規定を満たす就業期間でなかったために年金は支給されない。従って日々の生活費はひたすら貯金を取り崩すだけだった。

老齢でカネも乏しいとなれば、日常から潤いが消えていくのが普通だ。ところが遠島けいという女性は性根が逞《たくま》しいのか、それとも根っから楽天的にできているのか、いつも気力が漲《みなぎ》っていた。折角生きているのだから楽しまなくてはもったいない——そう思い込んでいるフシがあった。

情のきめ細かな豪傑、というのが利根とカンちゃんの一致した人物評だった。今までに会ったことのないタイプであり、それだけでも利根には興味深かった。

ある日そのけいが、いつになく心配そうな顔でカンちゃんに話し掛けてきた。

「カンちゃん。あんた、今にも死にそうな顔してるよ」

「そんなこと、ある訳ないじゃーん」

カンちゃんはおどけて否定してみせたが、けいは簡単に納得しなかった。

「もし何かあるんだったら言っちゃいなよ。あたしと勝久兄ちゃんに聞かれたところで他に洩れる心配はないんだしさ」

「ホントに何もないんだったら。けいさんの気のせいだよ」

カンちゃんは半ば躍起になって言い募るが、大して演技力もないので、嘘だと顔に書いてあるようなものだ。

「気のせいなものあるかい。このくらいまで生きてるとね、目の前の人間が本当のことを言ってるかどうかなんてひと目で分かるんだよ。さ、お言い。いったい何があったのさ」

けいが畳み掛けると、カンちゃんは口をもごもごと動かすだけで声にしようとはしない。

「けいさん、その辺にしておきなよ」

利根はやんわりとけいをたしなめる。自分もカンちゃんの年頃には、己の恥になるようなことは口が裂けても言えなかった。十五歳というのは子供であって子供でない。脆弱《ぜいじゃく》さと自尊心が同居しているれっきとした大人だった。

「勝久兄ちゃんがそう言うならいいけどさ。何かあったら、あたしたちにすぐに言うんだよ」

「お母さんにじゃなくって？」

「そりゃあ確かに母親ってのは強いけど、全能の神様じゃないからね。逆に母親が揉め事起こす時だってあるだろ。近しい人間だと解決できない問題だって、中にはあるんだよ」

尚もうーうーと呻き続けるカンちゃんを尻目に、けいはそっと利根に耳打ちする。

「後でこの子の家の玄関、見ておきな」

玄関にカンちゃんの悩みの種があるということか。そう言えば二日前から、カンちゃんは利根に送られるのを避けていた。たかが三軒隣なので見送ることに大した意味はないが、今まで嫌な素振り一つ見せたことのなかったカンちゃんの拒絶が妙に気になった。

そこで利根は、いつもの時間にカンちゃんがけいの家から出ていくのを見計らい、数分後に家の前に立ち寄ってみた。

拒絶の理由は一目瞭然だった。

家の玄関ドアには〈ソープランド〉だとか〈サノバビッチ〉という文字が大書されていた。

字体から子供の落書きらしきことが分かる。だが書いてある内容は、子供の悪戯《いたずら》で済まされるものではない。

現に利根はそれを目にした瞬間、頭に血が上るのを感じた。

久仁子が風俗嬢であろうがなかろうが、そんなことは関係ない。カンちゃん本人にはどうしようもない事実を論《あげつら》い、辱める行為に子供らしからぬ陰湿さを覚える。いや、子供らしい純粋な悪意とでも言うべきか。

近づいて見ると、落書きの上に消そうとした痕跡が残っている。だが使用されているのが油性のカラースプレーだったので落ちなかったらしい。

その時、いきなりドアが開いた。

「何してんだよっ」

カンちゃんが怒りも露わに飛び出してくる。顔は自分の恥部を覗かれた者のそれだった。

「大声出すなって」

「言わなきゃ分からないだろっ」

利根が唇に人差し指を当てても、カンちゃんは怒りが収まらない様子だった。

「お前がそういうのを気にしていること、お母さんに知られたいか」

するとカンちゃんは途端に語気を弱めた。

「……勝久兄ちゃんにも知られたくなかったよ。だから……」

落書きを消そうとしたのはカンちゃんだったか。

「今にも死にそうな顔をしていたのは、こいつが原因か」

「死にそうってのは、ちょっと大袈裟だよ」

「死ぬっていうのは別に身体だけのことじゃない。ここが死ぬ時だってあるんだ」

利根が胸を叩いてみせると、カンちゃんは目を伏せる。

「その台詞、似合わないよ」

「誰にやられたか、心当たりはあるのか」

「何人か思い当たるけど、悪戯書きしている現場を見た訳じゃないから」

「家の人間が見ている前で書くような馬鹿がいるかよ。お前たちが寝静まるのを見計らってやってるんだ」

「犯人捜し、するの？」

「しなけりゃ同じことが続く。それにドアに書かれた文字を消したところで、お前の胸にはずっと残ったままなんだぞ」

しばらくカンちゃんは押し黙っていたが、やがて顔を上げた。切羽詰まったような目に、利根は胸が潰れそうになる。

まるで棄てられた子犬の目だった。

「……そんな顔をするな」

「えっ」

「自分が世の中で一番不幸だ、みたいな顔をするな。見ていて腹が立つ」

「ごめん」

「簡単に謝るな。日頃の威勢はどうしたよ」

利根はカンちゃんの髪を乱暴に掻き毟《むし》る。

「不幸になるのもならないのもお前次第だ。傷つけられたままだと、そこから組織が腐っていく。傷口を埋めたいのなら、それ相応の手当が必要だろうよ。思い当たるのは一人か」

「三、四人はいる」

「だったら、こっちが複数でも悪かないな」

「仕返しってこと？」

「ああ。やり方はいくらでもある。ただし共通しているのは、どんな方法を選んだとしても自分の手を汚すってことだ。自分の手も汚さず相手に何かをするのはただの卑怯者だからな。憎まれてもいいけど、馬鹿にされたくはないだろ」

カンちゃんは弱々しく頷く。

「でも僕のことは、どうでもいいんだよ」

「はあ？」

「落書きを見た時のお母さんの顔が嫌だった。あんなひどい顔、初めて見た」

久仁子の態度を思い浮かべる。あの久仁子がカンちゃんの前で泣き出す姿はちょっと想像できない。おそらく泣くよりも、もっと息子の胸を痛めるような意思表示をしたに違いない。

その時、二人の背後に人の気配がした。

「まったく。大声出すなって言う本人が大声出してどうするんだよ」

けいが呆れた顔で立っていた。

「いくら安普請でも、外で喚き立てるよりはマシだろ。さっさと家の中に入りな」

「いいのかよ。一種の悪巧みだぞ」

「悪ガキのしつけみたいなもんだろ」

利根はカンちゃんと顔を見合わせる。どうやらカンちゃんの方に異存はないらしい。

二人は再びけいの家に戻っていった。

それから三日間は仕込みの期間だった。アルコールでドアの落書きを消しておくと、その日のうちに中学生らしき三人組がカンちゃんの家の前で足を止めていたという。

「けどねえ、ちっとも悪ガキそうに見えない子供たちだったから余計に嫌なのよ」

三人の様子を目撃していたけいは、不味いものを舌に乗せたような顔でそう報告した。どれだけ悪賢くても所詮子供だ。自分たちの行動を監視している者がいるとは想像もしていないのだろう。そして子供だから、飽きるか手痛いしっぺ返しを食らうまで同じことを繰り返す。

「どうせ学校でも同じようなことしてるんだろ、そいつら」

利根が訊ねると、カンちゃんはふるふると首を振る。

「ううん、学校じゃあ担任の先生が目を光らせているから、これ見よがしみたいにはしないよ。少なくとも誰かの目があるところじゃ何もしてこない」

「へえ、上っ面は行儀いい訳か」

「その代わり、視線で思いきり馬鹿にしてくるけどね」

つまり人目があるところでは決して手を汚さないということか。

我ながら大人げないとは思ったものの、見知らぬ中学生たちに腹が立った。正義漢ぶるつもりはないが、理不尽な動機で弟を苛《いじ》められて平気でいたいとは思わない。

弟？

いや違う。あれはお前の弟ではなく、単なる知り合いだ——頭の中で別の自分が警告していたが、利根は耳を傾けようとしなかった。

「でもさ」

カンちゃんは少しはにかみながら言う。

「いくら一対三だからって、中学生同士の喧嘩に成人男子が介入するってどうなのかな」

「喧嘩ならその理屈は正論だが、生憎これはそんないいもんじゃない。じゃあ何だと言われたら、けいさんが言った通り、しつけだとしか答えようがないな」

己の行為を正当化しているのは百も承知だ。大人げないのも否定しない。それでも黙って指を咥えている訳にはいかない。己の手を汚してでも加勢しなければ、腹の虫が収まらなかった。

利根たちが計画を思いついてから三日目の夜、例の三人組が行動に出た。その日長屋の近くで利根が網を張っていると、零時過ぎに彼らが姿を現したのだ。

玄関ドアの落書きが消されていることを知った彼らが、そのまま放っておくはずはない。必ず同じことを繰り返すはずだ――けいの下した判断は間違っていなかった。

闇に怯える人間と闇に昂りを覚える人間の二種類がある。三人組は後者だった。夜陰に乗じ、三人組はにやにやとうす笑いを浮かべてカンちゃんの家に近づく。こそこそとした仕草から、自分たちのしたこと、しようとしていることが悪さであるのは自覚しているらしい。

三人はめいめいにスプレー缶をからからと振りながら顔を見合わせる。どうやら今から書く文言を相談しているようだ。やっていることは幼いのに、相談しなければならないほど悪口のボキャブラリーは豊富ということか。

間もなく三人はドアに文字を書き始めた。

だが彼らが何を書こうとしているのかに興味はない。今まで屋根の上から様子を見守っていた利根は、傍らに用意していた缶の中身をぶちまけた。

「うわあっ」

「何だ、これ」

「気色悪っ」

ぶちまけたのは希釈していないペンキだった。色もピンク、イエロー、グリーンと目立つものを選んだ。肌にも髪にも服にもねっとりと絡みつき、一度風呂に入ったくらいではなかなか落ちないはずだ。臭いに至っては明日になっても残るだろう。

「お前らが使ったカラースプレーと一緒だ」

屋根から声を掛けると、三人はようやく利根の存在に気づいたようだった。

「お、お前誰だよ」

「何で、こんなことするんだよ」

「何でこんなことするんだって？　そりゃあこっちが訊きたいな。俺はお前らがやったのと同じことをしただけだ。もっともペンキを塗る場所は違うけどな」

利根は屋根の上から三人を嘲笑する。こいつらと同じ目線で話すつもりは毛頭ない。

「悪さをしたら必ず自分に跳ね返ってくるんだ。憶えておけ」

三人は後ろも見ずにその場から走り去った。

翌日、早速三人の両親たちがカンちゃんの家に怒鳴り込んできた。

「いったい何てことをしてくれたんだ」

「ウチの子がクラスメートを心配して訪ねたというのに、真上からペンキをぶちまけるだなんて」

「ウチの子は友情を裏切られたショックで泣いているんですよ」

「お宅ではどんな教育をしているんだよ」

「お風呂でペンキを落とそうとしたけど、全部は洗い流せませんでした。着ていた服はもう使い物にならない。弁償してくれますね」

「弁償はもちろんだけど、その他にも慰謝料が欲しいところですな。この子たちが受けた精神的苦痛は、ちょっとやそっとの慰めで解消できるもんじゃない」

両親たちは口角に泡を飛ばすような勢いで久仁子を責め立てる。一方の久仁子といえば、真横にカンちゃんを座らせてひたすら恐縮している。利根たちの計略を知らされていない久仁子には、寝耳に水の話だったので、ここは身を縮こませるしか仕方がないだろう。

「大体、何であんたが今度のことに関与しているんだ。第三者だろう」

両親たちの指弾がようやく実行犯である利根に向けられた。利根は両親たちが押し掛けた時から、カンちゃん母子とともに上り框《がまち》に座っていた。

「あー、俺はカンちゃんがイジメに遭っているって言うんで相談に乗っただけなんです。まあ近所のよしみだ。第一ウチの子たちがイジメに加担していたという証拠でもあるんですか」

「何が近所のよしみってヤツで」

「他人様の家の玄関にカラースプレーで〈サノバビッチ〉やら何やら書いたら、そりやあどう好意的に受け止めたってイジメでしょう」

「だから証拠を出してみろと言うんだっ」

「へいへい」

そう言って、利根は徐《おもむろ》に小さなデジタルカメラを取り出した。勤め先の社長から借りたものだ。何事かと両親たちの注目が集まる中、画面に写真を映し出してみせる。

「犯人三人の犯行現場、これは間違いなくあんたたちの子供だろう？　これこそ弁償や慰謝料のネタになるんじゃないのかい」

両親たちの顔色は赤から青へと変わった。

「しかし、揃いも揃って腰の引けたバカ親どもだね。自分の子供のことだから、もうちょっとは粘ってもいいはずなんだけど」

三人組の両親が逃げるように帰った翌日、けいは利根とカンちゃんを前にからからと笑ってみせた。

「いや、けいさん。いくら息子のことだからって、ああまではっきりした証拠を突きつけられたらぐうの音も出ないよ。今は学校もイジメには厳しいらしいし」

「イジメに厳しいっていうより、イジメの事実が明るみになるのをメッチャ怖がってるんだよ」

当事者であるカンちゃんも、今は憑《つ》き物が落ちたような顔で会話に加わっている。

「小学校の時もそうだったんだけどさ。担任の先生が月に一度は『このクラスでイジメはないな』って確認するんだよ。それでクラス全員が『ありませーん』って答えて、それで終わり。そんな訳ないんだけどさ、そういう儀式みたいなことすると、先生が安心するんだよ」

それを聞いて、けいはうんざりしたという風に舌を出す。

「先生っていう職業も地に堕《お》ちたねえ。カンちゃんの通っている中学もそうだとしたら、放っておいたらえらいことになってたね」

「逆恨みしようにも、こっちに証拠写真があるからね。あいつらは二度と僕に手出しできない」

カンちゃんは得意げにデジカメを見せつける。

あの時、三人が悪戯書きをしている現場を撮影したのはカンちゃんだった。犯行の瞬間を捉える三日前から利根とともに張っていたので、喜びもひとしおなのだろう。

だが今回の発案者はけいだった。ペンキを塗られて悔しいのなら同じことをしてやればいい——けいは二人にそう知恵を授けたのだ。

「まあ頭からペンキを被るのがちょうどいい罰だろうね。それ以上厳しかったら、加害者と被害者が逆転しちまうから。だからね、カンちゃん。今のうちにあの三人と手打ちしておきな。こういうのは早い方がいいんだ」

カンちゃんは意外そうに訊き返す。

「仲直りしろって、今更？」

「敵を作るより味方を作っておいた方がいい。味方が多い人間は強いよ。そして強い人間に盾突こうとするヤツは少ない。どっちが楽だと思う」

3

利根とカンちゃんにとって、父親役もこなせる母親のようなけいだが、実の母親に話せないことがあるのと同じように、けいにも相談できないことがある。利根の場合、それは仕事のことだった。

利根はその頃、〈トサカ鉄工所〉に勤めていた。社長の登坂《とさか》という男は人情家で、チンピラと暴力沙汰を起こしたにも拘わらず、利根を辞めさせようとしないばかりか裁判の時には傍聴席まで駆けつけてくれた。

「前科持ちなのに、どうして俺を置いておいてくれるんですか」

利根がそう訊ねた時、登坂は少し困ったような顔でこう答えた。

「だって利根くん、鉄工所の中じゃ真面目だし紳士だし誰にも迷惑かけてないし。暴力だってプライベートの時間に起きたことだろ。だったら辞めてもらう理由なんか、ないじゃない」

おまけに住まいは鉄工所の隣に併設されていた寮で、家賃も格安ときている。給料は安かったものの、社長の人となりと福利厚生が好印象だったので利根は気に入っていた。

だが人情家だからといって経営手腕が優れているとは限らない。いや、むしろ面倒見のいい人間は経営者に向かないのかも知れない。登坂がそのいい見本だった。〈トサカ鉄工所〉の資金繰りが日に日に苦しくなっているのは、雰囲気で分かった。旋盤機が老朽化しても、なかなか新品が導入されない。稼働率が下がっても登坂が問題にしないのは、注文自体が減ったことを意味していた。

経営が苦しくなっている雰囲気をぼんやりと感じてはいたものの、入社の浅い利根に何ができる訳でもない。きっと登坂が難局を乗り切ってくれるだろうと根拠のない展望を抱いていた矢先、第一の災厄が鉄工所を襲った。一回目の不渡りだ。

社会経験の浅い利根にも不渡りが何を意味しているのかくらいは知っていた。要は支払資金の不足で債権者に額面の金額が払えないことだ。一回目を何とかやりくりできたとしても、六カ月以内に二回目の不渡りを出してしまえば銀行取引停止となり、銀行からの融資を受けられなくなる。つまり事実上の倒産だ。

登坂は大方の社員の心配をよそに、一回目の不渡りについては遅ればせながら決済した。だが、その決済方法こそが奈落への第一歩だった。

「ウチの苦境を見かねて、救いの手を差し伸べてくれた人がいるんだ」

登坂は満面に笑みを浮かべて社員たちに報告した。金策に奔走し続けたが銀行からも取引先からも見放され、最後の最後に出会った救世主なのだと言う。

「銀行でも貸してくれない額の資金を低利で融資してくださるんだ。本当に有難い」

登坂が拝まんばかりに紹介したのは神楽《かぐら》という男だった。年は六十前後、温和な笑顔が印象的で居並ぶ従業員を菩薩《ぼさつ》のような眼差しで見渡していた。

ところが神楽は菩薩どころか夜叉《やしゃ》だった。カネを融通した翌日から神楽は〈トサカ鉄工所〉の常務取締役に就任したのだ。それ自体は資金を供給した出資元として不自然ではなかったが、問題は登坂の人を見る目が曇っていたことだ。

神楽が経営に過度な口出しをするのに一週間もかからなかった。経理が杜撰《ずさん》だ、営業力が足りない、先行投資の方向が間違っている――様々な理由をつけて神楽は外部から「信頼に足る人材」なる男たちを招き入れた。この男たちが揃いも揃って風体が怪しく、机で電卓を叩いているよりは賭場でもろ肌を脱いでいる方が似合いの連中だった。そして見る間に、鉄工所の経営権は神楽をはじめとした一派に牛耳られた。やがて登坂と社員たちは、神楽が地元暴力団の下部組織である事実を知らされる。

典型的な乗っ取りだった。

登坂は文字通りお飾りの社長となり、神楽の命令に唯々諾々と従うしかなかった。登坂の命令は神楽の命令であり、従業員たちも神楽の意のままに動くしかなかった。

乗っ取りは侵食と同義語だ。時を経ずして元からいた従業員たちは暴力団の構成員になるよう強制された。

「名前を登録しておくだけで、お前ら従業員に危ない仕事はさせないよ。幽霊部員みたいなものだな」

神楽の甘言に従う従業員もいたが、もちろん怯えて退職した者もいる。従業員の数が減っても、すぐに神楽が組から補充要員を引っ張ってくるので、ますます鉄工所が神楽の色に染まっていくという寸法だ。

しかし利根は、そのどちらにもなれなかった。

元より利根はスジ者を忌み嫌っていた。徒党を組まなければ道も歩けないようなヤツらなど、どう見ても惨めで滑稽でしかない。自分が前科持ちになるきっかけがチンピラとのいざこざであった事実も、ヤクザ嫌いの一因だった。

そういう理由から、利根は神楽の組の構成員になる気は毛頭なかった。ただし他にいくあてもないので、鉄工所を飛び出そうとも思わなかった。構成員にならずに今の仕事を続ける——そんなムシのいい可能性に縋《すが》りつき、のらりくらりと返事を誤魔化してきたのだ。

利根が神楽から呼び出しを食らったのは、ちょうどそんな時だ。

「利根くんよ。そろそろ態度を明確にしてくれんか」

神楽は初対面の時と同様の菩薩顔で訊いてきた。

「わたしらの仲間として登録をしたらどうだ。若い人間を無下に扱うことはせんよ」

「いやあ、俺は何て言うか荒っぽい仕事に向いてなくて……それに機械いじっているのが性に合っているんで勘弁してください」

「荒っぽい仕事に向いていないだって。おいおい、嘘はいかんな。それとも謙遜のつもりかな。わたしは、君がずいぶん腕っぷしの強い男と聞いているが」

「根も葉もない噂です」

「噂であるものか。現にウチの準構成員が君に喧嘩を吹っかけて、散々痛い目に遭った。よもや忘れたとは言わせんよ」

あっと思った。定食屋で争った須藤は、神楽の組の準構成員だったのか。

「下部組織がずいぶんあるからな、気がつかなかったか?」

「……俺をどうするつもりですか。工場の中で袋叩きにでもするつもりですか」

すると神楽は心外そうに首を振った。

「まさか。そんなことをして何の得がある。わたしらが欲しいのは人材であって、腹いせの対象じゃない。そんなことをしても余計に君から恨まれるだけだ。どんな組織でも数がものを言う。今、ウチの緊急課題は人数揃えでね」

神楽の説明によれば、西から宏龍会《こうりゅう》という広域指定暴力団が勢力を伸ばしつつある。神楽の組が東北での地盤を堅牢《けんろう》にするためには、今のうちに組織を拡大しておく必要があるとのことだった。

「須藤とかいう野郎とどういう大立ち回りをしたのかは聞いている。まあ相手が幹部だったのなら問題だが、チンピラ野郎なら不問だ。それに素人ながら、ヤー公をタコ殴りにした度胸と腕っぷしは大いに評価できる」

ヤクザに喧嘩の強さを褒められても、少しも嬉《うれ》しくない。

「向いてません」

「そいつは自分で決めるこっちゃない。何にだって素質ってものがあるし、大抵は他人が決めるもんだ。利根くんは向いているよ。今まで色んなヤクザを見てきたわたしが保証してやるよ」

「すんませんけど、俺、ただの工員でいいです」

利根が二度目の拒絶を示すと、矢庭に神楽の目つきが変わった。菩薩の仮面が剝がれた瞬間だった。

「君に選択肢なんてないよ」

「えっ」

「工場を辞めれば何とかなると思っていたら大間違いだから。いや、そもそも君は勝手に工場を辞められない」

「俺にだって職業選択の自由はあります」

「いや、ない」

神楽は口角をこれ以上ないというほど上げてみせる。まるで耳まで裂けそうだった。

「一応は常務取締役だからね。社員の勤務状況や給料の支払いなんかは把握している。利根くんは毎月給料を前借りしているよね。まっ、君に限ったことじゃないけど。で、給料日がきても前月の前借り分を相殺するだけだから、またひと月分を前借りすることになる」

「それは……入社したての頃に用意しなきゃいけないものが沢山あったんで、登坂社長が好意で」

「今はわたしが総務だから以前の話は関係ない。前借りというのは、つまり融資だ。従ってこれからは利息をつけさせてもらう。わたしらの世界じゃ利息ってのは大抵がトイチ。十日に一割が慣例になってる」

「十日に一割……」

「十五万の給料だったら一カ月で四万五千円の利息。合計で十九万五千円を払ってもらう」

数字が不得手な利根にも分かる簡単な計算だった。給料日が到来しても支払えるのは元金分だけだから、トイチの利息がそのまま元金に組み込まれて雪だるま式に増えていくという寸法だ。

「それから今まで格安だった寮の家賃も上げさせてもらう。工場併設という利点を考えれば、相場の五割増しが妥当なところだろうな」

「そんな！　五割増しだなんて」

前借り分の利息だけでも返済困難な負債なのに、この上家賃が急騰すれば、早晩部屋を退去させられる羽目になりかねない。

「横暴だとでも言うのかね。言っておくが福利厚生の条件や規約は、工場側の決め事だ。いちいち従業員の希望を斟酌《しんしゃく》する暇はない」

冷徹に言ってのけた後、しかし神楽は意味ありげな顔を利根に突き出した。

「ただし、どんな組織、どんな会社にもヒエラルキーってものが存在する。言い換えたら特典を得られる者とそうでない者だ」

「特典？」

「貢献度によって特典が付与される。基本給、ボーナス、福利厚生のレベル。当然のことだ」

「つまり組員になれば恩恵に与れるって意味ですか」

「もちろんだ。組織に忠誠を誓う者を邪険に扱うことはできんからね。前借分は帳消し、トイチの利息も家賃の値上げも据え置きにしてやるよ」

もったいぶって言ってはいるが、とどのつまりは現状維持のようなものだ。それでも借金と生活苦で身動きが取れなくなるよりはよほどいい。

「従業員の中にはわたしらの経営参画を災厄のように受け取っている者もいるだろう。しかし全ての人間が被害に遭う訳じゃない。要領のいい者は物陰に隠れて難を逃れるし、目端の利いた者なら災いを福に転じさせて金儲けを目論む。対処の仕方でその後の境遇が大きく変わる。それを世間じゃ処世術と言うんだ」

神楽という男が組でどんな地位に君臨しているのかは知らないが、ヤクザであっても人の上に立つ人間というのはこういうものなのだろうか。胡散臭い内容でも、語る言葉には妙な説得力がある。

「それにヤクザというだけで、色眼鏡で見るのはよくないな。あまり知られてはいないが、災害時にイの一番で物資を提供しているのはわたしらだ。何せ備蓄も資金力も機動力もある」

神楽の物言いにはただの正当化ではなく、確固とした自負が聞き取れた。盗人にも三分の理なのだろうが、聞くほどに己の価値観が揺さぶられるような危うさがある。

「こう言っちゃなんだが、想定外の事態が発生した時、堅気の人間は別々に動くだけで救出活動や復興の邪魔にしかならない。本領を発揮できるのは自衛隊に警察に消防、それとヤクザ。常日頃から指揮系統が確立している集団だよ」

「災害時の物資供給もニンキョーてヤツですか」

「おっ、利根くん、若いのにシブい言葉知ってるじゃないか。だったら話が早い。善行なのか売名行為なのか、なんて結構あやふやなもんでね。世間なんて看板やバッジにまず目を取られる。同じ救護活動をしても制服を着ていたら勇敢なる行動、代紋を背負っていたら人気取りだとか隠れ蓑《みの》だとか散々な言われようだ」

それは何となく理解できた。

「要はな、他人様、世間様ほど勝手で思い込みが激しくて無知なものはない。ヤクザの肩書きがあろうがなかろうが、自分に恥じることさえなきゃ漢《おとこ》でいられる。だから名前を登録することくらいで、うじうじ悩むなってことさ」

冷静に分析すればとんだ論点のすり替えだったが、神楽の口から聞かされる理屈はスポンジに水が沁み込むように納得できる。ふと気づけば、利根は何度か頷きさえしていた。

「……考える時間、もらえますか」

「ああ、構わんよ。何しろ職業選択の自由だからなあ。ただしそんなに猶予期間はやれんよ。明日までに回答するように」

用件が終わると、神楽はもう行っていいというように手を払った。だが最後に付け加えるのを忘れなかった。

「忘れるなよ。肩書きに拘《こだわ》るヤツなんて、所詮世間が狭いだけだ」

それならヤクザの世界というのは、そんなに広いのか——喉まで出かかった言葉は、危ういところで呑み込んだ。

少し考えても、どちらが生きていくのに有利なのかは分かっている。名より実、世間体よりは生活の安定だ。第一、独り者の利根に世間体もへったくれもない。

だがその瞬間、不意にけいとカンちゃんの顔が脳裏に浮かんだ。

ヤクザへの転身が真っ当でないことくらいは、利根にも分かる。だが生活がかかっているとなれば話は別だ。神楽が指摘したように、看板だけを付け替えるのなら差し当たって何の問題もないではないか。そして問題がないのであれば、けいやカンちゃんに相談する必要もない。

だが、生来嘘や隠し事が下手なのだろう。その日も三人でテーブルを囲んでいると、不意にけいが訊いてきた。

「勝久兄ちゃん、職場で何かあったの」

何の前触れもなく訊かれたので、さすがに慌てた。

「いきなり、何のことだよ」

「いやさ、ここ二、三日はどことなく落ち着かない様子だったし、今日なんかカンちゃんと話していても上の空だっただろ」

「そうそう」

カンちゃんが訳知り顔で頷く。

「一緒に対戦ゲームしてても、注意力散漫なのがバレバレ。あんなんで気づかれてないとホントに思ってたの？」

「あんたはねえ、自分で思っているほど器用でもなけりゃ鉄面皮でもないんだよ。ねえ、いったい何があったのさ」

「話しちゃいなよ。楽になるよ」

二人に押し切られ、利根はぽつぽつと〈トサカ鉄工所〉が神楽たちに乗っ取られたこと。自分も組員になれと脅されている事情を話し始めた。

話せば楽になるというのは本当で、何も解決していないのに胸に痞《つか》えていたものがすうっと落ちた。

「それでどうする気なんだよ」

全てを聞き終えたけいはまるで責めるような目で利根を見る。まだ答えてもいないのに、利根の心を見透かしているかのようだった。

しばらく利根が黙っていると、けいは荒々しく箸をテーブルに叩きつけた。

「あんた！　その男の脅しに屈してヤクザになるつもりなのかい。この馬鹿っ」

「馬鹿って何だよ。もう八方塞がりなんだ。それにヤクザといっても名前だけで、別に街中へ出てゴロまくような真似はしないし」

「それが馬鹿だってんだよ。ヤクザなんてなるのは簡単だけど抜けるのは死ぬほど難しいんだ。なっちまったら、もう真っ当な暮らしはできないよ」

「ヤツらに逆らったところで真っ当な暮らしなんてできないじゃないか。だったら」

「飯食ってクソして寝るだけが生活じゃないだろ。何を信じて、何を護るのか。かたちにならないものがかたちのあるものより大事になることがあるんだ」

「訳の分かんねえこと言ってんなよ」

けいが激昂気味なので、利根も言葉を尖らせる。

「かたちにならないもので腹が膨れるかよ」

「あんたがしようとしているのはね、何の考えもなしにただ面白そうだからといってクスリに手を出すのと同じくらい軽はずみな行動だよ」

軽はずみと言われてますます腹が立った。

「そっちこそ軽はずみなことを言うなよ。これでも結構悩んだ上で決めたんだ」

「悩んだのなら、そんな結論にはならないはずだろ。いいかい、どんな理由があろうとヤクザになろうなんて碌なもんじゃない。いっつも楽な方楽な方へと逃げる癖がつく。行き着く先は他人を脅すしか能のない半端者だ。人を脅すしか能がないから、遅かれ早かれ牢屋にぶち込まれる。牢屋の中には半端者の仲間しかいないから、ますます堕落していく。あんたが選ぼうとしているのはそういう道なんだよ」

自分でも密かに思っていることを他人に暴露されるといい気はしない。売り言葉に買い言葉で、つい口が滑った。

「黙ってろよ、親でもないくせに。他人のことに首突っ込んでるんじゃねえよ」

しまったと思ったが、もう自分でも止まらなかった。

「偉そうにご高説垂れて母親面かよ。ふざけるなよ、けいさん。あんたがどんだけ立派な人生送ってきたかは知らねえし興味もないけどよ、その挙げ句がこんな貧乏生活だったら目も当てられねえよな。ヤクザだろうが何だろうが、こんな暮らしするよりはよっぽどマシじゃないか」

言い放つと、その場の空気が凍りついているのが分かった。

カンちゃんは気まずそうに目を伏せ、けいは哀れむような目で利根を見ている。

居たたまれなくなり、利根は食べかけのまま茶碗《ちゃわん》を置くと、そのままけいの家を出た。

二人とも追ってこなかったのが、せめてもの救いだった。

利根が翌日工場に出勤すると、早速事務所にいた神楽から呼び出された。

「とりあえず期限が到来したんで回答してもらおうか」
時間厳守には感心するが、一方では鬱陶しくもある。今後この男と上手くやってい
けるだろうかと不安が過《よぎ》る。
「悩んだか」
「あまり。選択の余地がないみたいだから」
「選択の余地がないのは、きっとそれが運命だからだ。なあに、君だったら頑張れば
構成員どころか幹部も夢じゃない」
幹部か。
いくらろくでなしのヤクザでも、そこそこの地位を手に入れれば多少はましかも知
れない——だが、すぐにまた二人の顔を思い浮かべた。若頭になろうが若中《わかちゅう》になろう
が、あの二人は決して褒めてくれそうにない。
神楽の組に入れば、けいの家にも出入りできなくなる。二人とは自然に別れること
になるだろう。今後は組が自分の家族だ。
苦い思いを堪えて、よろしくお願いしますと言おうとしたその時だった。
突然、事務所のドアが開けられた。
「ちょっと待っておくれ」
そこにけいが立っていた。

「何だよ、婆さん。いったい何者だ」

「そこにいる馬鹿息子の母親だよ」

唖然《あぜん》としている利根の前を横切り、けいは神楽の前に進み出る。

「母親？　利根くんに家族がいるなんて初耳なんですがね」

「初耳だろうと何だろうと母親なんだよ。話は聞いてる。この子をあんたの舎弟にしようってんだろ」

「舎弟だなんて物騒な。仲間と呼んでください」

これから二人の押し問答が始まるのか。利根はそう思ったが、けいは予想外の行動に出た。いきなり神楽の前にひれ伏したのだ。

「この通りお願いします。息子をヤクザにするのだけは勘弁してください」

「お、おい、婆さん」

「あたしには難しい理屈もあんたたちの世界がどんな風なのかも分からないけど、この子が間違った道を選ぼうとしているのだけは分かる」

八十過ぎの老婆に土下座をされ、さすがに神楽も居心地が悪そうだ。

「あのな、婆……おっ母さんよ。あんたの心配も分からんじゃないが利根くんももう二十歳《はたち》過ぎだろう。成人なんだから本人の意思を尊重してやらなきゃ」

「二十歳なんて子供みたいなものです。あなたが二十歳だった頃、そんなに賢かった自覚がある？」

　けいは物怖じもせず、尚も言い募る。

「……賢かったら、今頃こんな稼業には就いてないよな」

「でも、まだこの子は間に合うんです」

「大層な言われようだがな。世の中にはヤクザでもやらなきゃ生きていけないヤッらだっているんだ。そういうヤッらから生きる手段を奪わねえでくれないかな」

「じゃあ、この子はヤクザになるしかないって言うの。他の世界では生きていけないって証拠でもあるの」

「そうは言わない。しかし人間には向き不向きってのがある。利根くんはね、有望株なんですよ。どんな企業も同じだけど、これはと思う新人は手放したくない。他に内定があったとしたら、全部断らせて自社で採用する。それが人材確保の常道というものだ」

　すると、けいは再び予想外の行動に出た。懐からカッターナイフを取り出し、ちきちきと刃を伸ばして己の首筋に宛てがった。神楽は身じろぎ一つしなかったが、明らかに顔色が変わっていた。

「おっ母さんよ。そんなことでヤクザがビビるとでも思ってるのか」

「そっちこそ、これがただの脅しだと思ってるのかい。もう十分過ぎるほど生きた。

いつどこで死んだって惜しい命じゃない。ここで大輪の花でも咲かせられたら本望さ。その代わり、あんたたちは後始末に苦労するだろうねえ。警察も駆けつけるだろうし」

しばらく神楽とけいは睨み合っていたが、先に視線を逸らしたのは神楽の方だった。

「何だか白けちまった。もういいからそこの馬鹿息子を連れて帰ってくれ」

「有難うございます」

「けっ。最後の最後には玉砕覚悟だから始末に負えない」

4

舎弟になるのは免れたものの、全てが円満に解決した訳ではない。

けいの決死の懇願に気圧された形の神楽は、前借りの利息分については不問にしてくれた。だが一方でケジメをつけさせることも忘れなかった。

「組に入るのを拒否した限りは、他の従業員と同様に辞めてもらう。勧誘を断った者を近くに置いておく訳にはいかないんだ。退職金は前借り分を差し引いた上で払ってやるから、さっさと荷物まとめて出ていけ」

かくして利根は〈トサカ鉄工所〉を追い出され、職探しの日々が始まった。前借り分を差し引かれた退職金は決して潤沢ではなく、就職先が決まるまではけいの家に居候することになった。

「いくら気安いからってね、真昼間から家ン中でぐうたらしてたら頭っから水ぶっ掛けてやるよ」

けいはきつい釘を刺したが、目が笑っていた。だが、それも利根が次の言葉を吐くまでだった。

「生活費、ちゃんと入れるから」

けいが神楽の許《もと》に乗り込んできた日から、利根はずいぶん考えた。あの時、けいが頭を下げてくれなかったら自分はどうなっていたのか。あのまま神楽の舎弟になっていたら、今日という日を笑って迎えられたのか。

ちょうど今の時間はカンちゃんもいない。多少気恥ずかしいことでも口にできる。

「そんなもん要るか。職が見つかった時にまた物入りになるんだから、それまで取っておきな」

「……同居人が生活費を入れるのは当然だろ」

「つくづく馬鹿だね、あんたも。そういうのは働いて手にした給金の中から出すものじゃないのさ。失業中の身の上で偉そうなこと言うんじゃないよ。断っておくけど、まだ貯金がずいぶん残ってるんだからね。あんたみたいな考えなし一人の飯代くらいは捻り出してやる。ただしぐうたらは許さない。家の中の掃除くらいはやってもらうからね」

「けいさん」

「うん？　何か文句でもあるのかい」

「ありがとうな」

一瞬、けいは眉間に皺を寄せたかと思うと、すぐに顔を逸らせた。そして背中を向けたまま、吐き捨てるように言った。

「くだらないこと言ってないで、さっさと掃除しな」

日中はハローワークに通い、家に帰れば掃除。夕方になってカンちゃんがやってくると対戦ゲームの相手をしたり、たまに相談に乗ったりもする。クラスメートや母親の久仁子にも話せないことでも、利根には気軽に打ち明けられるらしい。

「勝久兄ちゃんさあ」

「何だよ」

「今、就職活動してるだろ。条件とかつけてる？」

「中坊《ちゅうぼう》に愚痴言っても始まらないけどな。働くってのは大変なことなんだって」

資格はないが前科がある。愛想はないが迫力がある。そんな人間が求職しようという時、条件を提示できるはずもない。現状は場所も職種も福利厚生も設定せずに申し込んでいる。

「いいか、今からいいこと言うから頭の中でメモしとけ。学校の成績と就職のハードルは反比例する」

「あのさ、勝久兄ちゃん。今その法則、全然通用しないから」

「何だと」

「これだけ不景気だとさ、国立四大出の就職浪人が山ほどいるからね。もう学校の成績がどうかなんて関係なくなってるんだよ。だからって訳でもないけどさ、勝久兄ちゃんも一つくらいは条件つけていいと思うよ」

「どんな条件だよ」

「たとえば……ここから通える範囲で探してみるとかさ」

「あー、駄目駄目。そんなわがまま言ってたら内職も決まりゃしない」

八十過ぎだというのにどんな地獄耳をしているのか、話を聞きつけてけいが割り込んできた。

「カンちゃんも知ってるだろ。この辺に求人広告出しているような場所があるもんかね」

けいの言葉は当たらずとも遠からず。

数日後、トサカ鉄工所時代の先輩が、利根を現在の職場に引っ張ってくれたのだ。

仕事は前と同じく鉄工所。社員の紹介もあるので面接にも支障なく、この先輩は利根の前科を知らなかったので余計に好都合だった。ただし工場の所在はここから離れた香津町。採用されれば、どのみちけいの家からは遠のいてしまうので、工場の近くにアパートを借りるのが現実的な選択だった。

二〇〇七年四月、利根は香津町のアパートに移り住んだ。

新しい職場は利根にとって新天地と言えるものだった。従業員十六名の小さな鉄工所だが、そこそこに忙しく、ほぼ全員が勤勉だったので心地いい緊張感があった。そういう空気が性に合っていたのか、利根にも大層居心地がよかった。

ただ、居心地のよさと実入りが両立するとは限らない。忙しくても零細企業であり、利根は新入りだから賃金も低い。その上、八畳一間の安アパートでも家賃に水道光熱費を加算すれば結構な出費になる。お陰で朝飯を抜くのが常態となった。

仕事に就いた当初は報告がてらけいの家に日参したが、交通費が嵩《かさ》むと負担になった。バスで通うにしても、今まで通り深夜零時過ぎまで付き合うこともできない。自ずとけいの家を訪れるのは土曜日の夜だけとなり、仕事疲れが溜まった時にはそれすらも億劫《おっくう》になった。

社会人になった子供が実家から足が遠のくというのは、こういうことなのか――利根はけいから受けた恩を一日として忘れたことはなかった。一人きりの部屋でコンビニ弁当をつつく時には、つい三人で囲んだテーブルの感触を思い出した。

週に一度の訪問が、やがて二週間に一度となり、遂には月イチとなった。通い続けるのをやめなかったのは、まるでそこが自分の実家のように思えたからに他ならない。

「何かさ、乳離れしていない長男みたいだよね」

ひと月ぶりに訪れると、カンちゃんからそう言われた。

「社会人になったからって勢い込んで家を飛び出したけど、結局は居心地がいいもんだから月イチで戻ってくる長男」

「……その長男の鉄拳、一度受けてみるか。末っ子」

「こんな可愛い弟を殴ったら、胸が痛むよ？」

やがて、今度はカンちゃんの足も遠のき始めた。先の事件で、自分の仕事が息子の環境に悪影響を及ぼしていると悟った久仁子が仕事を夜から昼に変え、以前ほどけいの家に出入りができなくなったのだ。

こうして会う頻度は低くなったが、三人の関係に大きな変化はなかった。

変わったのはむしろ家の中だった。利根がこまめに掃除をし、三人で暮らしていた時には目立たなかった荒廃がゆっくりと頭を擡げてきたのだ。

二人の足がけいの家から遠のき始めた頃、利根とカンちゃんはほぼ同時に携帯電話を購入していた。カンちゃんは母親との連絡用に、利根は社長や同僚からの連絡用に必要だったからだ。

最初に異変に気づいたのはカンちゃんで、すぐ利根に電話を掛けてきた。

『一昨日、けいさんの家に行ったんだけどさ。ちょっと様子が変なんだ』

「何がどう変なんだよ」

『ゴミの量がずいぶん減ってる』

「それのどこがおかしい。俺もカンちゃんも前みたいに通っている訳じゃないから、出るゴミの量が減るのは当たり前だろ。それにけいさんが熱心に掃除しているのかも知れん」

『違うよ、生ゴミが異常に少ないんだよ。野菜の切れ端とか魚のアラとか、全然ないんだ』

「だから、それはけいさんの掃除が行き届いているからで……」

『生ゴミだけじゃない。惣菜をパックしている容器も少ない。僕は夕飯を一人で済ませていたことがあるから知ってる。いくら一人暮らしだって、もう少し生ゴミは出るはずだよ』

「ゴミは回収車が持って行った後じゃなかったのか」

『あのね、あの辺は火曜日が生ゴミの回収日。僕がけいさんの家に行ったのは月曜日。ゴミの溜まり具合はマックスのはずでしょ。でも、裏口に回っても生ゴミの臭いは少ししかしなかった。勝久兄ちゃん、憶えてる？　けいさんの家って裏口が南になっているから、溜めておいたゴミは直射日光に晒される。この陽気で直射日光当ててごらんよ。少しの生ゴミでとんでもない臭いがするから』

「いやに拘るところをみると、まだ別に理由がありそうだな」

『……調味料の減り方もおかしい』

よくもそんな細かいところに目がいくものだと感心する。

「食べる量が減れば、調味料もあまり使わなくなるだろ」

『逆だから変なんだよ。調味料はすごく減ってるんだ。塩も、砂糖も、醤油《しょうゆ》も、油も』

「味を濃くしたんじゃないのか」

『けいさん、薄味が好みだったんだよ』

形の定まらない不安が利根の首を絞めてきた。

一カ月ぶりに訪ねると、けいはいつも通り快活な顔を見せた。

「元気そうだ。仕事も忙しそうじゃないか」

利根は適当に相槌を打ちながら、それとなく部屋の中へ視線を走らせる。

あれからカンちゃんは『けいさんの家は少しずつ腐っているような気がする』と言った。今日訪れた目的の半分は、カンちゃんの報告した内容を自分の目で確かめるためだったのだが、言われてみれば確かにそんな気配がする。

どこがどう、と明確に指摘はできない。だが三人で過ごしてきた日々と比べると、わずかに腐臭めいたものが漂っているのを感じる。ただし、それはモノが腐る臭いではない。

人が、そして生活そのものが腐っていくような臭いだ。

注意して観察していると、カンちゃんが言っていた違和感の中身がぼんやりと見えてきた。

まず掃除が行き届いていない。テーブルの上は四隅にうっすらと埃が積もり、部屋の中も雑然としている。以前はあるべき場所に収納されていた小物やチラシ、ティッシュペーパーの箱などが無造作に散らばっている。

「けいさん。やっぱり俺がいないと散らかるねー」

わざと冗談めかして言うと、けいも調子を合わせてくる。

「何言ってんだい。ひとり身になりゃあね、男も女も多少だらしなくなるもんさ。何せ気を遣う相手がいないからね」

「けいさんさえよければ、また俺が居候したって……」

「それでここから香津の鉄工所まで通うってか。今の仕事だっていい加減朝が早くて夜が遅いんだろ。やめときやめとき」

「じゃあ居候は諦めるから教えてくれ」

「何をさ」

「満足に食ってんのか」

けいは不機嫌な顔をしたかと思うと、すぐに背を向けた。

「そうやって都合が悪くなるとそっぽを向くのが、けいさんの癖だ」

「知った風な口、叩くんじゃないよ」

「どんな口の利き方したら素直に答えてくれる？　俺もカンちゃんも心配してるんだぞ」

「心配なんてするものだ。されるもんじゃない」

肩肘張った物言いは相変わらずだったので、少し安心した。

「じゃあ心配しないから正直に教えてくれ」

「偉そうに……」

「俺だってカンちゃんだって困った時には洗いざらい打ち明けた。けいさんだけが隠し立てをするのは不公平じゃないのか」

「……年寄りの威厳を尊重しな」

一度こうと決めたら、けいは後に退《ひ》かない。これ以上の追及は却って彼女の口を閉ざすだけなので、利根は深追いしなかった。

そして居間からけいの姿が消えた隙を見計らって、箪笥《たんす》の奥に手を伸ばした。同居していた頃から、けいがそこに銀行通帳を仕舞っているのを知っている。

けいさん、勘弁しろよ。

胸の裡《うち》で手を合わせながら通帳を開く。

予想していた通り、通帳の残高は五桁を割っていた。六千七百二十五円。それがけいの全財産だった。今月はまだ引き落としがない。ここから水道光熱費を差し引かれたら、残高は更に半分ほどになる。

遂に貯金が底を突いた。生ゴミの量が減ったのは、食費を削ったからだ。調味料の減りが早くなったのは、少ない品数を味の濃さで補うためだ。

以前、けい本人の口から聞いたことがある。看護師資格を持ちながら、けいが保険料を納めていたのは規定の二十五年に満たなかった。そのために、けいは老齢基礎年金が受け取れないのだと言う。だから無職のけいは貯金を取り崩すより他になかった。その貯金が尽きてしまえば、もうどうすることもできないのだ。

冗談じゃないぞ。

利根は慌てて家を出た。目指すは最寄りの激安スーパーだ。自分もかつかつの生活をしているが、今のけいよりはいくぶんましだ。スーパーで財布の許す限り食材を買い込み、家に置いていこう。自分はアパートに帰って、買い置きの袋麺を湯掻けば十分だ。

「いきなり飛び出して、どこに行くんだい」

玄関口からけいが声を飛ばしてくる。

「買物だあっ、買物っ」

利根は殊更に大声を上げる。そうでもしなければ、声が途中で嗚咽に変わりそうだった。

利根が大量に買い込んできた食材を見るなり、けいは不快と安堵を綯《な》い交ぜにしたような顔になった。

「そんなに沢山、二人じゃ食べきれないよ。カンちゃん家にお裾分けでもしようってのかい」

「悪い。久しぶりなんで分量を間違えた」

簡単な夕食を作る際、調味料の残量を調べてみた。こちらもやはり報告通りだ。ずらりと並んだ調味料は例外なく減っている。冷蔵庫の中の食材が乏しい割に米が順当になくなっているのは、利根のおぞましい想像が的中しているのを物語っている。

わずかな惣菜だけでは保《も》たないので、白米の上に各種調味料を振りかけて飯を掻き込む。電気代も節約しなければならないだろうから、テーブルの上の明かりだけを灯し、けい一人が色彩に乏しい夕食を摂る――その光景を思い浮かべただけで、胸の中に寒々しい風が吹いた。

「ごっそさん。悪いけど明日早いんでもう帰るわ」

申し訳程度に一杯だけ食し、そそくさと家を出る。早々に退散したのは、今日作り置いた分がなるべく長持ちするようにしたいのと、弟分と情報交換するためだ。

ドアを叩き、小声で呼ぶと、すぐにカンちゃんが顔を出した。カンちゃんはけいの家の方を一瞥すると、慌てたように利根を家の中に引き入れる。

「様子、見てきたぞ」

「言った通りだったでしょ」

「想像していたよりひどかった。取りあえず食材をできるだけ買い込んだけど……悪いな。今は俺もあんまり余裕がない」

そう話した直後、奥の方から久仁子の声が飛んできた。

「どうしたのー。だれかお客さーん？」

カンちゃんは面目なさそうに頭を振る。

「余裕がないのは僕も同じ。お母さんがべったりだから、近所なのになかなか顔を出せない。その……けいさんにお裾分けするほどの食事も作れないしさ」

「他の近所が助けたりしないのか」

「長屋の連中はどこも閉じ籠もっていて、そういう雰囲気は全然ない。僕があの家に入り浸っていたのはレアケースなんだよ」

ではもしもの時、誰がけいの異状を発見してくれるのか。

別にお裾分けはしなくていいので、定期的にけいの様子を見てやってくれ――そうカンちゃんに託し、利根は自分の仕事に戻っていく。もちろん少しでも時間が許せば、けいの家に通い詰めるつもりだった。

ところが鉄工所の稼働状況がそれを許さなかった。近頃中国では空前の建設ラッシュが到来し、かの国からは鉄鋼製品のみならず原材料の不足が伝えられている。銅線や鉄鋼の盗難が相次いでいるのも、それと無関係ではないだろう。お陰で社員十六名の零細工場もほぼフル稼働の毎日となっていた。六日間で蓄積された疲労を一日で解消しなければならず、けいを訪れることはなかなか叶わなかった。念のためにけいの家の固定電話に掛けてみたものの、案の定料金滞納で停止させられていた。けい本人と繋がらないのなら、弟分とやり取りする以外に方法はない。

「けいさんの様子、どうだ」

『……ちょっと深刻っぽい』

カンちゃんの声はこころなしか沈んでいる。

『勝久兄ちゃんが買い置きしてくれてた食材は、とっくに底を突いたみたい。その証拠に、米と調味料の減り方がまた激しくなった。暗がりだとあまり気づかないけど、明かりの下で見たら、顔色が少し紫がかっていた』

「食わないだけで顔色が紫になるなんてことがあるのか」

『ウチのお母さんが言ってた。貧乏が続くと、人の顔はぶどう色になるんだって』

栄養失調と心痛が重なれば、なるほどそういう顔色に変わってしまっても不思議ではない。

『それからさ、ウチ、近々引っ越しちゃうかも知れない』

声が沈んでいたのは、こっちの理由もあったか。

『お母さんが新しい仕事を見つけたんだけど、母子家庭でも入れる寮があるんだって
……ごめん』

お前が謝る必要はないのに。

「引っ越し先はどこなんだ」

『但馬《たじま》町。ここからずいぶん離れる。だから僕も、けいさんを見守ることができなくなった』

電話の向こう側に、頭を垂れた少年の姿が見えるようだった。

次にけいの家を訪れた時、前回の訪問から何と五週間が経過していた。夕刻過ぎだというのに、家の中からは明かりが洩れていない。それでもドアを叩くと、返事があった。

「ああ、久しぶりだねえ」

玄関に現れたけいを見て、利根は胸が潰れそうになる。

櫛の入っていない髪、更に落ち窪んだ眼窩、今にもささくれ立ちそうに乾いた肌。そしてカンちゃんが報告した通り、ぶどう色に沈んだ顔。

もう我慢がならなかった。けいにどう思われようが構うものか。ここで言うべきことを言い、するべきことをしなければ、自分は一生後悔に苛まれる。

「生活保護を受けろ」

不思議にけいは言い返そうともしない。

「もう怒られても言うからな。職もなし、貯金もなし、頼れる親戚もなし、年金もなしじゃ、飢え死にするのを待つだけだ。今すぐ福祉保健事務所に行って、生活保護の申請してくるんだ」

「生活保護ねえ……福祉保健事務所とか市役所、苦手なんだよ」

「こんなもんに苦手もクソもあるか。自分の生き死にがかかってるんだぞ。第一、生活保護を受けるのは国民の権利だろ」

「だったら、あたしみたいなのは国民じゃないんだろうね」

けいは自嘲するように言う。

「もう去年のことかね。国民健康保険を滞納しちまってさ。役所に呼び出されて散々言われたのさ。収入が十万円ぽっちの人間だって保険料は払っている。年寄りで身寄りがないからって甘えるな。それからというもの、どうにも敷居が高くなっちまって

「……」

「保険料払えないのと、生活保護受けるのは別の話だろう」

「でもさ、他人様が納めたおカネが生活保護に回ってるんだろ。今まで保険料も碌に払えなかったあたしが、今更自分が苦しくなったからお国に面倒見てもらうなんて、ムシがよすぎるような気がするんだよ」

「預貯金か何かと勘違いしてんじゃねえよっ」

利根は我知らず声を大きくする。

「国ってのは、こちらから請求しなきゃ一円だって払う気がないんだ。申請しなきゃ死ぬぞ」

利根が強い調子で勧めても、けいの言葉にはまるで熱が感じられない。

「それでもねえ、一端の義務も果たしていないのに権利だけ寄越せっていうのも、何か違うような気がするんだよねえ」

あの豪放磊落《らいらく》なけいが、こと国からの補助については別人かと思うほど消極的になっている。これが大正生まれの奥床しさや矜持だというなら勘弁してほしい。そんなつまらないプライドで命を落として何になるというのか。

「行儀よさと心中するつもりかよ。生活保護なんて、けいさんみたいな人間のためにある制度なんだぞ。けいさんが利用しなくて、誰が利用するっていうんだ」

「だけど……」

もどかしさは、次第に熱を帯びて怒りへと転化していく。

「だけどもへったくれもあるか。いいか、けいさん。明日の朝一番で塩釜の福祉保健事務所へ行って、生活保護の申請をしてこい。敷居が高いって言うんなら、俺が一緒についていく。あんたが申請書に書かないって言うんなら、俺が無理にでもペンを握らせてやる」

「よしとくれよ。子供じゃあるまいし」

「首に縄を掛けてでも連れていく」

「ちょっと乱暴じゃないのかい。カンちゃんが見てたら、何て言うか」

「俺もカンちゃんも、あんたに死なれたくないんだよ！　本当の母親みたいに思っているから！　そんなことが何で分かんないんだよ！」

叫んでしまってから、あっと思ったがもう遅かった。

けいはどう反応していいか困惑しているようだ。

まあ、いい。

自分やカンちゃんがどう思われようと、けいに最低限の生活が保障できれば他は構わない。

やがて、けいは叱られた子供のような目で利根を睨みつけた。

「連れていくって、あんたは明日も仕事だろ。そんな理由で休まれたら、あたしの寝覚めが悪いったらない。迷惑だからついて来ないでちょうだい」

いつもの憎まれ口に戻っていたので少し安心した。

「絶対、行けよな」

「あんたもくどいねえ」

5

その次の週、けいを訪ねた利根は家の中に入って一瞬言葉を失った。

ドアの鍵が掛かっていないのは毎度のことだ。いくら何でも不用心だと忠告すると、当の本人からは「どうせ泥棒に入られたところで盗られるものはないし、第一こんな家に目をつけるヤツもいない」と馬耳東風だった。

ゴミ袋が部屋の隅に山積しているので採光が妨げられ、日が高いのに部屋の中は薄暗い。勝手知ったる家だ。手探りで柱近くのスイッチを押す。

明かりは点かなかった。

接触不良かと思い二、三度試したが結果は同じで、利根はやっと真相に思い至った。料金不払いで電気を止められたのだ。仕方なく、利根は目が闇に慣れるまでその場に立っていた。

やがて目が部屋の隅々を認識し始めた。

家の中の荒廃は更に進み、床の上に積もった埃の中をゴキブリや羽虫が堂々と行き交いしている。掃除がされた形跡はどこにもない。

異臭がひどくなっている。食べ物というよりは生き物の腐ったような饐えた臭いが、どことなく甘さまで醸している。それに腐葉土の臭いが重なり、一種の刺激臭になっているのだ。

けいの姿は見えない。

「けいさん」

しばらく名前を呼んでいると、奥の部屋から弱々しい声が洩れ聞こえてきた。声のした方向はけいの寝床だ。利根は声の様子に尋常ではないものを聞き取って寝床へ急ぐ。

けいは布団の中で丸くなっていた。

「病気か、けいさん」

すると布団の中からくぐもった声がした。

「食事中なんだよ。あっち、いっとくれ」

布団に包《くる》まって食事だと。

不審さが倍増し、利根は遠慮なく布団を捲り上げる。

それは奇妙でおぞましい風景だった。

けいは俯《うつぶ》せになって、無心に口を動かしている。しかし、その指先にあるのは中身の入ったポケットティッシュだけで、食べ物らしきものは何一つ見当たらない。

「けいさん、あんたいったい何を食ってるんだ」

振り向いたけいを見て合点がいった。

けいの口の端からティッシュが覗いていた。

布団を捲った途端、先ほどより強烈な腐臭が飛び出してきた。生乾きの雑巾を一週間ほど放置しておいたような臭いだ。それで、ここしばらくけいが風呂にも入っていないのが分かる。

「何を食べている」

思い遣《や》らなければならないのに、つい口調が尖る。

「見て分からないのかい」

「ティッシュなんて食い物じゃない」

「そんなことあるもんかね。ご覧よ、スーパーで売ってる真っ白いのはダメなんだけどさ、もらいもので香りのついているティッシュは噛むと甘みが出るんだ」

けいは喋りながらティッシュを口に運ぶのをやめない。利根はその手を掴み上げ、無理やりティッシュを取り上げた。

「何するんだよ、人の食べ物を」

「折角、差し入れを持ってきたんだから、そっちにしろ」

利根は手にしていたレジ袋の中から袋麺を取り出した。八個入りで五百八十円。差し入れというにはあまりに侘しい品物だったが、利根にもそれが精一杯だった。

袋麺のパッケージを見た瞬間、けいの目が異様に輝いた。

「けいさん、ずっと布団の中にいたのは、どこか調子が悪いせいかよ」

「動くとお腹が空くからねえ。何もせずにずっと横になってた方が楽だし得だ」

「その理屈だと、死体が一番楽だってことになるぞ」

「そりゃあそうだよ。死ぬのが一番楽だよ」

我ながら話の流れをまずくしたと反省しながら、利根は台所へ急ぐ。空腹だと人の心は荒《すさ》む。一杯のスープとひと口のラーメンがあれば、少しは心にも身体にも余裕が生まれるはずだ。

台所にも惨状が広がっていた。生ゴミの類いはないにせよ、前回に利根が訪れた時とあまり変化はない。つまり食器を汚すような食事をしていないことになる。そして掃除をしていないので、食器と言わずシンクと言わず、カビとゴキブリが大量発生している。床にぽろぽろと点在しているのは間違いなくネズミの糞だ。

悪臭もひどい。残飯が腐っているのか、鼻の曲がりそうな臭いが排水口から立ち上ってくる。

利根は何とか鍋を探し出したが、その表面はひどく汚れていた。まずはこれを洗い流そうと蛇口を捻った。

一瞬、水が出ないのではないかと危惧したが、有難いことに蛇口からは水が噴き出してくれた。

洗剤やスポンジが見当たらないので仕方なく手で鍋の底を洗い、ようやく水を張る。鍋をコンロの上に置き、ガスのスイッチを入れた時に肩すかしを食らった。火が点かない。電灯のスイッチを入れた時と同様に、何度も捻ってみるがかちかちという空しい音を立てるだけだ。

「電気もガスも止められてるんだよ」

いつの間にか、けいが背後に立っていた。

「それでも大したもんだね。同じように督促状はくるけど、水はまだ止まらないんだからさ。水と安全がタダっていうのは本当だね」

けいは袋麺の封を切ると、中身を有難そうに取り出した。

「じゃあ、遠慮なくいただくよ」

利根が呆気に取られる中、けいは乾燥した麺に齧りつく。

「けいさん」

「どうせ腹の中に入れりゃあ消化するんだから、同じことだよ」

その場に座り込み、ぼりぼりと麺を嚙み砕いていくが、予想以上に硬くて難儀しているようだ。

利根はせめて飲み物でもないかと冷蔵庫を漁《あさ》ってみたが、中にあるのはケチャップやマヨネーズといった調味料だけで、それすらもほとんど中身はなかった。

こんなことなら、もっと差し入れを買っておくべきだった。

いや、まだ遅くはない。財布の中にはまだ二千円ほどあったはずだ。次の給料日まではまだ一週間あるが、一日一食でも若い自分なら何とかなるはずだ。しかし、年老いているけいにはそれこそ死活問題だ。

買い物に行ってくる——そう言って台所を出ようとした利根の腕を、か細い手が摑んだ。

「もういいよ。あんただって、そんなに余裕がある訳じゃないんだろ」

「でも」

「これ以上、あんたに迷惑かけたくないんだよ」

「俺に迷惑かけたくないのなら、国に迷惑かけろっ。こんな有様だ。どうせ生活保護の申請にも行ってないんだろ」

責められると、けいはきまり悪そうに背を向けた。

「国の世話になりたくないとか、保険料滞納して今更ムシがよすぎるとか、そういう御託は聞きたくない。自分の命がかかってるんなら、もっと真剣になれよ。生きることに執着しろよ」

するとと背中を向けたけいが小声で何かを言った。聞き取れなかったので、利根は正面に回り込んでけいの肩を鷲《わし》掴みにする。少し乱暴かと思ったが、そうでもしないと臍《へそ》を曲げたけいはなかなか本当のことを話そうとしない。

「……たんだよ」

「何だって」

「ちゃんと申請しに役所まで行ったんだよっ」

「申請して、それからどうなった。まだ結果が出てないってことなのか」

「窓口で断られたんだよお。そんなに簡単に社会保障に頼るなって」

「そんな馬鹿な」

「あんただったら窓口に来る前に、他に行くところがあるだろうって……」

けいはそこからしどろもどろになり、話は要領を得なくなった。こんな生活状況にいては、判断力も記憶力も覚束ないのかも知れない。

それで利根は覚悟を決めた。

「よし。じゃあ、明日俺と一緒に行こう」

けいの反応は鈍かった。

「俺と福祉保健事務所の窓口に行こう。けいさんが説明に困ったら、俺が横から助け舟を出す」

「もう嫌だよ」

けいは幼児のように身体を捩《よじ》って拒否する。

「窓口のヤツが本当に嫌なことばっかり言うんだ。この年になってあんな風に悪し様《あざま》に言われるなんて……」

普段、強気のけいがこれだけ愚図《ぐず》るにはよほどの理由があるはずだ。しかし、まさか公務員がこんな老婆を相手に愚弄《ぐろう》したり暴言を吐いたりするとも思えない。いったい福祉保健事務所の窓口でけいは何を言われたのか。それを確認するためにも、利根は何としても同行しなければと思った。少なくとも今の自分にできることといえば、それくらいだ。

一日だけ休みが欲しい。

利根が電話でそう告げると、最初職場の上司はいい返事をくれなかったが、十分も粘っていると渋々承諾してくれた。

午前九時半、嫌がるけいを宥《なだ》めすかしながら福祉保健事務所に足を踏み入れた。備え付けの用紙に、まず自分が目を通して驚いた。親族関係から資産、現在の収入に至るまでずらりと確認項目が並ぶ。幸か不幸かけいには資産と呼べるようなものがほぼないので、簡単に記入することができた。もちろん親族でもない利根が代筆したら後で何を言われるか分かったものではないので、けいに直接書かせた。

そしてふと思った。けいのような年寄りがまだ細々と仕事をし、曲りなりにも資産を持っていたら申請書は記入すべき箇所が増えてしまう。高齢者にそんな書類を自筆させるのが、果たして福祉の一環と言えるのだろうか。

何とか申請書を作成し、待ち合い用の長椅子に座って待つ。けいと利根以外にも申請を待つ者が多く、数えてみると十五人もいる。手元にある番号札は十八番。けいの順番になるまでまだ十人以上待たなければならない。

申請者の全員に生活保護が下りる訳ではない──世事に疎い利根にもその程度の知識はある。だが、今のけいの姿を見れば間違いなく申請が通ると思っていた。聞けばもう二週間以上も風呂に入っておらず、碌に食事も摂っていない。人前に出るので一応は一張羅を着てもらったが、それでも窮乏生活をしているのは肌の艶や歩き方で十二分に推察できるはずだった。けいの申請が通らないのなら、どんな境遇の貧困者が申請しても通る訳がない。

二時間ほど待って、ようやくけいの順番が巡ってきた。利根はけいを抱えるようにして窓口に向かう。

窓口の職員は〈三雲忠勝〉と記された名札を胸につけていた。

「遠島けいさん、ですね。……あれ？　確か先週も来られましたよね。あの時、申請は却下させてもらったはずですが」

「再申請に来たんです」

けいが口を開く前に利根が割って入った。

「電気もガスも止められて、もう限界まできてるんです。どうか申請を通してください」

本人に先んじて口を出してきた利根を、三雲は胡散臭そうな目で睨む。第一印象は丁寧で温和だと思っていたのだが、いざ話してみると隠れていた陰険さと猜疑《さいぎ》が顔を覗かせた。

「おたくはどなたです。遠島さんのお身内ですか」

「近所……いえ、元近所の者ですけど」

「えっとですね、付き添いはご親族ないしは保護者の方に限られていますので、ご遠慮いただけませんか」

「あのですね。俺もあんまり知らないんですけど、生活保護って国民に最低限の文化的生活を保障してくれるものなんですよね。だったらけいさんの申請を通してください。この人の生活、とてもじゃないけど文化的なんて言える代物じゃありません」

三雲は利根の訴えを無視するように視線を逸らし、けいに向き直る。

「遠島さん。わたし前回の時にも言いましたよね。生活保護という制度は本当にどうしようもなく為す術をなくした人が最後に利用するものです。まだまだ働ける人や他に収入の当てがある人は、そもそも申請してもらっては困るんです」

「いや、だからけいさんは……」

「遠島さん。あなた大阪に弟さんがおられますよね。それなら、まずその弟さんを頼ってみてはどうですか」

利根は絶句した。

けいに弟がいることは本人から聞かされていた。確か六つ違いだが、出稼ぎで大阪に行ってからは全く音沙汰がないはずだった。

「そんな。その弟さんって、もう二十年近くも連絡がないんですよ。電話の一本、年賀状の一枚もない。そんな相手とどうやって話をしろって言うんだ」

「だから関係のない人は黙っててください って。ねえ遠島さん。弟さん、大阪には出稼ぎで行かれたんでしたよね。大阪ならこっちより景気がいい。戻ってこないのは大阪の方が暮らしやすいからですよ。きっと生活にも余裕があるに決まっている。それなら弟さんに面倒みてもらうのが先決でしょう。通るかどうか分からない生活保護に頼るより、ずっと建設的だと思いますよ」

「弟とは音信不通で……」

「いやいや。血を分けた姉弟なんだから。遠島さんさえ本気になれば簡単に連絡がつきますって」

利根は話の途中から呆れ、そして憤慨した。三雲の言説はどれも憶測と希望的観測で塗り固められたものだ。建設的な意見どころか、基礎さえ存在しない。

「社会保障制度と言ってもね、やっぱり大原則は家族同士が助け合うことなんだから。国は行き届かない分を補助するだけ。徒《いたずら》に生活補助金を支給すると、そういう家族の絆に罅を入れるような結果になりかねないからね」

独り決めするように言って、三雲は悦に入っている。窓口担当の自分がそうすることによって、けいが納得すると思っているような態度だった。

「いい加減にしろ」

利根の我慢も限界を越えた。

「さっきから聞いてりゃ無茶苦茶言いやがって。出稼ぎに行って帰ってこないのは、行った先でも苦労して帰ってくるような余裕がないからだ。余裕があるんだったら年賀状くらい寄越すだろ。大体な、二十年も音沙汰のなかった身内が今更年取って貧乏生活している姉の面倒なんて見る訳ないじゃないか」

「だから、関係ない第三者は口出ししないでくださいって、さっきから何度も」

「あんた、要するにけいさんの申請を受け付けたくないんだろ。それで無茶なことを要求して一件落着にしようとしているだけだ。そんなの役所の横暴だ。横暴でなけりゃ怠慢だ」

「失敬ですな」

三雲はそう言い捨てると、手にしていたけいの申請書をいきなり縦に破った。

「何するんだ」

「受付で破壊行動ならびに迷惑行為や職員に対する威嚇・中傷をした方は即刻退去願います」

「ちょ、ちょっと待てよ。あんたさっき、俺は第三者だって言ったじゃないか。それならどうしてけいさんの申請書破くんだよ。勝手じゃないか」

いつもの癖で言葉と同時に身体が動く。利根は立ち上がり、カウンター越しに三雲の胸倉を摑み上げた。

「もうちょっと真面目に審査したらどうだ」

「誰か、誰か」

三雲の声で警備員とカウンター内にいた職員たちが集まり、利根はあっという間に羽交い締めにされる。職員に手を挙げればどんな弁明も通らず、利根とけいは庁舎から追い出された。

「俺のせいで悪かったな、けいさん」

強制的に庁舎を出されてから、利根は頭を下げた。　助け舟を出すなどと豪語しておきながら、結局はけいの足を引っ張っただけだった。

けいは弱々しく笑って首を振る。

「いいよお。勝久兄ちゃんは気にしなくて。あたしのために怒ってくれたんだもの」

改めて申し訳ないと思うのと同時に、窓口の対応がひどく腹立たしい。

「あいつら、ああやって窓口で申請を止めてるんだろうな」

「そうかねえ……」

「国ってのは税金は容赦なく徴収するのに、支給する方は申請しなきゃ出さない。申請するにしたって、あんなクソ面倒臭い書式にしてわざと申請しにくくしている」

しばらくけいと歩いていると、憤懣が薄れることはなかったが後悔の念がより大きくなってきた。自分が社会保障行政に怒り、窓口の対応に怒っても、けいのためにはならない。今考えるべきは福祉保健事務所や窓口担当への意趣返しではなく、どうしたらけいの申請が通るかだ。

「とにかく福祉保健事務所が申請を拒否している理由が分かった。要は別れている弟さんからは援助が受けられないことを納得してもらえればいいんだ」

「そうかねえ……」

「そうさ。あいつらだって根っからの鬼じゃない。今日は俺が邪魔しちまったけど、俺抜きでけいさんが事情を話すしかない」

利根はそう言いながら新たな申請用紙をけいに渡した。庁舎を追い出される直前に一式を拝借してきたのだ。

「これで二回はダメだったけど、三度目の正直って言うしな。今から家に戻って一緒に申請書、書こうか」

「もう三回目だから、すぐに書けちまうよ」

実際、けいがどれだけ情理を尽くしたところで福祉保健事務所が申請を通すかどうかは五分五分だ。だが相手も人間だから、これだけやつれた老人に対して三度も門前払いを食わせるとは思えなかった。それでも駄目だと言うならけいを引き取ることも考えたほうがいいのかもしれない。

申請書を渡し、利根はけいと別れた。

それが生きているけいを見た最後となった。遠島けいはそれから三週間後の二〇〇七年十二月六日、自宅で死体となって発見されたからだ。

死因は餓死だった。

七日の朝刊にけいの死亡記事が載っていると知らせてくれたのはカンちゃんだった。

当時、利根は札幌へ出張を命じられ、通信手段を持たないけいとは連絡がつかなかったのだ。

到底信じられなかったが、頭の片隅では怖れていた予想が的中したという思いも混じっていた。

利根の頭の中で後悔と自責、悲憤と衝撃が渦を巻き、思考が追いつかない。

長屋に到着すると、けいの家の周りは黄色いテープで封鎖されていた。ドアの前にはカンちゃんが今にも泣き出しそうな顔で立ち尽くしている。

利根の姿を認めると、カンちゃんはその胸に飛び込んできた。胸に顔を押しつけ、声を殺して泣き始める。

利根はようやくけいの死が事実であることを思い知った。

「み……見つけたのは隣の淵田《ふちた》さんで……家からとんでもなく嫌な臭いがするから注意しようと中に入って……」

相変わらずドアに鍵は掛けてなかったのか。

「けいさんを見つけて……とても生きてるようには見えないんで警察を呼んで……」

「餓死、だったんだって？」

「警察の人が喋ってた。もう何日も前に水道も止められてたんだって」

くそっ。

利根は拳を握り締める。カンちゃんがしがみついていなければ辺り構わず殴りつけそうだった。

「けいさんは、今、どこだ」

「塩釜の警察署だと思う」

踵《きびす》を返して警察署に向かおうとすると、カンちゃんもついていくと言う。離れてしまったが、まだ家族という意識があるので拒絶しなかった。

塩釜署に着いて事情を話すと、予想に反して呆気なく対面させてくれることになった。けいに身寄りと呼べる者が一人もいないせいだろう。

霊安室に案内され、利根とカンちゃんはけいの亡骸と向き合う。

けいの身体はまるで枯れ木のようだった。肌は茶色くなり、肉も脂肪もごっそりと削げ落ちている。髪の毛は触れただけで抜け落ちそうだ。

顔はまるで別人のように見えた。頬と眼窩が奥深く窪み、黒くなった唇はひどく罅割れている。

「検視官の話では、呑まず食わずの状態が十日間続いたようだ。食い物だけならともかく、水を十日間断たれたら、人は餓死する」

同行した警察官は辛そうにそう説明してくれた。

我慢の限界だったらしく、カンちゃんはけいの亡骸に取り縋って嗚咽を洩らし始めた。

利根はそれを見ながら一歩も動けなかった。

悔しさと無力感が身体の中を突き抜ける。

「彼女を解剖してみたら、胃の中からはティッシュペーパーが山ほど出てきたらしい。他に口に入れるものがなかったんだろう」

警察官の説明を聞いていると、胸が締めつけられて呼吸が苦しくなった。最後の最後までティッシュしか食べられず、そのうち喉が渇いても、口内を湿らせる水もなくなった。唇が罅割れているのは、そのせいだった。

「……生活保護は支給されなかったんでしょうか」

「申請はしていたみたいだな。本人が倒れていた近くに保護却下決定通知書が落ちていた」

申請を通しはしたが、結局は却下。

決定通知書を目にした時、けいの落胆と絶望がどれほどのものだったのか、想像するだけで身の縮むような思いがする。

「もし、生活保護が受けられなかったために餓死したんだとしたら、福祉保健事務所を何かの罪に問えるんですか」

「福祉保健事務所をか。無理無理。決定通知書があるってことは、本人の申請を審査したってことだろ。審査の内容には踏み込めないし、第一社会保障制度を任意の申請者に適応しなかったからという理由で関係者を起訴できるはずがない。申請を通すのも仕事、却下するのも同じ仕事だ」

身寄りがない者の遺体は焼却の上、無縁墓地に埋葬されるのだという。その費用は税金から賄われるというのは、利根にとって皮肉としか思えなかった。支給されなかった生活保護費も遺体の焼却と埋葬の費用も同じ税金だ。それなら、どうして生きる目的のために予算を執行してくれなかったのか。

カンちゃんはまだ泣いている。

少し羨ましく思えた。利根はまだあんな風に泣ける状態ではなかった。胸の奥底から憤怒が湧き上がってきて、それを抑えるのに精一杯だったからだ。

福祉保健事務所のしたことは罪に問われないだと。

ならば自分が問うてやろうではないか。

翌十二月八日。利根は開庁直後の午前九時過ぎ、塩釜福祉保健事務所に乱入した。順番待ちも何もない。居並ぶ申請者たちを押し退け、カウンターに駆け寄る。窓口には前回と同様、三雲が座っていた。

「何ですか、あなたは。ちゃんと順番を守って」

「遠島けいの身内だ。もう忘れたのか」

「あなたは身内ではないでしょう」

「けいさんは死んだ。朝刊に載っていただろう」

初耳だったらしく、三雲は驚いたようだった。

「病気で？」

まるで関知していないという口ぶりが神経を逆撫《さかな》でする。

「餓死だよっ。生活保護ももらえず、水道も止められて飢え死にしたんだよおっ」

今まで押さえつけていた怒りと加虐性に火が点いた。利根はカウンターの上に飛び乗り、三雲の胸倉を摑み上げる。

「けいさんを殺したのはお前らだ」

「そんな、言い掛かりだ。わたしたちは職務上、定められた規定に則って」

「お前らの規定ってのは貧しい人間をどうやって切り捨てるかって規定か。どうやったら税金を還付させずに済むかっていう規定か」

「わ、わたしたちは国の資産である税金を公平に、かつ公正に」

では、けいに生活保護が支給されないのは公正な判断だったというのか。

ぐし。

今度は考えるよりも手が早かった。利根の拳が三雲の頰を直撃していた。

何が公平だ、何が公正だ。

ほとんど無抵抗の三雲の顔面を何度も打ち据える。拳を振るう度に自分が免罪されていくような気がする。

「やめないかあっ」

いきなり腕を取られた。奥から駆けつけた上司らしい男が止めに入ったようだ。胸の名札には〈城之内猛留〉とある。反射的に片方の腕が動き、左の拳が城之内の鼻頭を捉えた。

肉と骨の砕ける感触とともに、城之内の鼻が盛大に血を噴いた。

残りの職員たちが総出で飛び掛かってきたが、利根は彼らの手を掻い潜り、すんでのところで庁舎から脱出した。

三雲と城之内には鉄槌《てっつい》を下したものの、それで利根の怒りが収まるはずもなかった。何しろけいは殺されたのだ。それにも拘わらず、彼女が必死に伸ばした手を邪険に振り払った者たちは、あの暖房の効いた部屋でぬくぬくと仕事を続けている。まるでけいの存在などなかったかのように。

まるで自分たちには一切の非がないような顔をして。

これ以上、彼らを殴りつけようとは思わなかった。それでも何らかのかたちで報復しなければ、あまりにもけいが哀れだった。何の手出しも、何の文句も言えなくなったけいに代わって、あいつらの胸に傷を刻んでやりたい。

この寒空の下、暖房もなく、吹き晒しの風に震えるのを一度想像させてやりたい。

午後十一時を回った頃、利根は福祉保健事務所庁舎に近づいた。通りに人気《ひとけ》はなく、自分の姿を見咎《みとが》める者は誰もいない。それでも周囲を見回しながら利根は敷地内に侵入した。

裏手に回ると、すぐゴミ置き場が目についた。ゴミ袋が夜目にも白い。おそらくはシュレッダーゴミだろう。

利根はそのうちの一つに手を伸ばし、結び目を解く。中身は案の定シュレッダーゴミで溢れ返っていた。

ポケットの中をまさぐると百円ライターに指が触れた。もう一年近くも前、何気なく入ったパチンコ屋は釘が緩かった。試しに五百円で玉を買うと結構遊ぶことができた。このライターはその時の景品の一つだ。

風がほとんどなくて好都合だった。利根はシュレッダーゴミの一部に火を点ける。元々、空気が乾燥していたせいもあり、瞬く間に火は燃え広がる。ポリ袋を溶かすのはあっという間だった。

ポリ袋の焼け落ちた部分からゴミが溢れ出し、火の走る道を作る。ものの数分でゴミからは炎が立ち上るようになった。

利根は炎上を確かめると、身を翻して敷地から飛び出した。どれだけ火が燃え広がっても、周辺に可燃物はないので爆発する可能性はない。広い道路を挟んで民家が立ち並んでいるので、火の手が上がればすぐに住民が気付いて通報してくれるだろう。どうせ庁舎を全焼させられるとは思っていない。全焼させるつもりもない。

漆黒の空に向かって赫々《あかあか》とした炎が伸びていた。

五　恩讐の果て

1

利根の保護司を務める櫛谷貞三という人物は警察ＯＢとのことで、笘篠と蓮田が仙台市内の自宅を訪れた際も身内意識が感じられた。

「県警捜査一課の笘篠さんと蓮田さん、でしたか」

すっかり枯れたとはいえ、昔は凶悪犯を相手にしてきた刑事だ。二人の所属を聞いた刹那、用件を察したようだった。

「利根くんがどうかしましたか。捜査一課の刑事が来たところをみると、詐欺や窃盗ではないんでしょうが」

蓮田が意味ありげな視線を送ってきた。警察ＯＢであっても、保護司なら仮釈放者の側に立っている人間だ。何をどこまで話していいのか窺っているのだ。

こういう時、笘篠はマイナス要因も交渉材料にすることにしている。

「いや、まだ何をどうしたということではありません」

「容疑者の一人ということですか」

「まあ、そうなります。しかし櫛谷さんが我々の先輩で助かりますよ」

「何がですか」

「一度警察の徽章《きしょう》をつけた方なら、わたしたちの仕事を一般市民以上に理解してくれているはずだからです。保護司だからといって、利根の情報を秘匿するようなことはなさらないでしょう」

「足元を見たような言い草だな」

櫛谷は不機嫌さを隠そうともしない。その率直さが、笘篠にとっては好材料だった。これだけ感情が面に出るのなら、尋問相手にうってつけだ。

だが櫛谷も足元を見られたままで済ます男ではなかった。

「確かに警察には長年食わせてもらったし、相応の恩義はある。だがもう退官しているんだ。いくら古巣でも今更信義や人間関係を売るつもりはないなあ」

「保護司の任務は受刑者の保護観察を通じて、再犯を防ぐことではありませんか。それには警察との綿密な連携も含まれているはずです」

「早急な社会復帰を促すという目的を忘れちゃいけない。あなたたちに情報提供することは吝《やぶさ》かじゃないが、そちらからも情報が必要な事情を開示してくれなきゃな」

要するにギブ・アンド・テイクということか。

既に民間人となった者に捜査情報を洩らしたとなれば、後々問題になるのは必至だ。この場合、櫛谷が警察ＯＢだという過去は大した免罪符にはなり得ない。従って櫛谷の要求を全面的に呑むことはできない。つまりは話術と交渉術で情報を引っ張るしかないということだ。

「では交互に情報を開示する、というのはどうですか。条件は、決して虚偽を言わないこと」

「いいだろう」

「ではわたしから。現在、利根勝久は二つの殺人事件の参考人として名前が挙がっています。本人からアリバイその他を聴取する必要があります」

「二つの殺人、ということはその被害者同士に関連があるんだな」

「質問への回答は一つずつです。じゃあ今度はわたしの質問です。利根と連絡が取れなくなったようですが、彼の現在の勤務先はどこですか」

「建設会社に就職が決まって、今は荻浜港の方で荷積みの仕事をしていると聞いた」

「二つ目。我々が利根を追っているのは、被害者たちと接点があったからで、ブツが出ている訳ではありません。さて、定職が決まるまでは、当座の寝泊まりはこの家だったのでしょう。彼にケータイとかを持たせましたか」

「いや……就職が決まれば必要になるだろうから、いずれ買ってやろうと思っていた。だが建設会社への仕事が決まった後、知り合いにケータイを貸してもらったと連絡があった」

「三つ目。利根が持つ被害者との接点は過去に遡るものです。さあ、彼と連絡が途絶えた経緯を教えてください」

「預かっている者については定期的に様子を確認しなきゃならない。それで教えられたケータイにかけても電話に出ない。会社に尋ねたら二日前から無断欠勤だと苦情を言われた」

改めて櫛谷の目を覗き込む。老人の、しかも元警察官の嘘を見破るのは容易ではない。それでも笘篠は櫛谷の証言をいったん信じることにした。

「櫛谷さん。これは情報のやり取りじゃないから交換条件は抜きだ。保護司じゃなく、元警察官櫛谷貞三さんに訊く。利根勝久には再犯の可能性があると思いますか。それとも彼はちゃんと更生できたと思いますか」

問われた櫛谷はやはり不機嫌そうな表情を浮かべる。

「とてもじゃないが、現役の刑事がする質問とは思えないな。そもそも再犯の可能性と更生したかどうかは別問題だ」

すぐには言葉の意味を理解しかねた。

「浮ついたことにも犯罪めいたことにも手を出さず、真面目に仕事をしてこつこつ毎日を過ごす。それが更生と言えば更生だろう。その伝で言えば、利根くんは間違いなく更生している。いや、元々そういう性格だったんじゃないかと思う。そのことと再犯云々は全く別だ。それは前科者に限った話じゃない。普通に暮らしている普通の人間だって、何かの拍子にふっと魔が差すことがある。そして罪を犯す。前科者とそうでない者の違いは、その垣根が高いか低いかだけだ」

頭から否定できる性善説ではない。さすが長年、保護司として幾人もの元受刑者を見てきた人間の卓見といったところか。

「念のために利根の毛髪を何本か拝借していきますよ」

笘篠は蓮田に命じて、利根が使用した寝具を調べさせる。枕カバーの一つも引っ繰り返せば、毛髪の一本や二本は採取できるだろう。三雲や城之内の監禁場所にあった不明毛髪のいずれかとＤＮＡが一致すれば、利根が現場にいたという有力な物的証拠となる。

「それにしても櫛谷さん。ここにしばらく滞在していたのなら交通機関を使うなり、外で飲み食いなりしなきゃならない。当然いくばくかの現金は必要だろう。だが利根には定職がなかった」

「日払いの仕事は単発で行ってたんだ」

「いくらかは貸してやったんじゃないんですか」

「俺が利根くんにいくら貸そうが勝手だろう」

「そんなことを責めているんじゃないんです。ただ、そういうカネの貸し借りというのは相互に信頼関係がないと成立しない。それこそ貸したカネはくれてやったものだと割り切れるくらいの関係です。あなたは保護司という立場以上に利根に肩入れしているように見える」

見つめていると、櫛谷はわずかに目を伏せた。

「利根くんは真面目で、人の痛みが分かる人間なんだ」

「だったら彼にこれ以上の罪を重ねさせないよう、協力してください。他に何か知りませんか」

笘篠に畳み掛けられた櫛谷は、眉の辺りに苦渋を滲ませる。

「笘篠さん。俺も刑事だった頃には、よくその手を使ったよ。初歩的で、あざといやり口だ」

「わたしもそう思います。初歩的で、あざとい。だからこそ汎用性があるし、相手の心に訴えやすい。あなただって知っているはずだ。危険を冒す可能性のある人間は、結局警察に身柄を確保されるのが一番安全だということを」

櫛谷はしばらく笘篠を睨んでいたが、やがて気が抜けたように息を吐いた。

「仮に利根くんが犯人と仮定してだ。仮釈放の身で殺人を犯せば二人でも三人でも同じことじゃないか。それで、どうして彼が安全だと言える」

「人数の問題じゃない。どんな状況にせよ、最悪の事態から彼を救い出すことができる」

櫛谷は再び黙り込んだが、今度の沈黙は長くなかった。

「……知り合いからケータイを貸してもらったと聞いた時、もちろん相手の名前を聞いた。ケータイなんて気安く貸し借りするものじゃないからな。そうしたら貸してくれたのは五代という人だと言っていた」

仮出所したばかりの人間にそうそう新しい知り合いが増えるとも思えない。架空名義の携帯端末を簡単に与えているというのであれば、十中八九塀の中で知り合った人間だろう。それならこちらにも調べようがある。

笘篠たちが退去する際、櫛谷は少しくどいくらいに言い募った。

「今まで何人もの受刑者を受け容れたが、利根くんは本当に真面目なんだ。あんたなら分かってくれるだろうが笘篠さん。真面目だからこそ罪を犯すってことは往々にしてある」

「しかし、彼が起訴された罪名は暴行と放火ですよ」

「よほどの事情があったに違いない」

そう訴える顔は父親そのものだと思った。

県警本部に戻り、利根と同じ時期に宮城刑務所に収監されていた出所者の中から五代という人間を検索する。これは比較的楽な仕事だった。五代良則三十六歳。現在は〈エンパイア・リサーチ〉という会社で代表を務めている。社名からして胡散臭い。どうせ真っ当な商売ではないと思いながら、笘篠は蓮田とともに利根の現勤務先に向かう。

櫛谷から教えてもらった利根の現勤務先は荻浜港近くにあった。〈大牧《おおまき》建設〉という会社で、港の目と鼻の先に事務所と寮を構えていた。ただし寮といってもひどく安普請の建物で、間取りも狭そうだ。

事務所を訪ね、来意を告げると碓井という現場監督を紹介された。五十がらみのごま塩頭、作業着の上からでも筋肉質であるのが分かるが、顔はいたって温厚そうだった。

「利根くんの無断欠勤は三日前からですよ。時間になっても現場に現れないので寮に叩き起こしに行ったんですが、部屋はもぬけの殻になっていて」

碓井は憤懣やる方ないという顔をした。

「以前からこういうことはあったんですか」

「いいえ。今まで建設現場の経験がなくて不慣れみたいだったけど、勤務態度は真面目でしたから。こんな風に無断で休むなんてこと、一度もなかったんです」

「どこかへ行くとか、誰かに会うとか言ってませんでしたか」

「さあ。わたしは聞いていませんなあ。大体、利根くんは職場の誰かとつるんで飲み食いすることも滅多になかったし、特段親しい同僚がいたとも聞いていないのです」

碓井は面目なさそうに頭を垂れる。

「あいつに前科があると聞かされていたのは、現場ではわたし一人でした。いったい、あいつは何をしでかしたんですか」

その様子から、利根が職場でどんな扱いを受けていたのかが想像できる。前科はともかく、生来の真面目さを買われてそれなりに重宝がられていたのだろう。

利根の容疑について詳細を告げるのは避け、二人は利根の部屋に案内してもらった。歩く度に床がきしむような二階。エアコンはついているものの、四畳一間では寝るだけで精一杯と思えた。

「殺風景ですね」

蓮田に指摘されるまでもなく、生活用品は最低限のものしか置いていない。二人で探してみたが、利根が三雲や城之内の情報を集めていた痕跡は見当たらない。精々《せいぜい》寝具に付着していた利根の毛髪を採取する以外になかった。

宿舎を後にした笘篠と蓮田は、クルマを五代の会社がある多賀城市内に向ける。

笘篠と蓮田が辿り着いた五代の会社というのは、雑居ビルの一室にあった。一階に掲げられた案内図では〈エンパイア・リサーチ〉だけが毒々しい金色に輝いており、代表である五代の人となりを物語っているようだ。

五代良則の第一印象は良く言えば陽気、悪く言えば軽佻浮薄《けいちょうふはく》な男で、看板から受けたものとさほど違いがなかった。

「へえ、捜査一課の刑事さんがウチに何のご用ですかね」

「二課や組対なら満足したのか」

「いえ、そういう訳じゃないんですけどね」

五代はへらへらと笑いながら、二人を応接室へ招く。妙に突っかからないところが頭の良さを感じさせる。

「〈エンパイア・リサーチ〉か。不勉強なものだから教えてくれないかな。いったい何を扱っている会社だ」

「平たく言えば名簿屋ですね」

五代は悪びれもせずに言う。情報の入手経路はともかくとして、名簿屋自体は別に違法な商売ではない。扱っている個人情報にしても、その個人からの削除申し出（オプトアウト）に従いさえすれば、第三者に提供したり販売したりすることも可能だ。

だが、第三者が真っ当に入手できる個人情報は二束三文でしかない。名簿屋と呼ばれる大半の業者はそれに名寄せという工程を加えて、情報を条件づけし、商品化していく。

個人情報の中でも価値があるものは、当然仕入れ値が高く、入手経路も非合法なものが多い。もっともそれは提供する側の事情であり、仕入れる業者は関知していないというかたちを取っている。

笘篠は抜け目なく応接セットに目を光らせる。本物の革を使った高級品だった。

「羽振りがよさそうだな」

「情報というモノの価値を、世間が認知し出した証拠ですよ。だからわたしたちみたいな零細業者にもビジネスチャンスが与えられます」

これは本心なのだろう。五代は満更でもなさそうに鼻の頭を掻く。

「宮城刑務所にいた利根勝久を憶えているかな。あんたとは五年ほど被っているはずだ」

「ええ、数少ないムショ仲間ですからね」

「ほう、ああいう場所だからもっと知り合いは多いんじゃないのか」

「まさか、わたしにだって友人を選ぶ権利くらいはありますよ」

五代が見損なうなと言わんばかりの口調だったので、少し興味が湧いた。

「あんたの、友人を選ぶ基準というのを聞かせてくれないか」

「そりゃあ一にも二にも真面目なヤツですよ。頭がいいとか悪いとか、イケメンだとかキモオタだとか、要領がいいとか悪いとかは関係ありません。因《ちな》みに私の場合、友人になりたいというのはビジネスパートナーになりたいというのと同義なんですけれどね」

「真面目というのは、そんなにも称賛に値する要素なのか」

「当然じゃないですか。公務員だろうがヤクザだろうが、真面目な人間は命令や指示の内容を疑うより先に、実行しようとしますからね。組織を拡大し業績を伸ばそうとするんだったら、真面目な人間を雇うことです。伸長著しい新興宗教も事情は似たり寄ったりで、見れば分かります。信者は大抵真面目な人間ばかりでしょ」

笘篠は思わず聞き入っていた。利根が真面目だというのは櫛谷も言っていたことだが、真面目の価値観が人によってこれほど変わっているとは。

「つまり、利根も真面目だったということか」

「いや、利根ちゃんの場合はちょっとニュアンスが違いますね」

軽薄だった口調に、わずかな重みが生じる。

「利根ちゃんが真面目なのはその通りで、確かに使いやすい人材ではあるけど、それだけじゃない。何て言うか、彼を手元に置いておくと安心なんですよ」

「安心？」

「自分がどれだけ無軌道になっても、利根ちゃんを見ていたら修正できる……まあ羅針盤というのは言い過ぎですかね」

「言っちゃあ悪いが……」

「どうせヤクザのくせに、でしょ。刑事さん。ヤクザやチンピラにだって真っ当なヤツとそうでないヤツがいる。って言うか、どんな商売に鞍替《くらが》えしてもそういう真っ当さはなかなか消えやしない。利根ちゃんには、その真っ当さがあったんですよ。だから塀の中でも外でも気楽に話せる」

「利根は道具じゃないってことか」

「道具にしても使いではあるんでしょうけどね。まあ、わたしにとってはそういう存在だったということです」

軽薄な物言いながら、利根について語る時には一定の熱を帯びる。この部分だけは信じていいかも知れないと笘篠は思う。

「架空名義のケータイを与えたのはあんたか」

「ケータイ？　ああ、持ってなかったものでしてね。これから色々と連絡のやり取りで必要だから一台譲ってやったんですよ。ねえ、刑事さん。今どき架空名義のケータイを所持したり分け与えたって、罪にはならんでしょう。それだけの話だったら、もうお帰りいただけませんか」

「架空名義のケータイだからって、何も分からないと思ったら大間違いだ。ケータイを与えたのはある人物の情報を連絡するためじゃないのか」

「全部、刑事さんの想像じゃないですか」

「想像じゃなくて経験則だ。それで大体は間違いがないしな」

「それはおみそれを」

「あんたは、利根がどんな罪で服役していたか、知っているか」

「確か福祉保健事務所の職員を二人ほど殴ってから、庁舎に放火したんでしたっけ」

「その二人は既に殺されている」

さっと五代の顔色が変わった。

「五代さん。あんたさっき、利根は道具じゃないと言ったな。だったら教えてくれ。利根は誰を狙い、どこへ行ったんだ」

「おっとっと、こちらにだって黙秘権てのが」

「出所したばかりの利根が憑《つ》かれたように犯行に及んだ理由も、あんたなら見当がつくだろう」

五代は口を閉ざしたまま笘篠を見ている。こちらの真意を探ろうと観察しているかのようだ。

「放っておけば、利根は必ず第三の犯行を重ねる。あんただってこれ以上、利根の立場を悪くしたくはないだろう。罪を悔いる人間は更生だってするだろうさ。じゃあ訊くが、利根は塀の中で自分のしたことを悔いていたか？　悔いていなかったのなら、必ず同じことをしでかすぞ」

こちらを覗き込んでいた五代がふっと口元を緩ませた。

「刑事さん。今の質問に答えると、ムショの中に放り込まれても、利根ちゃんは後悔なんてしていませんでしたよ。自分の行為は正当だけど犯罪だった。だから懲役は甘んじて受ける。そういう態度だった。今度も、利根ちゃんは自分の信じることをしようとしているだけですよ、きっと」

五代は冷笑を浮かべて言う。なるほど一種の思想犯なら止めても無駄という理屈か。

笘篠は奇襲戦法に出た。

「上崎岳大」

その名前を聞くや否や、五代は表情を硬くした。

「やっぱり反応したな。殺害された二人の元上司だからマークはしていたんだが、図星だったようだな」

「元上司。たったそれだけのことでマークしていたんですか」

「殺された二人の共通点だからな。事件を起こした際の供述調書に上崎の名前がなかったのは、ひょっとしたら出所後を見据えて秘匿していたのかも知れない」

「そういう意味じゃない」

五代の口調が変わった。

「利根ちゃんはあの二人を殴り、庁舎に火を点けた動機をどんな風に供述しているんですか」

「知人である遠島けいという女性の生活保護受給の件で塩釜福祉保健事務所に抗議に行った。そこでの対応にキレて二人を殴り、それでも腹の虫が治まらなかったので放火した……そうじゃないのか」

「わたしもムショで本人からはそう聞いてたんですよ。事件を起こした時、利根ちゃんは二十歳そこそこ。若気の至りでちょいと羽目を外し過ぎたくらいに思っていた。でもね、出所してからもまだ昔のことを引き摺っているみたいなんで、わたしなりに調べてみたんですよ。刑事さん、そこまで知ってますか」

何やら話が妙な具合になってきた。

「調書に書かれていること以外に理由があるっていうのか。しかし、あの供述調書があったから利根は正式な裁判にかけられて、相応の判決を下されたんだぞ」

「検察側が本当の動機については秘匿したんですよ。そいつをあからさまにすると都合の悪いことになりますからね。これを調べるのには結構、手間暇がかかったんですよ。きっと塩釜福祉保健事務所も資料の全部は出し渋ったんじゃないですか」

五代の話はいちいち身に覚えがある。確かに塩釜福祉保健事務所の対応は、お世辞にも協力的といえるものではなかった。

「供述調書に全部が書かれていなかった理由はよく分からない。だが、当時塩釜署の署長と塩釜福祉保健事務所の上崎所長が昵懇《じっこん》の仲だってのは、知る人ぞ知る話ではあるんですよ」

「つまり利根は、塩釜福祉保健事務所に都合の悪い供述をしていたっていうのか」

「動機の一部を秘匿したところで、利根ちゃんの罪状が変わる訳じゃなし。それならお上の側に都合の悪い話を、わざわざ表に出す必要はない。検察側はそういう判断だったんじゃないですか。まあ、よくあることですよ」

五代は訳知り顔にそう言うが、笘篠の方は冷静になるのに努力を要した。蓮田も同様らしく、困惑を隠そうともしない。

「利根の本当の動機というのは何だ」

「それ聞いてどうするんですか。利根のことを放っておいてくれるんですか」

「放っておく訳にはいかない。だが逮捕後の扱いに違いが出るかもな」

笘篠は五代を正面から見据える。

「利根を救いたいか」

「救えるものなら救いたいね。そもそもムショにいるのが似合うヤツじゃない」

「じゃあ教えてくれ。利根の動機に正当性が見出せるのなら、隠蔽することはしない」

「どうやってあんたの言うことを信じろって？　塩釜署の刑事たちとあんたとどう違うって言うんですか」

「今度の事件ではもう二人も死んでいる。そんな重大事件が未解決にでもなってみろ。何人のクビが飛ぶと思う。俺のクビも同じだ。所轄の、しかも八年も前の不祥事と自分のクビを引き換えにするような馬鹿がいると思うか」

五代の目が小狡《こずる》く光る。おそらく頭の中で素早く計算を済ませたのだろう。

「じゃあ、塩釜署が隠蔽したことを明らかにしてくれるんですね」

「それを供述調書に謳わなければ動機の立証にならないからな。それでは公判が維持できない」

「いいでしょう、それなら話しましょう。それにあんたなら信用できそうな気もしますしね」

そして五代は八年前のことを語り出した。

五代の話は、笘篠に少なからず衝撃を与えた。利根には疑似家族に似た帰属場所があり、遠島けいが母親の役割を担っていたこと。血縁関係のない者なら、公的な文書に記載されなかった理由も納得できる。そして遠島けいが生活保護の申請を三度も阻まれ、最終的には餓死してしまったこと。

餓死。

笘篠は思わず蓮田と顔を見合わせた。

これで三雲と城之内がなぜあんな殺され方をしたのかが繋がった。

「あれは復讐だったんですね」

「そうだ。遠島けいの無念を晴らすために、二人を同じ目に遭わせたんだ」

二人の会話を聞いていた五代は皮肉な笑みを浮かべる。

「福祉保健事務所の課長と県会議員を餓死させたって？　あいつらしい生真面目な仕返しだなあ」

決して感心していい類いのものではないが、笘篠も同感だった。

「当時の役職は三雲が窓口で城之内が課長、上崎は所長でしたよね」

「所長は申請の合否を握る責任者だ。彼の判断によって遠島けいが殺されたと利根が考えたのなら、当然最後の標的は上崎になる。殺害方法も自ずと決まっている。彼も餓死させるつもりだ」

蓮田が気づいたように耳打ちを寄越した。

「でも笘篠さん。上崎はフィリピンに旅行中で国内にはいません」

「帰国しますよ」

五代は聞き洩らさなかった。

「警察は上崎のことをどこまで調べたんです」

「塩釜の福祉保健事務所を退任した後は、小さな団体の名誉職を務めていた」

「ええ。典型的な天下りですよね。で、今は何をしていますか」

「特には何もしていないはずだ。フィリピンへの旅行も有志団体の慰労会みたいなもので……」

「〈宮城セレブリティ倶楽部〉という団体ですよ」

言い方に険があった。

「要は功成り名遂げた連中の取り澄ました社交場なんですがね。まあ、そこには取り澄まさなきゃならない理由もあるんですが」

「何か知っているみたいだな」

「倶楽部には資産家が多く、そこの名簿作りも請け負いましたからね。内実はひどいもんです」

五代の唇が皮肉に歪む。

「リタイアして悠々自適の毎日。それでもあっちの方はまだまだ現役で自由になるカネもたんまりある。だったらやることは一つだ。だが、何せ皆さん名士だから近所で羽目を外す訳にはいかない。だから挙《こぞ》って海外旅行。クラブの名前からして、いかにも風俗の臭いがぷんぷんするでしょ。ホントにオヤジ臭い、品もへったくれもないネーミングで」

「……買春ツアーという訳か。しかし問い合わせたら、一行が帰国するのは来週だったはずだぞ」

これは蓮田が旅行会社に確認したから確かな情報だ。それにも拘わらず、五代はにやにや笑いをやめようとしない。

「尻に火が点いたんですよ。ほら、つい最近も現役の校長先生やら議員やらがフィリピンで買春しまくったニュースが報道されたでしょう。それで現地警察の動きが急に活発になった」

皮肉な笑いは助平オヤジたちに向けられたものだったか。

「外貨獲得なんて話はさて置いて、買春天国なんて風評は国際的に好ましくない。それで買春目的で渡航した観光客を狙い撃ちし始めた。〈宮城セレブリティ倶楽部〉は急遽予定を繰り上げて、帰国を早めたって寸法ですよ」

よくそこまで調べ上げたものだ――笘篠が密かに感心していると、こちらの考えを悟ったらしい五代が少し誇らしげな笑みを浮かべた。

「餅は餅屋でしてね。知り合いが現地でそのテの斡旋《あっせん》もやっているんで、情報も早い」

「それで上崎はいつ帰国するんだ」

マニラから仙台までのフライトは乗り継ぎが必要だ。何便かさえ分かっていれば仙台空港で待ち受けることができる。利根が向かっているのなら、現場で取り押さえることも可能だ。

「期待されていたら申し訳ないんですが、明日帰国予定というだけで、さすがに便名までは分かっていません。何せ急な変更でしたからね。その辺は警察から空港に問い合わせた方が早いと思いますよ」

五代は楽しそうに忍び笑いを洩らす。

「現場で利根ちゃんを確保するのも仕事でしょうけど、下半身から湯気を出している爺さんたちをその場で逮捕する、なんてのもアリっちゃあアリですよね。期待していますんでよろしく」

情報を得た笘篠は捜査本部に事の次第を報告する。電話口の刑事部長の声は、心なしか興奮していた。

『十一月十二日に帰国予定だな。分かった、すぐ空港に問い合わせてみよう』

「待ってください。二つの現場から利根の毛髪は採取されていたんですか」

『鑑識からまだ報告はきていない。何せ獣毛も含めて、不明毛髪は結構あったからな。照合に時間がかかっている』

「利根が重要参考人というのは、あくまでもわたしの感触です。状況証拠だけで、まだブツは出ていません。それでも確保しますか。それに、空港に利根が向かうという確証もありません」

警官隊を配備したはいいが、利根が現れなかったら、とんだ空振りになる。その際の責任の行方が気になる。

だが、刑事部長の回答はかつてないほど小気味よかった。

『要らん心配をするな。こちらもむざむざ空振りするつもりはない。フィリピン警察と連携を取って、別件で買春ツアーの参加者を検挙する方向も考慮する。それなら万が一利根の身柄を確保できなくても、国辱を晒した色ボケじじいどもをふん縛ったことで警官隊の配備を説明できる』

転んでもタダでは起きない、ということか――あの部長らしい、老獪《ろうかい》なやり口だと思った。

電話連絡を終えた笘篠は、蓮田に命じてクルマを路肩に停めさせる。

「どうしました。県警本部に戻るんじゃないんですか」

「フィリピン警察との交渉は県警本部長と東雲管理官の領分だ。仙台空港への配備も部長に任せておけばいい」

「それはその通りですけど」

「じゃあ他にできることは何だと思う」

蓮田はキツネにつままれたような顔をする。

「お前は五代が全てを知っていると思うか」

「知っているから笘篠さんに伝えたんじゃないですか」

「そういう意味じゃない。まず利根は五代に全て打ち明けた訳じゃない。遠島けいのことだって、五代が独自に調べたと言っていたじゃないか。それは取りも直さず、利根がそれ以外にも五代に告げなかったことがある可能性を示唆している」

笘篠は五代の風貌を思い出しながら言う。もし自分が利根の立場だったら、腹蔵なく何もかも吐露するだろうかと仮定してみる――駄目だ。五代は信頼できる男ではあるが、信用していい人物ではない。有能な男には間違いないだろうが、自分の命を預ける気には毛頭なれない。

「五代に告げなかったことって……そりゃあ自分が三雲と城之内を殺したなんてことは言わないでしょう。まさか笘篠さんが利根犯人説を疑っているんですか」

「そうじゃない。利根という男が真面目だという人物評は保護司の櫛谷さんも五代も一致している。真面目な男だったら、人一人殺害しようと企てる際、拉致してすぐに殺そうとするだろうか。三雲と城之内の事件を思い出してみろ」

蓮田は虚を衝かれたようだった。

「監禁場所、ですか」

「それだけじゃない。拘束のための道具、運搬の手筈、下見。これだけでも数日を要するはずだ」

「潜伏して準備を整えている……」

「そうだ。加えてフェイントをかけてくる可能性だってある。上崎が何便の飛行機で帰国するのか、利根は調べようがない。一日中空港で張っているというのも有り得るが、自宅に舞い戻ったところを拉致した方が確実だ」

「でも自宅にも警備を配置していますよ」

「だったら警備が薄くなるのを待ち構えていればいい。忘れたのか。上崎は現在一人暮らしでしかも高齢者だ。自宅から拉致するのに好条件が揃っている」

正直、先刻の刑事部長の言葉は渡りに舟だった。転んでもタダでは起きないというのなら、利根が空港に向かわないケースにも笘篠たちの方で別対応ができる。

「三雲と城之内が監禁された場所には共通点がある。まず、あまり人が立ち寄らないところ。そして防犯カメラの撮影範囲から外れているところだ。利根はつい最近出所したばかりだから、候補地も限られてくる。何カ所か立ち寄りそうな場所をリストアップして先回りする。俺たちで手が余るようなら応援を要請する。もちろん櫛谷の自宅と〈エンパイア・リサーチ〉周辺にも人員を投入してもらう」

笘篠の発案は早刻捜査本部に伝えられ、東雲もその方針で固める方向だという。その回答を受けるや笘篠は再び櫛谷宅に向かうよう蓮田に命じた。

「利根があそこに舞い戻るっていうんですか」

「いや、出所した利根が土地鑑を得るとしたら櫛谷の家の周辺だろう。条件に合致する場所が存在するかどうかを確かめたい」

「三雲の死体が発見された若林区荒井香取と、城之内の死体があった高森山公園は、利根に土地鑑があったことになります。放火事件で逮捕される以前に立ち寄ったことがあるんですかね」

「利根の生活履歴を洗ってみる必要があるな。そっちは部長の手配に任せよう。とにかく潰せるところから潰していこう」

クルマを櫛谷の自宅近くまで走らせ、笘篠は車載のカーナビ画面を仔細《しさい》に見る。この辺りは道路沿いに民家が点在しているものの、裏手には雑木林が広がっている。小屋でもあれば監禁場所にはうってつけだ。

利根は二十歳の時に自動車免許を取得している。服役中に失効しているが、盗難車を使えば拉致した獲物を監禁場所まで運ぶことができる。

刑事部長に報告する際、その可能性も伝えておいた。今頃は県内の盗難車の照会が行われているはずだ。

これで張れるだけの網は全て張った。後は利根がその網に引っ掛かるのを待つだけだった。

いや、果たしてそうなのか。

どこか見落としたところはないか。

カーナビの画面を食い入るように見つめながら、笘篠は自問自答を繰り返す。

「近所に訊き込みして、この辺りに小屋みたいなものがあるかどうか確かめますか。近所の人間が知らないものを、住み始めて日の浅い利根が知るはずもないでしょうし」

「そうしよう」

蓮田の提案に乗り、二人は民家を一軒一軒回る。最近は林業を営む者や雑木林の中で作業をする者も珍しくなったのか、小屋の存在を明言する住人はなかなか見当たらない。笘篠の中で不安が募る。

不安の正体は何なのだろうと考え続けて、笘篠は唐突に合点した。

自分は利根に対して、ある種の共感を覚え始めているのだ。

2

上崎岳大の帰国は十一月十二日——利根が五代からそう連絡を受けたのは八日のこ

とだった。

利根が数日間調べても居所はおろか生死すら不明だったのに、五代は旅行先から帰国予定日まで調べ上げてしまった。さすが蛇《じや》の道は蛇《へび》といったところか。

だがそこから先は五代でも無理だった。十二日に仙台空港に降り立つとしても、それが何時の何便なのかまでは五代の調査能力をもってしても不明なのだ。従って朝から空港に張りつき、帰国ゲートで待ち伏せをするしかなさそうだった。

それにしても腹立たしいのは、上崎の渡航目的だった。選りにも選って買春ツアーとは。何が〈宮城セレブリティ倶楽部〉か。上品そうな名前に反して、やっているのは人の道にもとる行為だ。ところがそんな鬼畜が地元では名士とされ、下にも置かぬような扱いを受けている。上崎の正体を知ったら、地元のボンクラどもはいったいどんな顔をするのか。

利根は刑務所の中で学んだことのいくつかを回想する。

刑務所ほど社会性に即した学校はない。死刑確定囚ではないから、懲役囚同士で前科の自慢や成功例を得意げに吹聴する。中には眉唾ものの話も混じるが、その多くは経験者による犯罪学の講義だった。講師は次に計画する犯罪の傾向と対策を練り、聴講生たちは失敗例を胸に刻んで自らのスキルを高めていく。そんな場所が更生施設だというのだから笑わせる。まるで逆ではないか。悪の道に走った者を本気で更生させたいのなら、善人の中に放り込むのが筋だろうに。

ともあれ利根も聴講生の一人として講義に参加することが少なくなかった。有難い講義で学習したのは人命の軽さだ。人一人殺したくらいでは、よほどの理由がない限り死刑判決にならない。言い換えるなら自分の人生数年分を刑務所学校で過ごす覚悟さえあれば、殺人は決して割に合わない仕事ではない。相手が上崎のような鬼畜野郎なら、却って世のため人のためですらある。

遠島けいを餓死させたのが個人ではなく、塩釜福祉保健事務所の方針であったことくらいは利根も承知している。

しかし実際に生活保護の申請を却下した人間となると窓口担当だった三雲と課長の城之内、そして当時の所長だった上崎が挙げられる。もし彼らのうち誰か一人でも申請を通してくれようとしたなら、けいはあんな目に遭わずに済んだはずだ。それを考えると三人に対する憎悪がふつふつと湧いてくる。

宮城刑務所に収監されてから折に触れて思うことがあった。死刑確定囚だろうと懲役囚だろうと、塀の中で息をしている限りは税金によって養われている。そして一方、けいのような困窮者を救う財源もまた同じく税金だ。

刑務所に入って痛感したのは、受刑者の中にはおよそ公的な資金で養うのが不条理と思える輩が少なくなかったことだ。彼らは凌辱《りょうじょく》した女の悲鳴と涙を反芻しては悦《よろこ》び、強奪したカネの総額を自慢し合い、人を刺した瞬間の快楽を吹聴する。刑の執行期間を終えて塀の外へ戻れば、間違いなく再犯するような輩たちだ。

一方、公的な保護がなければその日の生活にも事欠く者たちがいる。国の世話になる申し訳なさと自身への不甲斐なさから生活保護の申請を躊躇する。生活保護費の削減を命じられた公務員たちから非情な扱いを受けても、彼ら彼女らは泣き寝入りするしかない。

みすみす再犯するような囚人を養うのも、声の小さな貧者に出し渋るのも同じ税金だ。法律と歪んだ信条が護るに値しない者を護り、護らなければならない者を見て見ぬふりをしている。

何という不条理さかと利根は憤慨する。収入から税金を徴収されるのは国民の義務としてやむを得ないと思うが、それなら徴収した税金を真っ当な場所へ真っ当な金額を配分するのが国の義務であるはずだ。それとも生活困窮者は収監されている犯罪者よりも護られる順位が低いと信じているのだろうか。

考えるほどに納得がいかなくなり、すると憎悪の対象はまた三人に向けられる。いくら省庁の命令とはいえ、生活保護申請者に直接対応していたのは彼らだった。一人だけでも人としての心を優先してくれていたら、けいは餓死せずに済んだ——結局彼女を殺したのはあの三人なのだ。

上崎の帰国を待ち構えるとすれば、利根の方にも準備が必要になる。港湾労働の片手間にやれる仕事ではない。

そして時間だけではなく資金も必要だ。ところが手持ち資金はここ数日の調査やら何やらでほとんど底をつきかけている。給料日までの月末にはまだ三週間以上もある。現場で碓井と擦れ違った際、利根は思い切って言ってみた。

「給料、前借りできませんか」

「何だとお」

碓井はたちまち不機嫌そうな顔になる。

「おい、今日が何日だと思ってるんだ。入社して間がないってのに。まさかウマやボートでスッテンテンになったんじゃないだろうな」

「いや、賭け事じゃないんですけど、急に入り用ができちまって」

「……女か」

別の言い訳を考えるのも面倒だったので適当に相槌を打つ。すると碓井は肯定と受け取ったらしく、渋々という顔を見せる。

「まあ乗り物に変わりはないが、まだそっちの方がマシか」

世のフェミニストたちが聞けば激怒しそうなことを呟きながら、碓井は親指で後方を指す。

「手配しといてやるから、さっさと現場行っとけ」

碓井という男は言葉づかいも態度も荒いが、妙にさばけたところがある。現場監督として作業員の信頼を勝ち得ているのは、そういう部分なのだろう。碓井の人のよさを利用するようで若干の後ろめたさを感じるものの、背に腹は代えられない。

荷役作業を終えて事務所へ帰ると、待ち構えていた碓井から封筒を押しつけられた。

「ほれ」

中身を検めると皺のないピン札が数枚。

「決まりで、前借りの場合は全額出せん。取りあえずこの金額でしのげ」

「助かります」

「明日以降は現場を助けてくれや」

それだけ言うと、碓井はぷいと顔を逸らして立ち去っていった。

どこか親分肌の男を見送り、利根は心で手を合わせる。明日以降の自分の振る舞いは現場を助けるどころか逆に迷惑をかけるだろう。謝罪しても謝罪し足りないが今はこうするより他にない。

自分の部屋に戻った利根は、改めて室内を見渡す。

小ぶりの座卓と一枚の座布団、家具と呼べるものは皆無で、娯楽らしきものは薄型のテレビが一台きり。雑誌の類いも一切ない。この部屋の状態から住んでいる者の性格を推し量るのは困難だろうと他人事のように思う。

部屋が異様なほどに殺風景なのは、利根が私物らしい私物を揃えていないからだ。一台きりのテレビでさえ娯楽や暇潰しのために購入したのではない。何かのニュースか番組で目的の人物が映らないかを確認するためのものだ。

けいやカンちゃんたちと暮らしていた頃は、これほど物欲に無関心ではなかった。人並みにクルマやらバイクやらに興味があったし、人並みに成人雑誌も買っていた。洒落《しゃれ》た服、耳に心地よい音楽も欲しかった。手元に余裕さえあれば、満足いくまで買い求めていただろう。そうしなかったのは、ただただ貧しかったという理由だけだ。

ところが収監されてから変わった。女にもクルマにも服にも、とんと興味がなくなった。食い物も吐き出すような味でなければ構わなくなった。音楽も雑音でなければ、鳴っていても気にならない程度に頓着しなくなった。

きっと一番大切なものを失くしたからだろう、と自分で分析していた。一番がなくなってしまえば、後はあってないようなものだ。何をどれだけ買っても所詮は代償行為でしかない。それを自分で承知しているから物欲が湧いてこないのだろう。

そういえば櫛谷が以前こんなことを言っていた。

『そいつの部屋の中に置いてあるものは煩悩そのものだ』

つまり欲望や執念が何かのかたちになってモノに投影されるという主旨だろう。その言葉を借りれば、利根には煩悩が見当たらないということになる。

大間違いだ。

自分にはとびきり大きな煩悩がたった一つだけある。ただ、他人に悟られたくないから隠そうとしているだけの話だ。欠落した物欲の代わりに、別の情熱が移り住んでいるというのが真実だ。

今、必要なものは数日分の着替えと現金。そして五代から譲り受けた携帯端末だけだった。

上崎が帰国するまでに用意すべきものを携えて、利根は再度部屋を見回してみる。

思わず白けた笑みが洩れる。

必要なもの全てを持ち去っても、部屋の様子は微塵《みじん》も変わらない。要するに自分に必要なものは、本当に僅少だということだ。

着替えを詰め込んだ小さなリュックサックを背負い、利根は部屋を出た。寝泊まりした部屋に多少は未練を覚えるかと思ったが、拍子抜けするほど何も感じなかった。

玄関に向かう間、二人の同僚と擦れ違ったが、二人とも利根には何の反応も示さなかった。まるで空気のような扱われ方だ。

それもやむを得ない。入社してからというもの、同僚との接触は回避してきた。特に彼らを嫌悪した訳ではなく、これからの自分の行為によって他人に迷惑が及ぶことを怖れたからだ。

三雲と城之内が屠《ほふ》られ、そして最後に上崎が殺される——警察がどこまで三人の関係性を把握しているかは分からないが、被害者が三人揃った時点で遠島けいの一件と、利根の暴行・放火事件に注目が集まるのはまず間違いない。そうなれば平穏な生活など望むべくもない。だからどちらにせよ、長く勤められるとは思っていなかった。

執念というのは恐ろしいとつくづく思う。行政にも顧みられなかった老女一人の死が、八年経過した今になって災厄となっている。遠島けいの怨念が未だにこの世を彷徨《さまよ》っているとしか思えない。

他人事ではなく、その怨念を背負っているのは自分だ。だからこそ利根はここを出なければならない。平穏な生活を捨てなければならない。この会社にさほどの未練がないのは、使命感の方が強いからだろう。

刑務所にいた時、五代から笑われた。

自分は変なところが真面目だから損をするのだそうだ。聞いた時には実感が湧かなかったが、今ならなるほどと思える。五代という男は人を見る目にはずば抜けたところがあると思っていたが、利根についても例外ではなかったのだ。

社宅の玄関を出た途端、強い風に目蓋《まぶた》を閉じた。十一月も半ばに近づくと風が尖り始める。東北の冬はもう傍までできている。

利根は社宅の玄関ドアを閉めると、正面に向かって軽く一礼する。それがせめてもの礼儀のように思えた。

社宅を出た利根は電車でJR仙台駅を目指す。仙台駅から仙台空港線に乗り換えれば、二十五分で空港に到着する。もちろん今はまだ空港へ行っても標的は現れないから、仙台駅周辺に潜伏していた方が無難だろう。

仙台駅に着いた頃には、既に午後八時を過ぎていた。あまり遅い時間に駅の周辺を徘徊《はいかい》していて職務質問でもかけられたら面倒なので、今夜の宿を探すことにした。

公園での野宿は論外、かと言ってビジネスホテルは割高だ。駅前を彷徨うちにカプセルホテルの看板を見つけた。

フロントに座っていたのはまだ二十代と見える若い男だった。ただしホテルマンにしては軽薄そうな印象を受ける。

「泊めてほしいんだけど」

宿泊料金を訊ねると一泊二千百円だと言う。三泊すれば六千円。

手続きも確認する。身分証の提示が必要かと身構えたが、宿泊名簿に記入すればいいとのことだった。いざとなれば持ち出してきた社員証を提示しようと思っていたが、宿泊料金を前金で払いさえすれば身分証提示は必要ないと言われた。利根の方に否はない。取りあえず一泊分の料金を支払い、部屋の鍵を受け取った。

指示された廊下伝いに進んでいくと、やがて左右に二段のカプセルルームがずらりと並ぶフロアに出る。既に何人かの宿泊客がおり、廊下から眺めるとまるで巨大な電子レンジかペットショップの檻《おり》のように見える。

鍵に記された番号のカプセルはすぐに見つかった。該当の部屋は上段。真下には先客がおり、階段を上る利根にじろりと一瞥を送る。変に印象づけられても嫌なので、無視してカプセルの中へ飛び込む。

当然のように天井が低いが、仰臥《ぎょうが》姿勢で上半身を起こしても頭がぶつかることはない。シーツも清潔で社宅の自室と比較しても数段居心地がいい。

利根は両手を頭の後ろに回し、ベッドに横たわる。イメージトレーニングではないが、あの男に会った際の行動を思い浮かべてみる。

八年の間にあいつの様子がどれだけ変わろうと、見間違えない自信があった。そもそもあいつに会うために刑務所の作業を精勤していたのだ。

男の顔を焼きつけるように利根は目蓋を閉じる。

翌九日、利根はホテル近くのコンビニエンスストアで買った弁当で朝食を済ませると、街へ繰り出した。目的は武器を調達するためだ。

相手も利根のことは憶えているだろうから、顔を合わせれば当然に警戒する。激しく抵抗することも十分に予想される。そうさせないためには、拘束するための道具が必要になる。

手頃なのはやはりロープだろう。ガムテープやビニールテープはコンビニエンスストアでも容易《たやす》く入手できるが信頼性に欠ける。

作業現場から拝借すれば済む話なのだが、いずれ迷惑をかける職場にこれ以上借りを作ることが躊躇《ためら》われたのだ。妙な生真面目さを自覚するのはこういう場面だが、逆らっても結局は自己嫌悪を覚えることになるのでおとなしく従うことにしている。

しばらく仙台駅周辺の商店街をうろついていると、ようやく一軒の雑貨店を見つけた。

「いらっしゃい」

レジに立っていたのは利根と同年代に見える女性だった。さほど広くもない店内を見回すと、利根の他には主婦らしき女性と老人が品定めをしているだけだ。

棚に目を走らせていると、やがて目当ての品物が見つかった。荷造り用のPPロープだが、三本撚《よ》りになっているので頑丈そうだ。これなら大人が引っ張っても千切れることはないだろう。

税抜きで八百十円。いい買い物だ。

PPロープを籠の中に放り込み、レジに向かおうとした利根はふと考えてみる。相手を拘束するのに、果たしてPPロープだけで大丈夫だろうか。もしも相手が刃物を持っていたらどうするのか。

利根は店内に刃物のコーナーはないかと首を動かし、その場に移動した。荷造り関連のコーナーに比べて刃物のコーナーは品数が豊富で、調理用から工作用とバリエーションに富んでいる。一本一本を手に取って矯《た》めつ眇《すが》めつしていると、肩の辺りに視線を感じた。

振り向くと、レジの店員がこちらを胡散臭そうな目で見ていた。もう何度か遭遇した。あれは前科者や不審者を見る目だ。

利根はいったん取った商品をそっと元の棚に戻した。

ロープのみを購入して雑貨店を出た利根は、さっき中断させた考えをまた巡らせてみる。標的と相対した時、果たして拘束だけで済むのかどうか。ロープ以外に必要なものは何かないのか。向こうが襲い掛かってきた時、こちらはどう対処すればいいのか。

スタンガンくらいは用意しておけばよかったのだろうが、五代からの連絡を受けた時点で焦燥が先に立ち、綿密な計画を練ることができなかった。つくづく自分は犯罪には不向きだと思う。

思い起こせば自分が逮捕されるきっかけとなった三雲たちへの暴行と庁舎への放火もそうだった。あの時は塩釜福祉保健事務所の対応に唯々《ただただ》腹が立ち、後先も考えず行動に出た。その結果、利根は八年も刑務所に収監される羽目になったというのに、三雲たちは軽傷、庁舎もボヤで済んでしまった。たったそれしきの実害で懲役十年の判決は重すぎる。五代に話した時には爆笑されたくらいだ。

『真面目なヤツは馬鹿を見ると言うけどなあ、利根ちゃんはその見本みたいなもんだな。いいか、悪さをするヤツの全員が全員知能犯じゃないから、俺みたくドジ踏むのだっている。それでもな、与えられる罰に見合うだけのリターンがないんなら、そりゃただの徒労ってもんだ』

被告人の行為に見合った罰を与えるのが裁判だと思い込んでいた利根には、まさしく逆転の発想だった。

『俺の立場で言うのは筋違いかも知れねえけど、変に犯人に同情的だったり、逆に厳罰主義だったりってのは社会が歪んでいるんだ。まともな社会、まともな裁判なら罪と罰はイコールじゃなきゃいけねえよ』

ただの屁理屈《へりくつ》と片付ける者もいるだろうが、利根の胸には新鮮に響いた。法の下の平等とは、そういうことかとも思った。

遠島けいを死に追いやった三雲や城之内、そして上崎のこうむった痛手はなきに等しかった。罪の大きさに比して、受けた罰はあまりにも軽い。五代の論理でいけば三人の受ける正当な罰は死でしかないことになる。

急がなければ。

再び焦燥に駆られながら思案していると、背後に悪意のこもった視線を感じた。視線の方向に振り向くと雑貨店の女性店員が店の中から、相変わらず利根に不審な目を向けている。

荷造り用ロープと刃物を物色していた男。それに加えておそらく自分の風体は怪しいのだろう。不審に思った店員が、このまま警察に通報しないとも限らない。ここは商店街だから交番も近いはずだ。

利根はその場を小走りで駆け出した。万が一、通報を受けた巡査から職務質問されたら分が悪い。勤め先は無断で休んでおり、何といっても仮出所中の身だ。そういう人間がロープと刃物を物色していたとあっては、注意を払わない警官はまずいないだろう。

小走りで逃げる。実際に自分を追っている者がいないのは分かっているが、それでも次第に足が早まる。走ったら余計に怪しまれるのは分かっているが、なかなか足を止めることができない。まるで逃亡犯だ。いや、警察が三雲と城之内の関係を辿って利根に行き着けば、それは俄に現実味を帯びてくる。

数分も走っていると商店街を抜けていた。反射的に後ろを振り返るが、警官らしき姿は認められない。その代わりに舗道を行き来する通行人が、こちらを変な目で見ている。

利根は何気なく顔を背け、なるべく見た者の印象に残らないよう努める。

急に吐き気を催した。先刻、食べたばかりのコンビニ弁当が未消化のまま逆流しそうな雰囲気だ。利根は傍らのビルに背を預けて、顔を上げる。そろそろ正午に近く、厚く垂れこめた鈍色《にびいろ》の雲から淡い光が洩れている。その光景を眺めていたら徐々に嘔《おう》吐《と》感《かん》は後退した。

畜生、と自然に声が洩れる。

舗道を行き来する通行人たちには普通の生活があり、普通の目的がある。だから何の警戒感も持たずに悠然と歩くことができる。

それに比べて自分はどうだ。仇《かたき》を憎み、世渡りの下手さ加減を恨み、そして警察から逃げ回っている。八年も刑務所の中で過ごし、塀の外へ出てからもこんな仕打ちに遭っている。五代の言葉ではないが、真面目な自分は本当に馬鹿を見ていると思う。

まあいい。

利根は己を納得させるように、短く息を吐く。テロリストじみた行動も三日の辛抱だ。それを過ぎれば利根にも平穏な日々が戻ってくる。

問題は、どんな風に平穏なのかだ。

計画を実行する前に、利根は拘束道具を用意する必要があった。加えて標的を確保した後、どこに連行していくかを策定しなければならなかった。

その際、警察に自分の存在が知れていることを仮定すると、櫛谷の家や会社の近くではすぐに露見してしまう惧れがある。仙台駅周辺の潜伏を思い立ったのは、この辺りの土地鑑を摑みたかったのも一因だ。都会とされる場所にもブラック・スポットはいくらでも存在する。人が集まる場所だからこそ却って目立たないという逆説も成立する。

これは別に利根独自の発想ではなく、刑務所学校で学習したことだ。講師は裏DVDの製作と販売をしていた男で、彼によれば危ないモノを隠したりするには郊外よりも市街地の方が安全だという。都会ほど人は他人に無関心だから情報が洩れにくく、撤収もしやすいらしい。なるほど郊外になればなるほど移動手段は限られてくるから、クルマを持たない利根のような者にはその方が都合いい。

だが、利根は早くも後悔していた。

市街地の土地鑑を摑もうにも、仙台駅前の変貌はあまりにも性急に過ぎた。いや仙台駅前だけではない。市内の至る場所が八年前とはまるで装いを一変させている。

理由は言うまでもなく震災とそれに続く復興事業のせいだった。建物の老朽化と新築がゆっくり進行するような変遷ではなく、スクラップ・アンド・ビルドを一昼夜のうちに行うようなものだ。刑務所に収監される前に抱いていた仙台市内の記憶は全く役に立たない。まるでよその土地だ。ここならすぐに土地鑑が掴めると考えていたのだが、とんだ計算違いだった。

これからどうするのかと考えながら歩いていると、不意に背後から声を掛けられた。

「ちょっと、すみません」

振り向いた刹那、息が止まった。

自転車に乗った巡査がそこにいた。

「あなた、さっき雑貨店にいませんでしたか」

畜生、やっぱり通報していたのか。きっと店員が利根の身なりや人相を告げたのだろう。

「いや。俺、知らないけど」

「申し訳ありません、少しお話を伺いたいのですが」

話を訊くだけで済まないことは分かっている。

利根は巡査の不意を衝いて彼を押し倒した。

いきなりの襲撃で巡査は堪らず自転車とともに倒れる。自転車を背中にしているので、すぐには起き上がれない。

利根は踵を返すと脱兎《だっと》のごとく駆け出した。

「待ちなさい！」

巡査が叫ぶが構っていられるか。

こんな時、大通りを逃げるのはまずい。利根は今来た道を引き返し、途中で見掛けた脇道を目指して疾走する。この界隈《かいわい》を巡回している警官だから地理にも詳しいだろうが、それでも広い通りよりも細い路地の方が見つけにくいのが道理だ。

ただし袋小路でなければの話だ。もし行き止まりに追い詰められたら、たちまち逃げ場はなくなる。

酒販店の横に人一人がやっと通れるほどの脇道がある。通り過ぎた時、向こう側に別の街並みが垣間見えたから少なくとも通り抜けはできるはずだった。

脇道に入った途端、異臭が鼻を衝いた。酔っ払いかホームレスが小便でもしたのか、それとも猫かネズミの死骸が腐乱しているのか。だが悪臭程度で立ち止まる訳にはいかず、利根は狭い道を駆け抜ける。

「待てえっ」

先ほどの巡査が叫んだようだ。だが声は離れた場所から放たれた。やはり起き上がって体勢を整えるのに手間を食ったようだ。

指名手配されている容疑者ならともかく、職務質問しただけの相手が逃げ出したからといって応援を呼ぶような真似はするまい——そこまで読んでの逃亡だ。

脇道を抜けると予想通り別の通りに出た。一方通行の細い道路だ。左右の確認をする間も惜しんで突っ切り、また細い脇道に身体を滑り込ませる。途中で左に折れ、また十字路で右に曲がる。もはや自分でもどこをどう走っているか分からないが、追う方にしても同様だろう。

数分にも数十分にも感じられる逃走を続けて、ゆっくりと足を緩める。注意深く周囲の様子を窺うが追っ手の迫りくる気配は感じられない。

何とか撒《ま》くことができたか。

自分の鼓動が耳まで届く。利根は呼吸を整えると、駅の方角に足を向けた。ここに留まっていたのでは、またあの巡査と顔を合わさないとも限らない。早急に移動するのが得策だろう。

十一月十日午前七時四十分、利根はカプセルホテルを出るとそのまま仙台駅に向かった。既に通勤ラッシュが始まり、勤め人と学生たちが黒い塊となって構内に溢れている。仙台空港線のホームも同様で、乗客が列になって並んでいる。

利根はやや俯き気味にして列の中に紛れる。この人ごみなので、指名手配のような厳戒態勢が敷かれていなければ自分を見咎める者は誰もいないだろう。ラッシュ時の電車を選んだ理由も、とにかく目立つことを怖れたからだった。

昨日、街中を巡査に追われた時は、正直生きた心地がしなかった。一般人ならたかが職務質問を拒んで逃げただけだと笑って済ませられるだろうが、警察官に拘束され、刑務所で刑務官から行住坐臥《ぎようじゆうざが》まで管理された利根には、トラウマを激しく揺さぶられる出来事だった。いっそヤクザになってしまえばこの恐怖感も麻痺《まひ》するかも知れないが、建前上社会復帰を目指して仮出所した利根には、警官の制服でさえが恐怖の対象だ。

加えて、計画を遂行するまでは絶対に逮捕されてはいけないという使命がある。だからこそ不用意に警察官と接触しては元も子もない。

人ごみはいい、と利根は思う。服装や髪形が奇抜なものでない限り、個性はその中に埋没する。満員電車に立っている男が前科者であるとは、誰一人として気づかない。こうして周囲に溶け込み、誰も自分を疎ましく思わないような日々を送れないものだろうか。

駅に降りると、仙台空港までは連絡通路でターミナルの南側に直結する。だが今日のところはそのまま出口へと向かう。一瞥した時、視界の隅に警官の姿を認めたからだ。

利根はここでも目立たない仕草を心掛けるが、実を言えば目立たない仕草というものがどういうものか判然としない。

以前、前科のついていない頃、己がどんな風に振る舞っていたのか記憶にない。刑務所に収監されてからは、一日中刑務官の号令に従って行動していればいいので、いちいち自分の仕草を気にする必要もなかった。

だから仮出所してから当惑したものだった。自分では普通に振る舞っているつもりでも櫛谷の目からは「始終、何かに怯えていて挙動不審に映る」と指摘されたからだ。それを聞いて愕然《がくぜん》とした。八年の刑務所暮らしで自分はすっかり自由人としての生理すらなくなってしまったと思い、いかに懲役という刑罰が人間らしさを破壊するのか身を以って実感した。

『何か考え事しながら歩くっていうのはどうだ。人間、気持ちが飛んでいる時は結構自然に身体を動かしているもんだぞ』

櫛谷の助言に従って試したものの、思いつくのはけいたちと暮らしていた頃と刑務所の中で見聞きしたことでしかない。考えれば考えるほど辛く、切なくなるので、この方法も上手くいかず今に至る。

気のせいだろうか、ここは他よりも警備員の姿を多く見掛ける。そういえば自分が収監されている最中、世界各地でテロが続発し、その影響もあって空港の警備はどこもかしこも厳重になったと聞いた。櫛谷から聞いた話では入出国の際のチェックも厳しくなったらしい。もちろん各国でテロが頻発しているのは刑務所の中でも聞き知っていたが、それでも実際に外へ出なければよその国の話と同じだ。刑務所の中は日本であって、日本ではないのかも知れない。

とにかく警官の視界にはあまり入りたくない。利根は空港から市街に出ると、また別のカプセルホテルを探した。

3

十一月十一日午前五時、利根は今日もカプセルの中で目を覚ました。

上崎は明日帰国する。いよいよ八年来の仇敵《きゅうてき》をこの目で見ることになる。

昨夜は緊張のあまり熟睡できなかった。こんなことでは明日に差し支えるので、今日はどこかでしっかり睡眠を取らなければならないだろう。利根は上半身だけを起こして軽く頭を振る。

行動は慎重の上にも慎重を期す。変に目立って行動を起こす前に逮捕されては元も子もないので、本来なら計画実行までカプセルの中に籠もっていたいところだが、そうもいかない。

最低限必要なのは空港の下見だった。標的が現れた際、どの地点で彼を確保し、どんなルートを通って空港から連れ去るのか。まだ新聞やテレビでも言及していないが、三雲と城之内の関係から警察が三人目の被害者として上崎に着目した可能性は小さくない。そうなれば当然、三人が塩釜福祉保健事務所に現役で働いていた時のトラブルから利根に行き着くまではあっという間だ。警察が利根の存在を察知し、上崎の保護と警護に当たる前に行動しなくてはならない。

警備は人ごみの集中に合わせて投入する人員を調整している。従って乗客が増え始めるにつれて警備が厳重になるので、ゆっくり下見をするには早い時間の方が適切だろう。

カプセルを出て、共同の洗面所で顔を洗う。ひんやりとした水で頭にかかっていた靄《もや》がほんのわずかだけ晴れる。明日の決行までには心身を最良の状態に保たねばならない。

フロントに出ると今朝の新聞がマガジンラックに挿し込んであった。早速社会面を開き、事件の進捗状況を確認してみる。三雲・城之内の連続餓死事件についての続報は特に見当たらない。ただし捜査本部が増員されて強化されたことが報じられている。

捜査員増員の理由はもちろん県議会議員である城之内が殺害されたからだろう。人の命に軽重はないと言いながら、公務員が被害者の肩書で態度を変えるのは今に始まったことではない。

新聞報道以上に警察が何をどれだけ掴んでいるのか——。後で五代から情報を仕入れておくべきだろう。とにかく警察よりも先に標的を確保することが至上命題だ。

午前六時台の空港は、やはり人影もまばらだった。加えて予想通り警備員の姿も見えない。

利根は再び仙台空港駅の連絡通路から空港ターミナル南側に出る。正面が国内線出発ロビーになっているが、その手前のエスカレーターで一階に下りる。

表示に従って歩いていると、国内線到着ロビーに出た。コインロッカーとＡＴＭの並びを通り過ぎ、イベントスペースになる中央を越えると、すぐに国際線到着ロビーだ。

普通に考えれば、標的は到着ロビーから現れるだろう。一階は出迎えの客も含めてごった返していることが予想される。利根がこの辺りをうろついていても、案外気にも留めないのではないか。八年間の空白で、相手もこちらの顔を忘れているのではないか――。

いや、と利根は内心で頭を振る。自分が相手を忘れない以上、相手も利根を忘れないはずだ。

利根はサービスカウンターの前の椅子に座って一階フロア全体を見渡す。

標的を確保するのに都合がいいのは、到着ロビーが一階にあり、目の前に出入口があることだ。上手くやれば相手の自由を奪ったまま、すぐに空港の外へ連れ出せる。

逆に問題なのは人目があることだ。空港の係員、各旅行会社の受付、観光プラザの職員、待合室にいる客、そして到着ロビーから溢れ出る他の乗客たち。衆人環視の中、どうやって標的を確保して連れ去るのか。

そこまで考えると、やはり武器は必要だった。殺傷能力のないもの、少しの間でいいから相手の自由を奪うものがあれば万全だったのだが、もう道具を調達するような時間はあまり残されていない。また街に出て拘束道具くらいは買っておくべきだろうか。

それとも、いきなり標的に近づいて自分で名乗ってやろうか。八年ぶりだから向こうも相当に面食らうはずだ。意表を衝かれて狼狽《ろうばい》している隙に、強引に連れ去る——うん、これはなかなかいい方法かも知れない。

ふと見上げればインフォメーションに航空機の到着予定時刻が表示されている。どこから出た便が何時に着くか一目瞭然だ。国内線、国際線ともに航空機が到着する度に、ロビーに目を光らせていればいい。

利根があれこれと思案していると、インフォメーションセンターに座っていた受付の女性が席から離れ、こちらに歩いてきた。

「何かお調べですか。よろしければ、こちらでお伺いしますが」

そう言って、彼女は小首を傾げて訊いてくる。プロ意識からの親切は大したものだが、正直なところ今は有難迷惑でしかない。

やり過ごそうとして逡巡《しゅんじゅん》した。

たとえばこのまま無視して立ち去れば、彼女は〈怪しい人物〉として利根を記憶する。インフォメーションセンターのローテーションがどんな仕組みなのかは知らないが、彼女が明日もここに座らないとは限らない。もし明日も変わらずにいれば、利根の姿を見咎め、警備員に告げる可能性がある。

では親切に甘えるふりをして何かを訊いたとしても、的外れな質問は却って怪しまれる。『フィリピンから乗り継ぎで来るのはどの便ですか』とでも訊けば自然なのだろうが、それでは警察が勘づいた際、いの一番に彼女は利根のことを思い出すに違いない。

「あの、すいませんでした。本当に結構ですから」

しどろもどろにそう口走り、利根は逃げるようにしてその場を去る。足早に目の前の三番出口から身障者用の乗降場に出ると、往来ではそろそろ通行人の数が多くなりつつあった。

くそ、失敗した。

これでおそらく彼女は自分の人相風体を記憶してしまった。明日、標的が姿を現した際、彼女が非番であるのを天に祈るばかりだ。

それにしても、自分は何と間の悪い人間かと思う。いつもあれこれと考えているもののいざ実行する段になるとたちまち破綻し、筋書きが狂い、挙げ句の果てに感情のまま突っ走って結局は貧乏くじを引く羽目になる。きっと生まれついての性分なのだろう。

だが収穫もあった。しばらく周囲を観察したお陰で一階フロアの様子はしっかり記憶に刻みつけることができた。明日の決行までにイメージトレーニングをするのに助かる。

あとは警察の動きと、上崎の搭乗した便が分かれば計画が立てられる。それには五代の協力が不可欠だと思っていると、夕方になって携帯電話が着信音を告げた。

五代から譲り受けた携帯端末だから、この番号に掛けてくる人間も自ずと限られてくる。通話ボタンを押してみると、聞こえてきたのは果たして五代の声だった。

『俺だ』

「ああ、五代さん。ちょうど俺からも連絡しようとしていたところなんです」

『連絡なんかしてくるな』

「えっ」

『この電話だって、絶対盗聴されない方法でしてるんだ。俺は警察からマークされている。俺に連絡してきたら、そこから足がつくかも知れん』

「警察からマークって」

『もう嗅ぎつけられてるんだよ、利根ちゃんが上崎の後を追っているっていうのが。さっきまで俺の事務所にいた』

「もうですか。やっぱり日本の警察は優秀ですね」

嫌なニュースではあるが、さほどの驚きはない。いずれは突き止められると覚悟していた。

だが、決行を前に知られてしまったのは痛い。

「警察はどこまで知っているんですか」

『悪いな、利根ちゃん。八年前、利根ちゃんがどうして塩釜の福祉保健事務所に殴り込みをかけたのか、俺が喋っちまったよ』

さすがにこの話には驚いた。

「五代さん、なんでけいさんのことを知ってるんですか。俺、そんなことひと言も話してないのに」

『あのな、俺を何だと思っている。情報で飯を食っているんだぞ。利根ちゃんと別れた後に自分で調べたんだよ。言っとくがな、警察の方じゃ三雲と城之内の線から、利根ちゃんの事件を洗い出していた。遠島けいについて知られるのも時間の問題だった』

五代の口調がやけに弁解めいているのが可笑《おか》しかった。刑務所仲間という関係で警察から事情聴取を掛けられたのだろうが、今の五代では警察に対して白《しら》を切り通すこともできない。上崎の近況と情報をくれただけでも利根には有難かったのだ。恩に感じこそすれ、恨む筋合いはない。

「いいですよ、別に」

『それなら俺も遠慮なく言える。なあ、利根ちゃんよ。もうやめにしないか』

五代の声が湿り気を帯びた。

『悪さを全否定しようとは思わんが、復讐は一円の得にもならねえぞ』

悪さを全否定しないというのがいかにも五代らしかったので、利根は苦笑しそうになる。

『犯罪ってのは一種の経済活動だ。わざわざ危ない橋を渡るんだから、結果的に得をしなけりゃする意味がない。その点、復讐なんてのは下の下だ。手前ェの憂さは晴れるかも知れないが、そのためのリスクが大き過ぎるし、リターンも少ない。それこそ骨折り損のくたびれ儲けだ』

人殺しのような犯罪さえ損得勘定で捉えるところも、五代らしい。利根にはしようとしてもできない思考で、やはり犯罪者にも向き不向きがあるのだと思い知らされる。

復讐が労力の無駄遣いというのは、利根にも頷けない話ではない。三雲や城之内、そして上崎を殺したところで、けいが生き返る訳でも報酬が得られる訳でもない。

だが五代は知らないのだ。

心に受けた傷は金銭や安定した生活で塞がるものではない。時間の経過で和らぐものではない。

けいが飢えて痩せ細り、紙のような状態で死んでしまっても、間接的に殺人を行った役所の連中は順調に出世し、城之内のように県議会議員にまでなった者さえいる。こんな理不尽がまかり通っていいはずもないが、それでも通ってしまうのが世の中だ。報われない者はどこまでいっても報われない。そういう理不尽に一矢報いたいというのも、復讐の動機になる。けいを殺したヤツらが悠々自適な老後を送るのだと考えると、虚空に向かって叫び出したい気持ちになる。

「くたびれ儲けってのは五代さんの言う通りでしょうね。ただ、そうしないと日に日に心が潰されていく人間もいるんですよ。そいつを憎むことで、やっと自分の正気を保っていられる人間もいるんです」

『……復讐をやめたらやめたで、手前ェのどこかがおかしくなるっていうのか』

「俺なんかが言えた義理じゃないですけど、犯罪被害者の遺族なんてそうじゃないですか。犯人が逮捕されたところで失ったものが返ってくる訳じゃない。だけど犯人を赦《ゆる》す訳にもいかない。赦したら、自分が大切にしていたものを忘れることになりそうで辛いんですよ」

『俺にはよく分からん。やっぱり性格が不真面目だからだろうな。その点、利根ちゃんは真面目だよ。いや、真面目過ぎる』

電話の向こう側に五代の苛立つ顔が見えるようだった。

『何だって過ぎていいことなんか一つもない。利根ちゃんの真面目さはそういう種類のものだ。絶対、得にはならねえぞ』

「みんな、五代さんみたいに損得で割り切れる利口者じゃないんです」

『どうあってもやめるつもりはないんだな』

「すいません」

『じゃあ、これも言っておく。上崎が明日十二日、仙台空港に降り立つことも警察に喋った』

これにはすぐ返事ができなかった。可能性としては頭にあったものの、それが五代の口から洩れたのは予想外だった。

『怒ったか』

「怒るというより意外な感じがします。五代さんが、知り得た情報を欲得抜きですんなり警察に洩らすなんて」

『欲得抜きなんて誰が言った』

「五代さんに得なことがあったんですか」

『少なくとも利根ちゃんを止められる』

これまた意外な返事なので、利根は思わず訊き返した。

『これ以上、利根ちゃんに無駄なことをさせたくねえんだよ』

「……俺のことは、もういいですから」

『そうか。分かった』

必要以上に拘らないのも五代のいいところだった。

『じゃあ、せめて悔いのないように頑張るんだな』

「色々と有難うございます」

『それからこれも言っておくが、警察には上崎の悪行三昧も話しておいた。地方の名士を気取っているが、裏じゃあ東南アジア買春ツアーに血道を上げている変態スケベ親爺だとバラしておいた。調べた限りじゃ向こうのガキにえらく執心してるっていうから、二重の意味でアウトだ。警察も放っちゃおかないだろう』

この話はいささか小気味よかった。仮に上崎が急襲を免れたとしても、後には警察の追及が待っている。地方の名士の不祥事だから地元マスコミも興味を持つ。下半身の不始末となれば名誉回復も難しいから、上崎は司法と世間の双方から叩かれることになる。功成り名遂げた人間には、殺されるよりも苛烈な罰かも知れず、五代はそれを察した上で警察に洩らしたに違いない。

再度礼を告げてから、利根は電話を切った。

改めて気が滅入る話だった。

警察は上崎が標的になっていることと、そのスケジュールを摑んでいる。さっきまで五代の事務所にいたというから、早速明日に予定されている上崎の帰国に向けて網を張り始めた頃だろうが、これはいただけなかった。確保の計画を立てる前に、どうやったら警察を出し抜けるかを考えなくてはならない。

仙台空港一階ロビーはさほど広くない。どこかに身を潜めていても、待ち構えている大勢の捜査員に逮捕されるのがオチだ。何しろ前科者だから顔はすっかり割れている。

ロビー内での確保が困難なら、空港を出てからではどうだろう――駄目だ、と利根は判断した。

国内線国際線それぞれの到着ロビーの向かい側は一番出口と四番出口になっているが、出口を抜けた場所はすぐタクシー乗り場になっている。二番出口が岩沼《いわぬま》市民バス乗り場なので願わくばこちらから出てほしいものだが、上崎のような人間がバスを利用するとも思えない。十中八九タクシーを使うだろう。

いや、事によると身柄を保護するために警察が先に上崎を確保するかも知れない。あるいは利根を罠《わな》に陥れるために、わざと泳がせておくか。

不確定な要素が多いが、いずれにしてもよほど慎重に行動しなければ、目的を果たす前に自分が捕まってしまう。

何かいい手はないか。

少なくともこの姿のまま空港ロビーや周辺をうろつく訳にはいかない。

そして思いついた。他の客に上手く紛れ込めるように変装すればいい。それも整形や奇抜なメイクではなく、もっと自然で目立たない方法で。

空港で一番目立たないのは旅行客だ。服は普通でいい。とにかくスーツケースを引いていればそれらしく見える。顔は帽子でも調達して目深に被っていれば、すぐに自分と認識されることもないだろう。旅行者なら到着ロビーに立っていたとしても不思議ではない。そこで上崎の到着を待ち構えていればいい。

問題はスーツケースだ。どんな安物でも構わないが早急に用意する必要がある。だが、今の自分の所持金で買えるのだろうか。いよいよとなったら、どこかから拝借するより他にない。

＊

笘篠と蓮田はその後も櫛谷の自宅近くを捜索したが、人一人を隠しておけるような小屋は遂に発見できなかった。

近所で農業や林業を営んでいる住人に訊いても、最近では大規模な作業が減っているため、道具は自宅から軽トラで運ぶことが多く、農機具やら工作機械やらの保管場所を作業場近くに設営することは少ないのだという。しかもそろそろ夜の帳《とばり》が下り、森や林の辺りはライトがなければ数メートル先も分からなくなってしまっている。

「やっぱり、この付近に上崎を拉致監禁するような場所はないようですね」

明らかに疲労の色が滲んだ蓮田がそう言うと、笘篠も納得するように頷くより他にない。二人は重い足を引き摺るようにしてクルマへと戻る。

「残る可能性で一番高いのは八年前、利根が事件を起こした際に住んでいた塩釜付近だな」

「……ですね。今から行きますか、塩釜」

「この時間と暗さだからな。訊き込みの時間も考えれば、そんなに回れないか」

「笘篠さん」

蓮田の口ぶりはいつになく重そうだった。

「利根は、上崎も餓死させるんでしょうか」

「何もしない気なら、真面目な人間が三日も会社を無断欠勤なんかしないだろ。どうした、何か腑《ふ》に落ちない点でもあるのか」

「いえ……八年もの間、利根は刑務所で遠島けいの復讐だけを考えて服役してきたんでしょうか。それを考えると何かこう、切なくなっちまって」

笘篠の携帯電話が着信を告げたのは、ちょうどその時だった。発信者は刑事部長になっている。

「はい、笘篠」

『利根が現れたぞ』

「何ですって、いったいどこに」

『今朝の六時半過ぎ、仙台空港の一階ロビーだ。インフォメーションセンターの受付が利根らしい男を見掛けたと証言している』

今朝の六時半。まだ五代から上崎帰国の情報を得る前の話だ。

「下見にでも行っていたんでしょうか」

『おそらくそうだろう。話をした受付の話じゃ、ロビーの中をずっと眺めていたそうだから、襲撃のプランを練っていたと考えられる』

「利根は受付とどんな言葉を交わしたんですか」

『受付が話し掛けると、別に何でもないと言って、逃げるようにしてその場を去ったらしい』

刑事部長の声はどこか面白がっているように聞こえた。

『陰惨な事件だからどんな凶悪なヤツかと思ったが、案外小心者なのかも知れん』

小心者だから凶悪な事件を起こすのかも知れない――笘篠はそう思ったが口には出さずにいた。

『とにかく利根が明日、仙台空港に現れる確率はより高くなった。本部の捜査員を空港に総動員して待ち伏せだ』

あまり警官の数を増やせば逆に警戒される可能性もあるが、そこは張り込み慣れしている刑事たちだ。フロアの人だかりの増減に応じて、警官の配置を調整するくらいは当然考えている。

一方で総動員には不安もある。

「しかし部長。一カ所に総動員となれば、利根の生活圏であった場所や上崎の自宅に張り込ませている人間を間引かないと、人数を調達できないでしょう」

『それはやむを得ない。可能性の高い順番に人員を配置するのはセオリーだ。お前たちもそこを引き揚げて、空港組に合流しろ。以上だ』

刑事部長の電話はそれきりで切れた。命令したのだから後は必要ないということらしい。

「利根が現れたんですか」

刑事部長からの連絡内容を伝えると、蓮田はわずかに元気を取り戻したように見えた。だがそれも一瞬で、また眉の辺りに逡巡を漂わせる。

「どうした。まだ利根のことを考えると切なくなるとでもいうのか」

「笘篠さんはどう思いますか」

珍しく蓮田は突っかかってくる。

「利根にとって遠島けいは母親のような存在だった。だからこそ八年間の刑務所暮らしの中でも復讐を忘れなかった」

「だから、この復讐には正当性があるとでも言うつもりか」

蓮田の言わんとすることは承知しているが、それを肯定する訳にはいかない。同情も禁物だ――そう自分に言い聞かせる。

「もし利根が哀れだと思うのなら、上崎への襲撃を未然に防いで決着をつけることだ。ヤツにこれ以上、罪を重ねさせるな」

しばらくハンドルを握っていると落ち着いたのか、蓮田はいつもの口調で訊いてきた。

「利根は、まだ自分が疑われていないと思っていますかね」

「いいや、これだけ網を張っているのに今朝の空港での目撃以降、本人の姿を捉えられないんだ。既に容疑者として扱われているのを知っていたとしても不思議じゃない。それに勤め先や五代に何の連絡も入れていないのは、既に自分の目的が発覚したと覚悟しているからだ。もしバレていないと思っているのなら、三日間の自由行動について言い繕おうとするはずだ」

「どんな計画を立ててくるんでしょう。ヤツだって馬鹿じゃない。警察が嗅ぎつけているると知ったなら、警戒するでしょ」

「普通はな。俺だったら、こんな危険は回避する。ほとぼりが冷めて警察の警戒警護が手薄になるまで、じっと機会を待つさ。だが、利根は復讐心の塊だ。遠島けいの仇《かたき》を討つ。その一心で八年間も刑務所にいた訳だろう」

「まあ、そうですね」

「感情は時に理性を駆逐する。上崎憎しのあまり危険なんか顧みなくなっているとしたらどうだ」

関係者から聞き取った利根勝久の人物像は、どこか直情径行の傾向が垣間見える。遠島けいが死んだ直後、単身塩釜福祉保健事務所に乗り込んだのもその一例だ。

関係者たちの話から浮かび上がる利根の本質は真面目さだ。そして真面目な人間ほど、追い詰められると理解不能な行動に移りやすい。

「だから部長が仙台空港に捜査員を大量に投入するのは、決して間違った判断じゃない。ただし利根が空港に行かなかった場合も想定しなきゃならんがな」

「しかし、いくら理性が駆逐されるからって、まさか逮捕されるのを前提に包囲網に飛び込んでくるっていうんですか」

「もちろん利根だって、ある程度の対策は立ててくるだろうさ。その一つは変装だ。今朝、インフォメーションセンターの受付と接触しているんだ。当然、明日は違った身なりでやってくるのが予想される。まさかこの数時間で整形してくるとも考えづらいから、帽子やサングラスくらいはしてくるだろう。そしてフロアの風景に溶け込むために、旅行者を装ってくる」

上崎が何便の飛行機で戻ってくるのかは、捜査本部でもまだ掴みきれていない。現在仙台空港とマニラ空港を直行する便は存在しない。ソウル・東京・大阪などの国際空港からの乗り継ぎで仙台に繋がっている。従って上崎がマニラを発《た》った時間が判明しても、仙台空港に帰着するのがはっきりする訳ではない。

「フィリピン警察に協力を求めたんじゃないんですか。だったら上崎の身柄をマニラ空港で確保する方法もあります」

蓮田の意見はもっともだが、これは時間があまりに足りない。上崎の居場所と悪行が捜査本部に知れたのはつい今日の出来事だし、いち県警が直接フィリピン警察と捜査協力を結ぼうとしても言葉の問題もあってなかなか迅速に事が運ばない。願わくば向こうが買春容疑でとっとと上崎を逮捕してくれればいいのだが、恥ずかしい話日本人男性の買春ツアーは今に始まったことではなく、言い換えればその程度の犯罪でかの地の警察が目の色を変えるとも思いにくい。

組織である以上、どこにも優先順位が存在し、しかも時とところによって順位は変貌する。

「ウチの事件だ。よその国の警察を当てにするな」

笘篠はそう言うだけに留めた。五代の情報を信じれば、上崎も己に買春容疑が掛かっているのを知って帰国を早めたくらいだから地元警察から逃れようとしているはずだ。能天気にフィリピン国内を観光して回っている訳もない。

「警戒しているせいか、本部で各航空会社に問い合わせて明日付けの搭乗予約を照会したが、上崎の名前で予約は入っていない。おそらく当日に搭乗券を買って飛び乗るつもりだろう。それに正直言って、上崎が無事に出国して仙台空港の到着ゲートに現れてくれた方がこちらとしては都合がいい。エサを見つけた利根が穴から飛び出してくれるからな」

蓮田はぎょっとした顔で笘篠を見る。

「囮《おとり》、ですか」

「上崎も大概、国辱的な犯罪をしたのなら、それくらい捜査本部に貢献してくれてもバチは当たるまい」

そう口走ってから、笘篠は自身に猜疑の目を向ける。上崎を囮にしようとするのは本当に利根確保のためだけなのか。あるいは利根に共感して上崎を罰しようとしているのではないか。

苫篠と蓮田が捜査本部に帰着する頃には、もう日付が変わろうとする間際だった。

「ご苦労さん」

東雲管理官は二人に労《ねぎら》いの言葉を掛けるが、顔は少しも笑っていない。管理官が徹夜で詰めていることはそうそうないので、東雲自身が明日を山場と踏んでいる証左だった。

「刑事部長から聞いたと思うが、二人にも空港へ出張ってもらう」

折角なので東雲本人から情報を吸い上げようと思った。明日が山場と考えているなら、現場の捜査員に秘匿しておくような情報もないだろう。

「まだ上崎の乗る便は不明ですか」

「まだだ」

東雲は焦燥の色濃く、殺気立った目でこちらを見る。

「せめてフィリピンを発つ時間だけでも分かれば大阪・成田は言うに及ばずマニラ便を抱えている空港に人間を遣ることもできるんだが、上崎という男はよほど慎重だ。おそらく買春ツアーもこれが初めてじゃあるまい」

「マニラ空港から他の国際空港に降りて、ほとぼりが冷めるまで仙台には戻らない可能性もありますね」

「そうなったらそうなったで構わない。本丸は利根勝久だ。ヤツが仙台空港に現れてくれるだけで万々歳だ」

管理官の立場ではまずそうだろうと笘篠は合点する。黙り込んでいる蓮田は不服そうだが、これも要するに優先順位の問題だ。

「到着ロビーのある一階フロアは言うに及ばず、中二階、二階、三階ともに捜査員二百人を動員して仙台空港を警察官の巣にしてやる。蟻《あり》の這い出る隙もない」

「利根は今朝、インフォメーションセンターの受付と接触しています。変装してくる可能性があります」

「一番ありきたりで簡単なのは、スーツケースを引いて旅行者を装うことだろうが、客の数に匹敵するような警官を待機させるんだ。少しでも怪しい素振りを見せる人間がいたら、すぐに職質させる。変装しようがしまいが同じことだ」

東雲は当然だと言わんばかりの口ぶりだった。笘篠も反論する気はない。利根が厄介な武器でも所持していない限り、捕縛は容易なはずだった。

事態が動いたのは夜半をとうに過ぎ、笘篠たちが仙台空港に向かおうとする寸前だった。

「みんな、聞いてくれ。上崎がマニラ発成田行の便に搭乗したのが確認された」

刑事部屋に陣取っていた東雲が、その場にいた全員に声を上げる。

「マニラ発フィリピン航空231便。日本時間四時三十二分出発、成田着が午前九時三十分。成田から仙台への便も同時に判明した。全日空208便、仙台空港到着は十三時十四分」

上崎が仙台に到着する時刻が確定すればそれはゼロ時間となり、利根を確保する機会の目安ともなる。

「でも笘篠さん。三雲と城之内の事件ではまだ物証が出ていないんですよね」

二つの現場に残っていた無数の毛髪と指紋、そして利根の居住していた部屋から採取された毛髪と指紋。その分析には尚時間を要し、現在に至るまで一致したという連絡はきていないはずだった。

「ブツもないのに逮捕するんですか」

遠島けいとの関係を知ってからというもの、蓮田は利根に同情的になっている。物証がないままでの逮捕にいくぶん消極的なのもそのせいだろう。

心情としては分からなくもない。

いや、護れなかった者に対する申し訳なさと自責の念、そして他の誰かを責めたい気持ちは、震災で子供を失った自分には痛いほど理解できる。その点で、笘篠と利根は同じ立場とも言える。

だが、心情と職業倫理はまた別の問題だ。

護らなくてもいい人間が存在しないのと同じ理屈で、殺されてもいい人間など存在しない。

「ブツがなくても任意で引っ張ることはできる」

笘篠には東雲の考えが透けて見えるようだった。

「殺された二人共通の関係者ということで事情聴取ができる。それ以前に、空港で職務質問でもしようものなら、利根が抵抗したり逃亡しようとしたりするのは目に見えている。そうすれば公務執行妨害で身柄を確保できる」

「別件逮捕ですか」

「名目は何だっていい。とにかく捕まえてしまえばこっちのものだと考えているのさ。物証がないのに二百人もの捜査員を空港に配備しようとするのもその表れだ。どちらにしろ、今日が山場であるのは間違いない」

「誰を取調主任にするつもりなんでしょうね」

自分はなるべくその任に就きたくない——蓮田の口調が言外にそう告げていた。

だが三雲の事件が発生してから今日まで咥えてきたネタと、県警本部における実績を考えると、笘篠が取り調べを担当させられる可能性が高い。コンビを組んでいる蓮田も同様だ。

「利根に少しでも同情している余裕があるのなら、ヤツの言い分を親身になって訊いてやることだ。俺たちにお鉢が回ってきたら、そうやって対応すりゃあいい」

「……その程度のことしかできないんですかね」

「相応の動機があれば情状酌量の余地も出てくる。決して無駄なことじゃない。それに利根の供述を取れば、八年前の塩釜福祉保健事務所で何が行われたか、三雲・城之内・上崎が遠島けいという生活保護申請者にどんな仕打ちをしたのかを裁判資料として残せる」

もちろんその供述を以って殺人の罪を相殺できるものではないが、少なくとも殺害されたのも無辜の者ではなかったという事実を示すことができる。両成敗という訳でもないが、蓮田が抱えているらしい義憤を晴らす程度には有効だろう。

悩ましいのは、事実として遠島けいを見離したのが三人の職員であったとしても、そこに個人の悪意がどれだけ介在していたかだ。社会保障費の削減は厚労省延《ひ》いては政府の方針でもある。たかだかいち公務員が役所の方針に抗《あらが》えるはずもなく、三雲たちは省の意思に従っただけという見方もできる。その場合、利根が復讐するべき本来の対象は国そのものではないのか――。

いや、ともう一人の笞篠が異議を申し立てる。

福祉保健事務所に勤めているのは三雲たちのような人間ばかりではない。生活保護を受けるべき者には誠心誠意対応している円山のような公務員もいるではないか。円山一人が特別な人間とは思いたくない。仙台のみならず、全国には円山のように真っ当な職員が沢山いるはずだ。やはり省の方針に拘泥しただけの三雲たちは、ごく少数の背徳者だったと思いたい。

「それじゃあ、手分けして現場に向かってくれ」

東雲の命を受けて捜査員たちが部屋を出ていく。捜査員二百人が一斉に集まれば不審がられるので覆面パトカーや遊撃車などに分乗し、一般客に気取られないよう徐々に配置を完了させる計画だった。

十一月十二日午前五時三十四分、笘篠と蓮田は県警本部を出発した。

仙台空港に上崎が到着するのは昼過ぎだが、それを知らない利根は空港運用時間の午前六時三十分から潜んでいる可能性が高い。笘篠たちは空港が開いた直後、一階フロアの隅に待機せよとの指示だった。

さすがに蓮田は仏頂面を収めていたが、殊更に無表情を決め込んでいるような依怙地さが気になった。

「蓮田、捜一は何年目だ」

「二年目です」

「容疑者確保の現場に立ち会ったのは」

「……もう両手は越えているはずです」

では、そろそろ逮捕の手順に慣れた時分か。

「仕事に慣れたら忘れることがある。雑音だと思って聞いておけ。重大事件だろうが何だろうが、捜査で一番気を張らなきゃならないのは、容疑者を確保する寸前だ。容疑者の前に立って手錠を握った瞬間、個人的な思いや安堵感がどっと押し寄せてくる。もう捜査は終わりだ、こいつにはこいつなりの事情があったに違いない……そこで気が緩む。だが容疑者の方はテンパっていてその場から逃げ去ることで頭が一杯だ。その緊張感の差が不測の事態を生む」

「分かってますよ」

蓮田は素っ気なく返す。

「捜一に配属された際、最初にその注意を受けました。容疑者確保の瞬間に受傷するケースが一番多いって」

「分かっているのならいい」

そう答えてから、笘篠は気まずさを覚える。

今の忠告は後輩の無事を思っての言葉ではない。むしろ己に対する警告といった方がいい。

蓮田ほど露骨ではないにしろ、自分も利根に対して共感めいたものを抱いている。そして利根の身柄確保を目前にし、緊張とともに安堵も感じている。

危険な兆候だった。捜査一課で十年以上も飯を食ってきた笘篠だが、かつてこれほどまで容疑者に肩入れしたことがない。

一番律しなければならないのは自分なのだ。

笘篠がじっと助手席から前方の景色を睨み据えていると、白くなった東の空からやがて陽が昇り始めた。

4

午前六時三十分、捜査本部から派遣された二百人の捜査員は運用開始時間とともに待機態勢に入った。まず一階から三階までのフロアに各二十人を配置、その後は空港内の混雑に合わせて交代と増員を繰り返す手筈になっている。

利根の向かう可能性が一番高いのは、やはり到着ロビーのある一階だ。笘篠と蓮田はビジネスラウンジの隅に待機する。ここからなら国内線到着ロビーが一望できる。

開始時間直後のロビーは、さすがに人もまばらで閑散としている。利用客よりも空港の係員や旅行会社の社員の方が多いくらいだ。

今もまた二人の前を、カートを引いた係員が通り過ぎていく。蓮田は係員の背中を追いながら小声で笘篠に問い掛ける。

「笘篠さんと管理官は、利根が旅行客に変装するという意見で一致しましたよね」

「一致というよりは、それが一番高い可能性だからだ」

「我々の裏をかいて、空港の職員に化けるって線はどうですか。職員なら到着したばかりの客に接近しても怪しまれませんよ」

「それは俺も考えた」

笘篠は視線をロビーに固定したまま答える。

「ロビーの中で動き回っている職員を見てみろ。その多くは無帽だ。職員だったらサングラスを掛ける訳にもいかない。マスクなんかしていたら逆に目立つ。前科があって警察に顔を知られている人間が、そんな不利な変装をするとは思えない。だが利用客ならつばの広い帽子を被ろうがサングラスをしようが、誰にも気に留められない。それに職員に化けようとしたら制服をどうやって調達するかという難問もある。少なくとも俺なら、そんな非効率な真似はしない」

「利根は遠島けいの復讐をするつもりです。つまり感情に従って行動している訳ですよね。感情に走るのなら効率なんて考えないでしょう」

「これが最初の殺人ならな。ヤツは既に三雲と城之内を手にかけている。二人目は一人目より、三人目は二人目より冷静な仕事ができる。感情に衝き動かされるにしても、慣れによる省力化は自ずと身につく」

「そう聞くと納得しちまいますけど……何か無情な話ですよね」

午前七時五十五分、この日最初の便が到着した。しばらくして到着ゲートに乗客の姿が現れるが、上崎の到着は十三時過ぎなので当然彼が出てくるはずもない。笘篠だが到着時間を知らない利根は運用開始時間からロビーに張る可能性がある。笘篠と蓮田は利根と似た風体の人物を一人たりとも見逃すまいと、目を光らせる。わずかでも異状があれば全捜査員に情報が共有される手筈なので、イヤフォンを挿した耳にも神経を集中させる。

蓮田もロビーに視線を固定したまま再び口を開く。

「利根が警備員に扮《ふん》しているという惧れはありませんか。警備員なら帽子を目深に被れば、いい目晦ましになります。何かと理由をつけて利用客に近づくこともできます」

張り込みの現場で可能性を一つずつ潰していくのは悪いことではない。笘篠はフロア全体に注意を払いながら、口だけを動かす。

「それも考えたさ。だが空港職員と同様にその線も難しい。二日や三日で用意できるものじゃないし、仮に本物の警備員から制服だけ奪うとしても、おそろしく手間暇を食う。警備会社によっては当番制やシフトを組んでいるところもあるから、変装して警備に潜り込んだとしても、他の警備員にすぐ気づかれてしまうだろう。それに管理官がその可能性を失念すると思うか。上崎の到着日が判明するや否や、空港の警備会社には利根の写真を送って警戒するように通達してある。従って、その線も潰れた」

説明を受けると、蓮田は合点したように頷く。蓮田にしてみれば素朴な疑問を口にしているだけなのだろうが、答える方にしてみればチェック項目を一つずつ潰す作業を兼ねているので決して無駄話にはならない。

「それで、上崎がゲートから出てくるより先に利根が現れたら、どうするんですか。上崎を襲撃するまで指を咥えて待っているんですか」

「事件の容疑者だから任意同行を求めることができる。ただ、それだけで長い間勾留するよりも、ちゃんとした容疑で引っ張った方がいいだろうな」

「別件逮捕ですか。しかし出所後の利根がしたことと言えば五代と接触したことと、三日間の無断欠勤だけですよ」

蓮田の指摘通り、利根の行状は仮出所者の手本にしたいくらいに真っ当なものだ。これで五代との接触がなければ、笘篠も彼を容疑者とすることには躊躇いを覚えただろう。

「別件逮捕するにしてもネタがありませんよ。いったいどうやって引っ張るつもりなんですか」

「ネタがないなら無理にでも作る。おそらくそれが管理官の考えだろうな。二人も殺されているのに、世間では捜査の進展がまるでないように思われている。世評に振り回されるつもりがなくても、市民感情は捜査本部に向かってくるし、第一、県議会も黙っちゃいない。東雲管理官にとっては着任以来の正念場だ。多少は強引なことをしてでも、利根を拘束して捺ろうとするだろうな」

笘篠がそう告げても、蓮田は驚きも憤慨もしない。この男も今の捜査本部と東雲管理官の置かれた立場を理解しているからだろう。

「でも笘篠さん。仮に利根がムショ帰りじゃなかったら、本部もそんな無茶なことは考えなかったでしょうね」

蓮田の疑問は至極真っ当に聞こえる。この辺りの純朴さが捜査一課で凶悪犯を見続けていた刑事や管理官との違いだろうか。

時折こうした真っ当さにぶち当たると、職場の環境や常識に慣れきった我が身の垢《あか》を見せつけられたような気がする。一度罪を犯した人間にとって二度目以降の犯罪は垣根が低いという先入観だ。往々にして先入観は状況判断の妨げになるのを知っていても、経験則が己の眼を曇らせているのは否定できない。そして、その先入観はそのまま前科者を見下す態度に変わりやすい。

笘篠はふと考える。八年前、遠島けいを邪険に扱った福祉保健事務所の面々もそうした先入観の虜《とりこ》ではなかったのか。生活保護を何度も申請しようとする者はどうせロクデナシだとか、怠け者だとか十把一絡《じっぱひとから》げの論理に囚《とら》われていたのではないか。ここ一カ月生活保護の現場を見聞きして思うのは、最前線で働く職員の倦みだ。不正受給の多さや逼迫する予算に翻弄《ほんろう》されて、真に護るべき人間とそうでない人間の区別がつきにくくなっているのではないか。好意的にそう受け取れば、殺された三雲や城之内にも弁解の余地がある。

だが邪険にされ家族同様に大切な者を失った人間には、言い訳にしか聞こえないこともまた事実だろう。少なくとも利根はそうだった。

＊

午前八時五十五分、利根が仙台空港のタクシー乗り場にやってくると、いるわいるわ空港の外だというのに、明らかに警官らしき人間が警戒にあたっている。

いったい、これで警戒しているつもりなのかと、利根は呆れる。私服で一般人を装っていても、獲物を狙う肉食獣の目をしているので警察官であるのが丸分かりだ。自分たちが他人の目にどう映っているのか考えようともしない。

いや、と利根はすぐに考え直す。

彼らが警察官だと分かるのは、自分にそれを嗅ぎ分ける能力が醸成されたからなのだろう。一度でも逮捕され、警官の視線、警官の鼻息、警官の喋り方を目の前で味わった者は例外なく警官の体臭を記憶に刻み込んでしまう。

まあ、いい。五代が知らせてくれたお陰で空港が警官だらけになっているのは事前に承知している。事前に承知しているのなら、こちらにも対処の仕方がある。多少時間はかかったが、これなら誰に見咎められることもない。

一番出口の両脇にも私服警官が立っていた。その他大勢と変わらず空港に出入りする人間を疑り深く観察している。利根は何食わぬ顔で二人の間を通り抜けようとする。

声を掛けられるか、それとも腕を摑まれるか。

一瞬、息を止めて身構える。

だが二人の警官は声も手も掛けることなく、利根をそのまま通した。

二人の前を通り過ぎてから、利根は小さく安堵の吐息を洩らす。

やった。やり過ごすことができた。これなら他の警官の目も誤魔化せるだろう。

さすがに下見の時とは打って変わり、フロアの中は係員や多くの利用客が目の前を行き来している。時間が経てば経つほど人ごみは更に増えるだろう。そうなれば利根にはますます有利だ。

準備に時間を取られたために遅れたが、フィリピンからの時間を逆算すれば最初に到着する便に上崎が乗っていないのは分かっている。怪我の功名ということもある。運用開始時間から張り込んでいたら、怪しくない者まで怪しく映ってしまう。

少し歩くと国内線到着ロビーの周辺にも警官らしき者たちの姿が見え隠れする。目で追ってみると十人程度は確認できる。

利根は右折して名取《なとり》市観光プラザに立ち寄る。コーナーには他にも客が二人ほどおり、そこに利根が加わると、いい具合に目立たなくなる。ドアは全面ガラスになっているので、中から到着ロビーを見張ることもできる。

物産情報のあれこれを眺めるふりをして、そっとフロアの様子を探る。思った通り、利根が目をつけた十人程度の警官たちは新しい客がやってくる度に視線を向ける。監視体制であることがばればれで、見ている利根は呆れてしまう。おそらく現場の指揮官は自分の身柄を確保するのに頭が一杯で、身を隠す術を徹底させていないのだろう。

今度の事件では既に二人が犠牲になっている。しかもそのうち一人は現役の県議会議員だ。宮城県警にかかる政治的な圧力や世評には相当なものがあるに違いない。捜査本部が躍起になるのも理解できる。

だが躍起になってくれればくれるほど利根には有利に働く。無論、警戒が厳しくなるのはマイナス要因だが、捜査員が手練《てだ》れでない限り人海戦術は往々にして逆効果になるからだ。

これは五代の受け売りだが、応援体制で急遽編成された増員部隊は所詮寄せ集めに過ぎない。捜査一課や強行犯係のように専門的な技術を習得させる間もなく捜査に投入するから、頭数だけは揃うものの咄嗟《とっさ》の判断と俊敏な行動のできる者が多くない。結果的には人数頼みになり、各々が十全の能力を発揮できないまま終わってしまう。現にフロアには自分が来ているというのに、気づいた捜査員は皆無ではないか。

利根はガラスドア越しに到着ロビーが望める長椅子に腰を据える。受付では女性が一人パソコンに向かって何やら作業をしている最中で、利根の方には気にも留めていない様子だ。

ふと前を見ると、震災パネルの横に設置されたビデオが津波の被害状況を流している。刑務所のテレビで幾度となく目にした映像だったが、何度見ても胸の潰れるような思いがする。

流されていった住民も皆、護られなかった者たちだった。もし八年前の事件がなく自分があのまま塩釜に住んでいたら、被害者の中に利根の名前が含まれていたのかもしれない。

護られた者たちとそうでなかった者たちの境界線はいったいどこにあったのだろうか──利根はしばらく物思いに沈む。

＊

午前十時を過ぎても笞篠たち捜査員の許に異変の情報がもたらされることはなかった。

蓮田が焦《じ》れるような口調で愚痴を垂れ始める。

「空港が開いてからもう三時間半ですよ。いったい利根はいつになったら現れるんでしょうね。上崎の乗った飛行機がいつ到着するか知らないっていうのに」

蓮田の疑問はもっともで、実を言えば笞篠も同じことを考えていた。

利根に対する印象はとにかく何であろうと真面目であることだ。その真面目な男が標的を待ち構えるのを放棄するとは到底思えない。必ず上崎の到着時間よりも早く空港で待ち伏せするはずだった。

捜査員が待機しているのは空港フロア内だけではない。一階・中二階・二階・エアポートミュージアムを含む展望デッキ・各階段、そして空港の入口となる一階出入口周辺と二階連絡通路にも隈《くま》なく張り込ませている。時間の経過、利用客の増加に合わせて人員も増やしている。不審者の侵入に誰一人気づかないはずもない。

何かがおかしい。

「笞篠さん？」

蓮田の声を無視して、笞篠はビジネスラウンジから離れ到着ゲートの前に立つ。

目の前を横切る利用客、空港職員、旅行会社社員。電光掲示板に表示されるフライト情報。数カ国語で流れるアナウンスと人いきれ。

笘篠は神経を集中させる。次第に視覚も聴覚も薄らいでいく。

すると首の後ろにちりちりと静電気にも似た感覚が走った。決して短くない時間を犯人検挙に費やした報奨。身柄確保の場面ではいつも味わう独特の感覚。

間違いない。

利根はこの近辺にいる。

では、何故報告がない？　旅行者を装っている可能性があるのは管理官も言及している。目深に帽子を被った者やサングラスやマスクを着用している男にも注意を払えと言ってある。それなのに、どうして捜査員の網に引っ掛からないのか。

笘篠は視線だけを動かしてフロア全体を見渡してみる。確かに不審な男は見当たらない。しかし首の後ろで味わう異物感は一向に払拭されない。

＊

震災被害のビデオに見入っていると、いきなり背中に悪寒を感じた。

利根は思わずガラスドアを見やる。観光プラザの向こう側、国内線到着ロビー全体が見渡せる位置に男が立っていた。年の頃は四十代後半、ぱっと見は風采が上がらないが、目の威圧が尋常ではない。睨みも威迫もしていないのに蛇のような執拗さを感じる。

これは熟練の刑事の目だ、と思った。八年前の取り調べで嫌というほど味わった、あのねっとりと身体に纏わりつくような視線だ。およそ外見を信じず、己の経験と嗅覚だけを頼りに獲物を嗅ぎ分ける猟犬の目。どんな職業でも長く続けていくうちに独特の臭気を身に纏うようになる。刑事も同じだ。そしてあの刑事には殊更その臭気を強烈に感じる。おそらく捜査畑を長らく歩いてきた男なのだろう。

利根の頭の中で警報が鳴り響く。

あの男はとびきり危険だ。

空港に潜入してから初めてやってきた恐怖だった。

利根は慌てて視線をビデオ画面に戻した。ちょうど画面では、津波が引いた後の塩釜地区を映し出していた。

ここで尻尾を巻いて逃げる訳にはいかない。

視線の隅で刑事と到着ロビーを捉える。幸い、あの男は観光プラザにいる自分にはまだ気づいていないようだ。せめてあいつが奥に引っ込むまではここに隠れていよう。

観光プラザにいた客の一人が出ていった。これで中にいる客は利根を除いてあと一人。不景気そうな顔をした中年女だが、特産品の品定めでもしているのかパンフレットを一部一部確認するのに夢中だ。カウンターに座る受付女性は、利根の葛藤をよそに相変わらず作業に没頭している。いずれにしても利根には全く注意を払っていない。

あの刑事のみならず、捜査本部の面々はこの瞬間にもありとあらゆる場所で目を光らせている。その中で利根が標的の身柄を確保し、空港の外へ連れ出すのは容易なことではないだろう。

しかしやらなくてはならない。自分はそのためだけに刑務所で八年を過ごしたのだ。これが失敗すれば、あの恐怖と屈辱の日々は全くの無駄になってしまう。

＊

しばらく一階フロアを見渡していた笘篠は、格別不審な人物が見当たらないことに苛立った。

「笘篠さん」

狼狽《うろた》えたように蓮田がビジネスラウンジの隅から手招きをする。蓮田に従う訳ではないが、笘篠は後ろ髪を引かれる思いで元の位置に戻る。

「いったいどうしたんですか、いきなり持ち場を離れるなんて」

「いる」

「えっ」

「利根勝久は今、空港内にいる」

「見たんですか」

　それには答えず、笘篠はフロアの壁に凭《もた》れて熟考する。

　己の刑事としての勘を自分で疑うつもりはない。これを疑うことは自身の全否定にも繋がりかねない。だが、それなら利根は何故網に引っ掛からないのか。時間の経過とともに待機している捜査員は総勢百四十人に増えている。下手をすればフロアを行き来している乗客や空港職員の数に匹敵する。いくら捜査一課以外の人間が混じっているとはいえ、全員が全員木偶《でく》の坊ではない。利根の風体や顔もしっかり頭に入れているはずだ。易々《やすやす》と見逃すことは考えられない。

　感覚と現実がずれた時は感覚の方を修正するのが妥当だ。だが刑事である笘篠は常道を否定する。この場合は現実の方を疑ってみる。傲慢の誹りは免れないが、現場でここ一番に信頼できるのは咄嗟の判断しかない。そして咄嗟の判断とは、往々にして経験の積み重ねでしか醸成されない。だからこそ経験の浅い蓮田には説明しても無駄だ。

　笘篠は熟考し続ける。自分を含めた百四十人の捜査員が見落としている何かがきっとある。

時刻はそろそろ十二時に近づいている。あと一時間半もすれば上崎が国内線到着ロビーに姿を現す。利根の動機が八年前の復讐であり空港が厳戒態勢であるのを知っているなら、今度は標的を拉致した上でゆっくりと餓死させる方法は採らず、この場でひと思いに刺殺するなり銃殺するなりの荒っぽい手段に訴えるかも知れない。

残された時間は存外に短い。事は東雲が考えているよりも深刻なのかも知れない。

考えろ、考えろ、考えろ。

その時、異変を伝える一報が捜査員に流された。

*

十二時を過ぎると、さすがに利根も同じ長椅子に座っているのが困難になってきた。

例の刑事らしき男は視界から消えたものの、肝心要の標的は未だ姿を見せていない。観光プラザの受付女性は相も変わらず目の前の仕事に集中しているが、このまま居続ければ不審に思われるかも知れない。何しろ、もう三時間近くここにいるのだ。

搭乗機を待つふりをするのなら、観光プラザの他にイベント用のセンタープラザをうろつくことも可能だ。ただしその際は、例の目つきの鋭い刑事をやり過ごすことが前提になってくる。いよいよとなったら、いったんフロアから出るのも選択肢の一つだろう。

視線の端で監視しているが、依然として標的は姿を現さない。

くそ、あんまり待たせるんじゃねえよ。

利根はまだ見ぬ標的に向かって愚痴ってみせる。

それにしても彼は自分と再会した時、いったいどんな表情を見せてくれるのだろう。非難か、呆れ顔か、それとも驚きか。

おそらくはその全部だろう。そうでなければ、こちらにも張り合いがない。利根が刑務所の中で過ごした八年は、そのままあの男に会うための八年だった。ではあの男の八年間はどのような歳月だったのか。遠島けいが死んだ後、どんな生活を送っていたのか。安穏とした暮らしだったのか、それとも後悔の日々だったのか。できれば一対一でじっくりと訊いてみたい。

警官の群れの中に飛び込む恐怖が半分、懐かしき標的に会える期待が半分でそろそろ尻の痛くなってきた椅子から立ち上がる。ちらりと受付女性がこちらを見たような気がしたが、それも職業的な興味の発露だろう。

ドアを開けるとフロアを行き来する人々の熱気と話し声、外国語を交えたアナウンスで混沌となった空気が全身を包んだ。注意深く視線を走らせると、件の刑事はもう一人の男とともにビジネスラウンジの隅で壁に凭れている。こいつさえやり過ごせれば、後の警察官など簡単に騙《だま》し果《おお》せるという妙な確信がある。

利根は呼吸を浅くしながら、ゆっくり二人の刑事の前を通り過ぎようとする。だが足取りに反して心臓は早鐘を打っている。

＊

異変を伝えてきたのは名取市観光プラザの女性職員に扮した女性警察官からだった。

『観光プラザの中で長時間粘っている不審な人物がいます』

一報を聞くなり、笘篠は即座にガラスドアの中へと視線を走らせる。そして姿を現した人物を見た瞬間、感覚と現実のずれが生じた原因を知った。

なるほど、そういうことか。

分かってみれば馬鹿馬鹿しいほど呆気ないもので、笘篠は自分を含めた捜査陣の目は揃いも揃って節穴だったと自嘲するしかない。

利根と思しき人物は観光プラザから出てくると、笘篠と蓮田の眼前を通り過ぎようとしていた。

その全身を見て、笘篠は利根に違いないと直感する。

蓮田の脇腹を肘で小突いて合図をする。蓮田も勘付いたらしく、はっと顔色を変えた。

利根らしき人物はスーツケースを引きながら落ち着いた足取りで歩いているが、ケース自体が小ぶりであるために前傾姿勢がいささか不自然に見える。広いつばの帽子とサングラスも今の時期には相応しいと思えない。やはり顔を隠したがっている。どうして今までこんな怪しい人物に目を向けなかったのか──我ながら腹立たしいが、容疑者確保の寸前なので気持ちを押し殺してその後を追う。二人が背後から接近しても、他に行き来する者たちの足音とアナウンスに紛れて気がつかない様子だ。ちらりと蓮田に目配せして左右に分かれる。両脇を同時に封じ込めれば、相手が武器を所持していても対応できる。

笘篠はその背中に声を掛けた。

「ちょっと待ってください」

背中がびくりと震える。

「捜査にご協力ください」

途端に逃げ出そうとしたので笘篠は正面に回り込んだ。お陰で人物の顔を正面から捉えることができた。

「ある事件の容疑者を捜しています。帽子とサングラスを取ってもらえませんか」

笞篠がサングラスに手を伸ばすと瞬時に払い除《の》けられた。よし、これで別件逮捕が辛うじて成立する。

「公務執行妨害で逮捕します」

相手は駆け出すが、それより早く笞篠と蓮田が両腕を確保していた。相手は最後の悪足掻《わるあが》きで蓮田に足蹴りを食らわすが、爪先は急所を逸れて右腿《もも》を掠っただけだった。

「素顔を拝ませてもらおうか」

笞篠は遠慮なく相手から帽子とサングラスを剝ぎ取る。中から現れたのは不似合いなウィッグに厚化粧を施した男の顔だ。

「旅行者に扮するところまでは予想していたが、まさか女装までしてくるとはな。お陰で全員が見落としていた」

利根は笞篠を睨みつける。

「女装しただけで罪になるっていうのか」

「容疑は公務執行妨害だと言っただろう。それに、そのワンピースやらスーツケースやらはどこから調達したものかね。もっとも他にも色々と訊きたいことがあるんだが」

利根はまだ何かを言おうとしたようだったが途中でやめ、代わりに激しく抵抗し始めた。だが既に遅く、笞篠と蓮田の周りには他の捜査員が続々と集結している。もはや袋のネズミだ。

「放せ、この野郎」

「言い分は県警本部でゆっくりと訊いてやる。おとなしくしていろ」

もっとも、神妙にしたところで利根に対する検察や裁判所の心証が大きく変わるものでもない。前科があり、仮出所した直後に二人もの人間を殺《あや》めたのだ。家族同様だった遠島けいが受けた仕打ちを酌量したとしても極刑か無期懲役は免れないだろう。

「俺を逮捕するんだったら、上崎も逮捕しろ。あいつだって綺麗な身体じゃないんだ」

「買春ツアーの常連っていうんだろう。それも把握している。心配するな。現行犯じゃないから空港でしょっ引く訳にはいかないが、ちゃんとケジメはつけさせてやる」

ずっと過去を追い掛けてきたので利根の無念さは十分に理解できる。他国の少女を買ったという国辱的な所業も許せるものではない。だが、二つの殺人と同等に扱うこともまた不可能だ。流れとしてはいったん任意同行を求めてから事情聴取することになるだろう。

「法律はお前が考えているよりも公正だ」

するとと利根は鼻で嗤った。

「世界はあんたが考えているほど公正じゃない」

正午過ぎに空港ロビーで身柄を確保された利根は、そのまま県警の捜査本部へと連行された。だが手錠で拘束されているというのに、利根は抵抗を続けている。

「放せったら放せ！　俺をすぐに解放しろ」

「おい、もう護送されている最中なんだ。いい加減に観念しろ」

「俺は上崎が帰国するまで、空港に張ってなきゃいけないんだ」

「ああ、分かってるさ。遠島けいの無念を晴らすためにだろう」

「知っているんなら……」

「放っておいて、もう一件殺人が起きるのを黙って見ていろって？　そんな訳にいくか」

言下に拒絶されても、利根は尚も言い募る。

「けいさんの話を知っているなら、当時の塩釜福祉保健事務所が生活保護の必要な申請者にどんな仕打ちをしたかも知っているよな。けいさんは飢えの極限状態で死んだ。それなのに三雲たちはその後も出世して、のうのうと、贅沢をして、何不自由なく生活している。そんな理不尽が許されるのかよ」

利根の言い分はもっともにも聞こえるが、警察官という立場で容疑者に肩入れするような不用意な発言はできない。

「何も三雲や城之内だけが特別に生活保護受給者や申請者に冷酷だった訳じゃない。今だって状況は似たようなものだぞ。第一、彼らだって国や省庁の命令や方針に従っているだけだ」

「ふん、所詮あんたたち警察官もあいつらと同じ公務員だものな。そりゃあ、肩を持って当然だろうよ」

猛然と反論したい気分だったが、今はまだ取り調べ前だ。そんな段階でこちらの思いを伝えるのは不利でしかない。

「言い分は本部に着いたらたっぷり聞いてやる。少しは神妙にしていろ」

「なあ、俺が何をやったっていうんだ」

利根の言葉が哀調を帯びてきた。

「俺が三雲や城之内を殺したっていうブツでもあるのか。令状はあるのか。そうじゃなけりゃ違法捜査みたいなもんだ。俺を今すぐ解放しろ」

「お前の容疑は公務執行妨害だ。今のところはな」

「行かせてくれ、頼む」

「いい加減にしろ。往生際が悪過ぎるぞ」

だが利根の悪足掻きは県警本部に到着するまで続いた。

利根勝久逮捕の知らせに県警本部は沸いた。特に顕著だったのが本部長の反応で、普段は滅多に見せないようなえびす顔を晒したのだという。その事実だけで、いかに宮城県警が連続餓死殺人に苦慮していたかが分かる。

もちろん安堵したのは本部長以下の管理職も同様で、東雲管理官に至ってはわざわざ笘篠たちを刑事部屋で出迎えたほどだ。

「ご苦労だった」

まるで凱旋《がいせん》将軍のように迎えられ、笘篠は逆に面映《おもは》ゆくなる。

「いえ、まだこれからですから」

「そう言うからには取調主任になるつもりなんだろうな。もっとも君の思惑に関係なく割り振るつもりだったんだが」

言質を取ったつもりなのか、東雲は得意げに頷いてみせる。コンビを組んでいる関係上、自分も担当させられる蓮田は逆に仏頂面をしている。

蓮田の仏頂面に同調する訳ではないが、三雲と城之内を餓死に追い込んだ利根の気持ちは痛いほど分かる。鬱陶しいのはこれが捜査員対容疑者という単純な構図ではなく、ともに護られるべき人間を護れなかった者という共通点があるからだった。無論、大切な人間を失った原因が天災によるものなのか人為によるものなのかの違いはあるが、自身の非力さを思い知ったのは同じだ。

同じ立場の者に対して、どこまで職業的倫理観を保てるのか——通常ならほとんど無視してしまえる些末事がこれほど引っ掛かるのは、やはり震災の影響なのだろうか。

約束はできないが落としてみせる。今言えるのはそれだけだった。すると東雲は意外そうに首を捻ってみせた。

「ほお。尋問巧者と言われる君にしては、ずいぶんと奥ゆかしい言い方をするじゃないか」

　東雲の口調が微妙に変わる。

「県内のみならず全国に衝撃を与えた重大事件だ。慎重に構える気持ちも分からんではないが、本部長以下のお歴々は早期解決を切望しておられる」

「しかし自白を引き出すにもブツがなさ過ぎます。三雲と城之内の死体が発見された現場に、利根を特定できる物があれば別ですが、現時点では……」

「早速、本人の口内粘膜からサンプルを採取させる。時間は掛かるが、不明指紋や毛髪でDNAが一致すれば片がつく」

　見込み捜査は冤罪を作りかねない——言わずもがなが口から飛び出しそうになり、笘篠は慌てて抑えた。

「適材だと考えているから仕事を振っている。そういう意図を心得てくれ」

　もって回った言い方だが、要は可能な限り早く自白させろという意味だ。

「最重要な容疑者ですが、今の段階では遠島けいを巡る怨恨と、五代から情報提供を受けたという状況証拠しかありません」

「ああ。だからこそ本人の自白には大きな価値がある。状況証拠を補完するには最強の材料だ」

東雲を窺うと、どんな反論も許さないという顔をしている。それを見て、笘篠はここ一カ月東雲の置かれていた立場に思いを馳せる。世評・マスコミ・県議会、そして県警上層部。捜査の進捗に四カ所それぞれからの追及を受け、心労も並大抵ではなかったはずだ。笘篠に向ける婉曲《えんきょく》な強引さはプレッシャーの反動なのだろう。

「とにかく本人に当たってみます。自白の内容が状況証拠の補強になるかどうかの判断はそれからになります」

「ああ。期待している」

そう言い残して東雲は刑事部屋を出ていく。昨日よりも足取りが軽やかに見えるのは笘篠の思い過ごしか。

一部始終を眺めていた蓮田が不満げに洩らす。

「浮かれてますね、管理官」

「今までそれだけ重しが載っていた証拠だ」

「あの人は真実が欲しいんですかね。それとも犯人が欲しいんですかね」

上手い切り返しも思いつかないまま、笘篠は蓮田を従えて取調室へ向かう。

取調室では利根が二人の刑事の監視下に置かれていた。笘篠と蓮田は二人と交代する格好で彼らと入れ替わる。笘篠が正面に座ると、利根は昏《くら》い目をゆっくりと持ち上げてきた。

「取り調べ担当もあんたか」

「笘篠だ。記録するのは蓮田」

「あんたたちの名前なんかどうでもいい。公務執行妨害の容疑だったよな。そんなもの、今すぐ認めてやる。調書だって好きなように書かせてやる。だから終わったら、すぐに俺を解放しろ。逃げる可能性がないなら勾留しておく必要もないだろう」

「前科のせいで中途半端な知識だけは身についているようだな。悪いが当分付き合ってもらう。お前には公務執行妨害よりももっと重大な容疑がある。二つの殺人事件だ。まさか身に覚えがないとは言わせないぞ。餓死させられたのは遠島けいの生活保護申請を却下し続けた福祉保健事務所の元職員たちだ」

　容疑者を逮捕して捜査が終結する訳ではない。被疑者の聴取をはじめとした証拠物件の洗い出しと関係書類を完備し、検察庁に送致。検察官が起訴した段階で、やっと警察の仕事は一段落する。言わば、これが第二ラウンドの開始だ。

「まず氏名と住所を確認する。利根勝久三十歳、住所は石巻市荻浜三－二五大牧建設寮内。間違いないな」

「間違いだ」

「何がだ」

「おそらく、そこはもうクビになっている。だから今は無職で住所不定だ」

「お前の方こそ早とちりだ。大牧建設はお前を退職扱いにしていない」

「……え」

「それどころか現場監督の碓井さんからは、一刻も早くお前を見つけてくれと頼まれた。保護司の櫛谷さんも同様だ。お前がこれ以上何かしでかさないうちに捕まえてくれと懇願された」

「そんな」

「世の中の全員が全員、前科者には冷たいと思ったか？　どうせ更生なんかしていないと色眼鏡で見ていると思ったか？　お前の方こそ世間を色眼鏡で見ている。いつだって、どこにだって、自分の見たものだけを信じようとする人間がいるんだ。それをいとも簡単に裏切りやがって」

　利根は口を半開きにして聞いている。

「特に櫛谷さんは、まだお前が無実だと信じているようだ。仮出所中のお前を預かり、就職探しに奔走してくれた恩人にどう顔向けするつもりだ」

　笘篠から叱責を受けると、利根は拗《す》ねるようにして首を横に振る。

「……俺はやっていない」

　まず否認から始めるか。確かに、認めてしまえば極刑もしくは無期懲役が確実な事案だ。おいそれと自白する訳にはいくまい。

いいだろう、こうなったらとことん付き合ってやる。

「最初に三雲さんの件から訊く。十月一日の午後七時、どこで何をしていた」

利根は黙して語らない。いや、語れないのか。正直に言えば自分の首を絞めることになる。下手なアリバイを偽証しても同様に立場を悪くする。それなら黙秘権を行使し続けた方が有利という訳だ。

「次に城之内さんの件に移る。十月十九日午後六時からの行動を説明できるか」

「あのさ、笘篠さん、だったか。俺が刑務所に入っている八年の間、人間は進化でもしたのか」

「どういう意味だ」

「普通の人間が今からひと月以上も前、どこで何していたかなんて憶えていられるかよ。それとも他のヤツらだったら、すらすら答えられるのかよ」

「答えられる人間もいる。毎日毎日判で押したように会社と家を行き来し、決まった時間に出社して決まった時間に決まった相手とテーブルを囲むような人たちだ」

「つまらない生活だな」

「お前が遠島けいと暮らしていたのは、そういう生活じゃなかったのか」

一瞬、利根は痛みを堪えるような顔になる。

「刑務所を出てからは尚更そういう生活じゃなかったから憶えちゃいないよ」

「二人を餓死させたのは、やっぱり遠島けいが飢え死にしたことへの意趣返しだったのか」

「知らねえよ」

「知らないことはないだろう。塩釜署で彼女の遺体と対面したのはお前だろう。二人の殺害方法を思いついたのは、彼女の遺体が頭から離れなかったからだ。福祉保健事務所の連中に天誅《てんちゅう》を下すのなら、その方法以外にないと考えたからだ。違うか」

「全部あんたの想像だ」

利根は尚も拗ねた子供のような返事をする。

「想像と言われればそれまでだ。何しろ犯人以外に犯行に及ぶ瞬間を見た者はいないからな。だが、霞《かすみ》や雲じゃないから、人間のした行為には必ず跡が残る。人間が見ていなくてもモノが見ている」

「指紋やら毛やら足跡のことを言っているのか。その中に俺のものが混じっていると？」

残留物については正直に告げた方がいいだろうと笘篠は判断した。科学捜査の効果は秘密の暴露ではないし、利根への威圧にもなる。

「お前が刑務所に入っている間、ＤＮＡの鑑定技術は飛躍的に向上している。証拠能力としては一級品だ。それでお前の存在証明が出たら、もう言い逃れはできない」

だから認めるなら今のうちだ——そう言おうとした寸前、利根に機先を制された。

「そんなもの、どれだけ時間がかかるんだよ。一時間や二時間の話じゃないだろ」

「それはそうさ。リトマス試験紙で赤と青を見分けるようなものじゃない。どんなに急がせても二、三日はかかる」

「冗談じゃないっ」

利根はいきなり声を荒らげた。

「そんなに悠長に待っていられるか。今すぐ俺をここから出してくれっ」

「またそれか。いい加減に自分の立場を考えろ」

「俺を出せないっていうんなら、上崎をここに連れてきてくれ」

どうやら冗談ではなさそうだ。逮捕され、勾留されても上崎への執念はいささかも潰《つい》えないらしい。ここまでくれば妄執だろう。

「上崎を買春容疑で逮捕してくれると言ってたよな」

「ああ、逮捕はするさ。ただし現行犯じゃないから在宅起訴になる」

利根の顔色が一変する。

「何だと……ここには連行してこないのか」

「執心のようだから教えてやろう。上崎は十三時十四分の便で無事仙台空港に到着した。ロビーを出たその場で職質を掛けたら、あっさり容疑を認めた。きっとフィリピンを出国した時点で覚悟はしていたんだろう。晩節を汚すことになったが、実質的には隠居の身だし独り者だ。護るものがなくなった人間は脆《もろ》いもんさ」

「今どこにいるんだ」

「さあな。自宅じゃないのか」

矢庭に利根は立ち上がった。記録を取っていた蓮田が咄嗟に飛び出して押さえつける。

「すぐここから出してくれ。さもなきゃ上崎をここに引っ張ってこい」

さすがに笘篠は呆れ返った。往生際が悪いにもほどがある。

「上崎を憎む気持ちは分からんでもないが、殺人二件と海外での買春行為を同列に扱う訳にもいかない。それとも上崎をここへ引っ張ってきたら、我々の目を掻い潜って近づくつもりか。ずいぶん警察を甘く見てくれたものだな」

「そんなつもりじゃない」

「じゃあ、どんなつもりだ。遠島けいの敵討ちにもう二人も殺している。最後に上崎を殺してお前の復讐は完結するはずだ」

「殺す気なんてない。確かにあの三人はけいさんの仇だ。だけど殺す手前で踏みとどまった。だから人気《ひとけ》のなくなった福祉保健事務所に火を点けるだけでやめたんだ」

「嘘を吐け。三人に手を下す前に逮捕され、恨みを抱いたまま収監された。八年間、模範囚として過ごしたのは、一刻も早く仮出所して今度こそ三人を亡き者にするためだったんだろう」

「違う」

「違わないさ。その証拠についさっきまで空港で上崎を待ち構えていたじゃないか。わざわざ女装までしてな。何気なく上崎に近づき、どこかへ拉致して他の二人と同様、飲まず食わずで放置しておくつもりだったんだろう」

「逆だ。俺は上崎を護ろうとしていたんだ」

思わず笘篠は蓮田と顔を見合わせた。

護る？　今、上崎を護ると言ったのか。

「出所してしばらくして三雲と城之内が殺されたのをニュースで知った。あの二人が殺されたのなら、次は上崎の番だというのは分かっていた。自分で捜したけれど上崎の行方がどうしても摑めなかったから、五代さんの力を借りたんだ。空港に行ったのだって、あいつを襲うつもりじゃなかった。だが空港にはあんたたちが張っていると思ったから変装したまでだ。上崎をどうにかしようなんて考えてなかった」

笘篠が口を開きかけたその時、取調室に別の刑事が飛び込んできた。

「大変です。上崎が姿を晦ませました」

耳打ちされ、笘篠は一瞬言葉を失う。

「警護がついていたんじゃないのか」

「利根が逮捕されて警戒態勢が解除されたんです。上崎の買春容疑は本人があっさり認めて、これも逃亡の惧れがなかったので……ところがついさっき担当者が改めて事情聴取に行くと、自宅はもぬけの殻で」

「外出じゃないのか」

「ケータイに連絡しても不通です」

くそ、と笘篠は毒づく。大失態ではないか。

「上崎を見失ったんだろ」

背後から利根が急《せ》いた様子で訊いてくる。

「だからあれほど上崎を引っ張ってこいって言ったんだ」

「お前はこれを予測していたのか」

「そうだよ。空港に行ったのも、こうならないように先手を打つつもりだった」

笘篠は向き直り、利根を直視した。嘘を言っているような目にはとても見えなかった。

これもまた刑事としての勘だ。だからといって勘ばかりを頼っていいのか。自分は大きな間違いをしていたのではなく、これから間違いを起こすところではないのか。

浅く呼吸してから、利根を正面から見据える。

「もう一度訊く。三雲と城之内を殺ったのはお前なのか」

「くどい。俺は殺っちゃあいない。二人の死体が発見された場所はニュースで知ったけど、あそこには一度だって足を踏み入れたことがない。俺の髪の毛や足跡なんて採取されるはずがない」

さも当然と言わんばかりの物言いに引っ掛かりを覚えた。

「お前、一連の事件の真相に気づいているんだな」

訊かれると、利根はさっと目を伏せた。正直な男だ。こんな男を疑っていた自分に腹が立つ。

「知っていることを全部話せ」

「条件がある」

「言ってみろ」

「一刻を争う。上崎の捜索を手伝わせろ」

「お前は容疑者の一人なんだぞ」

「あいつの居場所は俺にしか分からないぞ。手遅れになってもいいっていうのか」

真剣な眼差しに圧され、笘篠は逡巡する。だが最後には自分の判断を信じることにした。

「一緒にこい」

5

笘篠と蓮田はパトカーの後部座席で、利根を左右から挟むようにして座る。同行を許しはしたが、利根の証言を全面的に信用する訳にはいかない。

その後、捜査本部は躍起になって上崎の行方を捜索したが、〈宮城セレブリティ倶楽部〉はおろか、いかなる立ち寄り先にも姿が見当たらず、いったんは利根の逮捕に安堵した東雲は再び険しい顔を見せた。

笘篠が上崎の捜索に利根を同行させたいと申し出た際、東雲が渋々許可を出したのもそれと無関係では有り得ない。無論、笘篠が辛抱強く交渉した結果だが、普段なら到底聞き届けられる申し出ではなかったのだ。

「塩釜に向かってくれ」

利根はパトカーに乗り込む前からそう繰り返していた。

「塩釜に上崎の何があるんだ。まさか前に所長を務めていた福祉保健事務所に行こうってのか」

「笘篠さん。目的地に近づいたらちゃんと教える。それまでは勘弁してくれ」

「この期に及んでまだ隠さなきゃならないことがあるのか」

「あんたには護らなきゃならないものがあるだろう」

不意の問いかけに即答できなかった。

「俺にだって、あるんだよ。そういうのが」

利根は俯き加減になり、低い声で話し始めた。

「俺が刑務所に入っていた八年の間、この国はすっかり変になっちまった。ただ貧乏になったってんなら納得もするけど、苦しんでいるヤツと楽しんでいるヤツの差がひどすぎる。カネは裕福なヤツの方に流れていくばっかりだ。貧しい家は貧しいままで、中学生の女の子が学用品欲しさに売春している始末だ。俺はけいさんみたいに虐げられた人間はごく一部だと思っていたけど、とんでもない話だった。今この国には、けいさんみたいに誰かが護らなきゃいけないのに放っておかれている人間が多過ぎる」

「しかし、それで人を殺していい理由にはならないだろう」

「あんたは知らないんだ。貧乏ってのはありとあらゆる犯罪を生むんだ。誓ってもいい。もしけいさんに真っ当な社会保障が施されていたら、今度みたいな事件は絶対に起こらなかった」

利根の話に笘篠は言い返す術がない。社会保障費の予算不足と、福祉保健事務所職員の行き過ぎた水際作戦が今回の事件を引き起こしたというのはあながち間違いではない。

だが笘篠の立場では全面的に支持できるものではない。貧しい人間による犯罪を容認してしまうことになる。

「屁理屈だな」

辛うじてそう返した。

「貧乏な人間全員が犯罪者になる訳じゃない。犯罪に走るかどうかは別の要因だ」

「刑務所に入ってみりゃ分かる。中にいるヤツのうち、子供の頃に裕福だったヤツがいったい何人いると思う？　カネがなくなり追い詰められたら、どんなヤツだって盗みを思いつく。男運の悪い女だったら身体を売ろうとする。ガキだからすぐに捕まる。捕まったら前科持ち。そして前科持ちには真っ当な勤め口がない。真っ当な勤め口がないから、また真っ当でない仕事をする。この繰り返しだ。屁理屈というのは、そういう貧乏を知らない人間の逃げ口上なんだよ」

「それなら、殺された三雲や城之内は自業自得だというのか。国や省庁の方針に従っただけの公務員だぞ」

「公務員である前に人間だろ。申請を握り潰した時、あいつらはけいさんの事情を知り抜いていた。生活保護費を支給しなけりゃ、けいさんが飢え死にすることを知っていた。それなのに、けんもほろろに突き返したんだぞ。国や省庁の命令は人の命より大事なのか。公務員ってのは市民のためにあるんじゃないのか。厚労省ってのは国民の健康を護るためにあるんじゃないのか」

「昂奮するな」

「昂奮なんかしていない。とっくに冷めてるよ」

利根は虚ろに笑ってみせる。

「死んだ三雲と城之内には家族がいたんだろ。手前ェらの判子一つで飢え死にするしかなかったけいさんも同じ人間だと考えたら、とてもあんな仕打ちはできなかったはずだ。本人たちが死ぬ寸前に何を思ったかは知らないが、あいつらにはやっぱり殺されるだけの理由があった。他人の命を紙切れみたいに扱う人間だぞ。自分たちの命が紙切れみたいに扱われたって文句は言えないはずだ。自業自得というんなら、その通りなんだよ」

笘篠は再び返す言葉を失った。

パトカーが塩釜市内に入ると、利根は辛島町へ行ってくれと告げた。

笘篠は記憶をまさぐり、それが死んだ遠島けいの住所であるのを思い出す。

「どうして上崎が遠島けいの住んでいた街にいるんだ」

「そこしか思い当たらない」

「理由を言ってみろ」

「行けば分かる。多分、だけどな」

するとと今まで沈黙を守っていた蓮田が、険のある視線を向けた。

「上崎の行方、お前なら分かるんじゃなかったのかよ」

「絶対とは言っていない」

「まさか取調室から出るための方便じゃないよな」

「取調室を出たら余計に警戒されるのは分かっている。どうせ騙すのなら、もっと信《しん》憑性《ぴょうせい》のある嘘を考える」

「この野郎」

「やめないか」

剣呑な雰囲気になったので笘篠は二人の間に割って入る。利根に対しての信用が不確かである今、余計な悶着は鬱陶しいだけだ。

「どうせ現場に到着したら結果が分かる」

捜査を含めて、笘篠は辛島町に足を踏み入れたことがない。今回の事件で遠島けいの関与が判明しても尚、身寄りのない故人という事情も手伝って訪問の必要がなかったからだ。

やがて右手に塩釜湾が見えてくる。海岸通り交差点を西に折れて直進していくと、古い住宅地に差し掛かった。この辺りは震災の爪痕は見られないものの低層住宅と小売店が立ち並び、平成の世から取り残されたような印象を受ける。商店の大半は平日だというのにシャッターが下りたままになっており、民家の中には既に廃墟となっているものまである。

「ひどい寂れかただな」

思わず笘篠が洩らすと、昔からこうだったと返事があった。

「震災にやられる前からだよ。年寄りと貧乏人の住む街だ。生活保護を受けているヤツも多い。だからここに住んでいるというだけで、福祉保健事務所のヤツらは色眼鏡で見たんじゃないかと、俺は今でもそう思っている」

しばらく走っていると住宅もまばらになり、道往く者も見掛けなくなる。

「行き先は遠島けいが住んでいた家か」

「そうだ。この先に七軒続きの長屋がある。真ん中の家がけいさんの住んでいた家だ。もっとも今じゃ、その七軒とも空家だけどな」

「詳しいな」

「出所してから一度だけ立ち寄ったんだよ」

「遠島けいが死んで誰もいないのにか」

「けいさん、無縁仏で墓らしい墓がないからな。出所した挨拶に来るとしたらここしかなかった」

「何故、ここに上崎がいると思った。上崎も遠島けいには自責の念があるということなのか」

「そんなんじゃない。あいつがそんな上等なタマかよ。知り合いの目が届かないところで少女買春を満喫しているような外道なんだぜ」

利根は嫌悪感を隠さずに言う。

数分も走り続けて、利根の言う長屋が見えてきた。七軒のいずれも屋根や壁が朽ちており、とても人が住めるような代物には見えない。

だが、それよりも笘篠の目を引いたのは長屋から少し離れた場所に停めてあるクルマだった。

見覚えのあるクルマだった。目配せすると、蓮田も気づいたように深く頷いた。

パトカーを付近に停め、笘篠と蓮田は利根を挟むようにして降り立つ。逃亡を防ぐために手錠と腰縄はつけたままだ。

近づいていけばいくほど建物の荒廃ぶりが凄《すさ》まじい。屋根は肉眼で確認できるほど歪んでおり、壁は至るところに穴が開いている。窓ガラスは割れ、長年の褪色と汚れで元の壁の色さえ分からない。

廃屋だなと蓮田が呟くと、利根がそれに応えるように口を開く。

「もう誰も住んじゃいない。分かっただろ。ここへ来るまで、往来を歩いているヤツはほとんどいなかった。中に人がいたとしても誰にも気づかれない。監禁したり潜伏したりするにはうってつけの場所なんだよ」

ただ朽ちるに任せるだけの廃屋。理由は明白だ。住人が引き払って家賃収入がなくなっても、取り壊しの費用が捻出できないために放置するより他にないからだ。三雲の死体が発見された〈日の出荘〉もちょうどそんな具合だった。

利根は真ん中の家屋まで進み、ドアの前で立ち止まった。

「誰かいるか」

すると間髪入れず、中から声が洩れた。

『助けて』

すぐに笘篠と蓮田が反応した。

ドアは施錠されていなかった。だが老朽化しているためにすんなりとは開かない。笘篠が開けて叫ぶのと別の男の怒声が聞こえたのがほぼ同時だった。

「警察だ、動くなあっ」

「入るな。入ったら上崎を殺す」

一瞬、薄闇の中に二つの人影が見えた。椅子のようなものに固定されているのは写真で見知っていた上崎、そしてその陰に隠れるように佇むもう一つの影。

顔ははっきりと見えない。だが声はまさしくあの男のものだった。

「聞こえなかったか。今すぐドアを閉めて失せろ」

闇の中で、ぎらりと光るものがあった。

刃物だ。

いったん距離を置くべきだと判断し、笘篠はドアを閉める。

寸前、利根が男に向かって一声を放つ。

「カンちゃん。俺だ。勝久だ」

男は、はっとしたように動きを止めた。

ドアを閉めてから、笘篠は蓮田に命じる。

「本部に上崎の発見を報告。同時に応援を要請してくれ。上崎を監禁している犯人は刃物を所持。慎重な対応が必要」

「了解」

蓮田が本部と連絡を取っている間、笘篠は玄関から距離を取りながら利根に質問を浴びせる。

「さっき、カンちゃんと言ったな」

利根は思い詰めた様子でなかなか返事をしない。

「おいったら」

「ああ。ずいぶん面変《おもが》わりしているけど、あれは弟分だったカンちゃんだ。間違いない」

利根が遠島けいと疑似家族を形成していたのは聞いている。三人目の家族がカンちゃんだった。

「じゃあ、あの男が一連の事件の犯人だったのか」

利根は何も言わないが、沈黙が肯定を意味している。遠島けいが餓死させられ、利根が福祉保健事務所に恨みを抱いたのなら、その弟分も同様の復讐心に駆られるのはむしろ当然ではないか。

「それじゃあ、お前が刑務所で模範囚になったのも上崎の近況を調べたのも、一刻も早く出所して彼が復讐を実行しないように止めるためだったのか」

利根は小さく頷く。弟分の犯行は認めたがらないのに、自分の行為については隠し立てするつもりがないらしい。

「八年も経てば立派な大人だ。それに俺よりもけいさんを慕っていたから、余計に危なっかしかった。だけど出所してあいつの行方を捜したけど、但馬町に引っ越した後、母親が再婚したらしくてまた引っ越していた。移転先は探しようもなかった。まごまごしているうちに三雲と城之内が殺された。二人が餓死させられたのを聞いて、すぐにカンちゃんの仕業だと踏んだんだ」

「弟分の行方なら五代に頼めば調べてくれただろう。どうして上崎の消息を調べるなんて回りくどいことをしたんだ」

「母親が再婚してどんな苗字《みようじ》に変わっているのかも知らなかった。どのみちあいつが上崎を狙うのは分かりきっていたから、上崎の立ち回り先に張っていれば必ず捕まえられると思ったんだよ。それに五代さんにあいつのことを知られたら、あんたたち警察に洩れないとも限らない」

「彼を庇った結果、お前が疑われることになってもか」

「疑われるだけなら何てことはないからな。あいつが人殺しを重ねることに比べたら」

笘篠は短い吐息を洩らす。

何てことだ。自分を含め、捜査本部はすっかり利根に誤導されていたという訳か。

「彼がこのまま上崎を殺すと思うか」

「あんたなら知っているだろ。あいつはもう二人も殺している。三人目を殺すハードルは思いきり下がっている。賢いけれど一本気なヤツだ。こうと決めたら多分実行しちまう。だから頼む」

利根はこちらを見据える。射るような視線に貫かれて笘篠は目を逸らせなかった。

「きっと母親でも今のあいつを説得するのは不可能だ。俺が説得してみる。チャンスをくれ。一対一で話をさせてくれ」

「まさか拘束を解けっていうのか」

「不安なら腰縄だけでもいい」

「そんなことを許すと思うか」

「県警本部から山ほどの応援が到着して辺りを包囲するんだろ。どうせ逃げられっこない」

笘篠はしばらく待っていろとしか言えなかった。

待機していると援軍のパトカーが次々に到着し、現場周辺はたちまち警官隊に包囲された。警察だけではない。どこから情報が洩れたのか、その後方には中継車で乗り込んできた報道関係者の姿も見える。

既に陽が落ち始めていた。笘篠たちの影が濃く、そして長く地面に描かれる。日暮れとともに風も冷たくなってきた。

利根を説得役にしたい――本部にそう打診すると最初東雲は拒絶したが、周囲を警官隊が取り囲んで逃亡の惧れはないこと、加えて犯人を説得できるのが現段階では利根しか見当たらないことを辛抱強く説明するとやがて折れた。ただし最後にひと言付け加えるのを忘れなかった。

『くれぐれも犯人や容疑者に肩入れするなよ』

まるでこちらの胸の裡を見透かされているようで、笘篠はそこでも返す言葉を失った。

投光器が四カ所から焚《た》かれ、夕闇の中に元遠島家がぽっかりと浮かび上がる。

説得に当たる利根に笘篠が随行する。もちろん二人だけではなく、二人の背後には宮城県警のＳＩＴ（捜査一課特殊班）数人がいつでも犯人射撃に移行できるよう控えている。

「もしお前が説得に失敗しそうな雰囲気になったら、直ちに射撃班が引き金を引く」

家のドアに近づきながら笘篠は利根に耳打ちする。

「あいつを撃たないでくれ」

「それはお前の説得にかかっている。脅すつもりはないが、そういう現状であることは把握しろ」

利根は決心したように一度だけ頷いた。

ドアの前に立った利根は深く息を吐いてから、家の中に向かって話し掛ける。

「カンちゃん、俺だ。久しぶりだな」

『勝久兄ちゃん』

「まだ上崎は無事か」

『ああ、まだ生きている。よかったら勝久兄ちゃんも手伝ってくれるかな。こいつさえ殺したらけいさんの復讐が終わる』

「やめておく」

『それにしてもずいぶん早かったね。あと二年は刑務所じゃなかったの？』

「お前を止めるために早く出所したんだ」

『へえ、僕がこうすることを予測してたんだね』

「ああ、兄弟だからな」

ドア越しに話すうちに利根の言葉は熱を帯びる。

「カンちゃん、もうやめろ。お前の気持ちは分かる。俺だって三雲や城之内や上崎に復讐したかったからな」

『だったら黙ってそこで見ていてくれよ。やっとこいつらを罰せられるようになったんだ。勝久兄ちゃんがしたくてもできなかったことを、僕がしているんだよ』

「確かに前は俺も三人に復讐したかった。けいさんの仇を討ちたかった。でも忘れようとした」

『どうしてさ。きっとけいさんは忘れてないよ』

「くだらないことだからだ」

『何がくだらないのさ』

「分からないのか。お前は人の命を軽々しく考えている。復讐だとか何とか偉そうなことを言っても、自分以外のヤツを人間だと思っていない」

『違うよ』

「いいや、違わない。お前のやり方はな、上崎たち三人がけいさんにした仕打ちと同じなんだ」

『こいつらと一緒にするなよ。いくら勝久兄ちゃんでも怒るぞ』

犯人を刺激するな。そう注意するために笘篠は手で制したが、利根の言葉は途切れなかった。

「怒る前にお前がけいさんに怒られるさ」

『……どういう意味だよ』

「けいさんが死んだ直後、その家の中に入ったか」

『入ってないよ。当時は辛くてできなかった』

「けいさんが死んだ後、家主は散らかっていたゴミだけを処分して中身は手つかずにしていた。リフォーム費用もなかったからな。だからまだ残っていた。けいさんが倒れていたのはちょうど今、お前が立っている居間の辺りだ。寝室の方向にぼろぼろになった襖《ふすま》があるだろ？」

『ああ、あるね』

「そこにけいさんの遺言がある。死ぬ間際、擦れたマジックでやっと書いたらしい。明かりがあるなら読んでみろ。下の、襖紙の破れた跡だ」

返事が途絶え、やがて呻くような声が聞こえた。

『勝久兄ちゃん……あったよ……これ、本当にけいさんの字だ』

「読めったら読め！」

『……いい子で……いなさい。ひ、人に、迷惑をかけないように……』

「けいさんの遺言だ。お前なら守れるよな？」

だが次の瞬間、上崎の叫び声が聞こえた。

「カンちゃん！」

利根の叫びとＳＩＴ隊員の突入が同時だった。

ところが開かれたドアの眼前に両手を挙げた男が立っていた。

「カンちゃん」

「……駄目だったよ。自分の見ていないところで餓死させることはできても、自分の手で刺し殺すのは無理だった。一発殴るのが精一杯でさ。やっぱりヘタレだよ。昔から変わっていない」

泣き笑いの顔でそれだけ言うと、円山菅生はその場にくずおれた。途端にＳＩＴ隊員たちが身柄を確保する。上崎はと見ると、ぐったりしているものの命に別状はなさそうだった。

菅生だからカンちゃんか――符合させてみれば馬鹿らしいほどの呆気なさに笘篠は苦笑する。

拘束されて身動きできなくなった円山に近づくと、彼は懐かしそうに笑った。

「一つ教えてくれ。あなたが福祉保健事務所に就職したのも全部復讐のためだったのか」

「違いますよ。採用された任地に、たまたま三雲がいただけの話です。でも三雲はわたしの顔も名前も知りませんでした」

円山は寂しそうに笑う。

「三雲は周囲から善人と親しまれていましたが、以前のままだったんです。わたしが、どうしても生活保護が必要だと判断した申請を、三雲は予算不足のひと言で却下することがよくありました。本当に、何にも変わってなかったんですよ。わたしも福祉行政の仕組みや現状は分かっていますが、三雲たちはあまりにも申請者一人一人の顔を見ていませんでした。復讐を実行しようとしたのはそれがきっかけです。福祉保健事務所の職員ならOBである城之内や上崎の個人情報も割と簡単に入手できましたからね」

円山は少し得意げに喋った後、不意に表情を引き締めた。

「でも信じてください。わたしはもう二度とけいさんみたいな、社会保障システムの犠牲者を作りたくなかった。だから懸命に勉強して福祉保健事務所の職員を目指しました。それは本当です」

「やあ、笘篠さん」

円山の仕事ぶりはこの目で見ている。信じない訳にはいかなかった。

隊員たちに連行されて円山の背中が小さくなっていく。

「俺があいつにしてやれること、まだありますか」

円山の後ろ姿を見送っていた利根がぽつりと洩らした。いかなる事情があったにせよ、もう二人も殺している。利根にできるとすれば情状酌量のための証言だが、それがどれだけ有効なのかはひどく心許なかった。

「ゆっくり考えろ。裁判が開かれるまで、まだ時間がある」

笘篠は利根の肩に、そっと手を置いた。

その後の取り調べで、円山は三雲と城之内の殺害を全面的に自供した。少し遅れて鑑識課からは、二つの死体発見現場に落ちていた不明毛髪の一部が円山のそれと一致したとの報告が入り、自供内容を補完する結果となった。

ただ捜査本部と世間が驚いたことに、円山は廃屋に上崎を監禁する寸前、自らSNSに犯行声明とも取れる一文を投稿していた。

『護られなかった人たちへ

わたしは青葉区福祉保健事務所保護第一課に勤める円山菅生という者です。わたしは生活保護を必要とされる市民のために働く者ですが、この度一身上の都合により職を辞することになるかも知れません。なので、この場を借りて皆さんに言いたかったことを残しておこうと思います。

現在の社会保障システムでは生活保護の仕組みが十全とはとても言えません。人員と予算の不足、そして何より支給される側の意識が成熟していないからです。不正受給の多発もそれと無関係ではありません。声の大きい者、強面のする者が生活保護費を掠め盗り、昔堅気で遠慮や自立が美徳だと教え込まれた人が今日の食費にも事欠いている。それが今の日本の現状です。そして不公平を是正するはずの福祉保健事務所職員の力はあまりに微力なのです。最前線で働いていながら、わたしも力及ばないことが多々あり、情けなくなります。正直言って、この体たらくがいったい誰の責任で、どこをどう改革すれば解決できるのかも明言できません。わたしの不甲斐なさから、まだ何人もの生活困窮者が苦境に取り残されたままです。でも、ほんのわずかですが言えることもあります。

護られなかった人たちへ。どうか声を上げてください。恥を忍んでおらず、肉親に、近隣に、可能な環境であればネットに向かって辛さを吐き出してください。何もすることがなくて部屋に閉じ籠もっていると自分がこの世に一人ぼっちでいるような気になります。でも、それは間違いです。この世は思うよりも広く、あなたのことを気にかけてくれる人が必ず存在します。わたしも、そういう人たちに救われた一人だから断言できます。

あなたは決して一人ぼっちではありません。もう一度、いや何度でも勇気を持って声を上げてください。不埒な者が上げる声よりも、もっと大きく、もっと図太く』

円山の発信したメッセージは事件の報道と相俟《あいま》って広く拡散され、世間に一石を投じる結果となった。福祉保健事務所が過去に行ってきた水際作戦は大きく糾弾され、国会では厚労相が非難の矢面に立たされた。無論それしきのことで社会保障制度に劇的な変化が生じるとは考え難かったが、厚労省に改善を促す一助にはなるだろうと、笘篠は楽観的に思うことにした。そうでなければ円山と利根が不憫《ふびん》だ。

公務執行妨害を不起訴になった利根は、櫛谷の協力を得て弁護士探しを始めたらしい。よほど優秀な弁護士でも円山の減刑は困難と予想されるが、これも世論を味方につければ可能性はゼロではない。事件を担当した警察官の立場で表立って応援する訳にはいかないので、笘篠は見守るより他にない。

円山に拉致監禁されながらたった一発の殴打で事なきを得た上崎には、しかし地獄が待っていた。退職金を軍資金に豪遊した買春ツアーの代償として、福祉保健事務所から退職金返還の訴訟を起こされた他、世間からのバッシング、〈宮城セレブリティ倶楽部〉は強制解散と、命拾いはしたものの、失ったものもまた多かったのだ。

全てに決着がついた訳ではないが、少なくとも自分の仕事を終えた笘篠は何週間ぶりかで官舎に戻ってきた。

家の中は十一月の寒気で冷え切っていた。

テーブルの前に腰を下ろし、フォトスタンドの女房と息子に向き合う。笘篠以外には誰もいない家で音と時間が遮断される。

ふと話し掛けてみたくなった。

円山は護れなかった遠島けいのために己を賭して復讐を実行した。

利根は弟分である円山を護るために八年間の刑務所生活を過ごした。事と次第によってはその後の人生までフイにしかねなかった。

遠島けいは飢えで薄れていく意識の中、最後まで自分の息子たちを護ろうとした。

皆、自分の護るべきものを必死に護ろうとした。運命の転び方で、その結果が犯罪になったかどうかの違いだけだ。

では、俺はお前たちに何がしてやれたのだろうか。これから先、何をしてやれるのだろうか。

話し掛けてみても、写真の中の二人は静かに笑うだけだった。

本書は、二〇一八年一月にNHK出版より単行本として刊行された同名作品を文庫化し、加筆修正したものです。この物語はフィクションです。作中に同一の名称があった場合でも、実在する人物、団体等とは一切関係ありません。

〈映画化記念対談〉

それぞれの表現形態を極める

中山七里
瀬々敬久

中山　一人の観客として作品をずっと拝見してきましたので、瀬々さんが監督してくださると決まった時は、まさかという感じで現実感がありませんでした。

瀬々　中山さんは一九六一年、僕は一九六〇年生まれで、僕も中山さんと同じく大学時代は京都にいました。映画好きとお聞きしましたが、当時はどこの映画館に？

中山　あの頃は、松竹座《しょうちくざ》、京極弥生座《きょうごくやよいざ》ですね。特に弥生座は、上映する映画はすべて観ていました。

瀬々　僕は京一《きょういち》会館でバイトをしてました。

中山　京一会館！　行ってました、懐かしいな。

瀬々　同じ空気を吸っていたんですね……。中山さんの小説は社会的なネタが多いですが、日頃からアンテナを張ってらっしゃるんですか？

中山　依頼されたらすぐ書けるように、いつも十本くらいのテーマが頭の中にあります。一度見聞きした事件は大小にかかわらず忘れないし、結構便利な頭なんです。

瀬々　この小説には、生活保護と東日本大震災という、二つの大きなテーマがありますね。どんな心積もりで書こうと思われたんですか？

中山　仙台を舞台にして震災を抜きにして語るのは逃げだと思いましたが、同時に生半可な覚悟で書いたら火傷《やけど》するのもわかっていました。ただ、事実をそのまま書くのではなく、事件に関わった人々の気持ちを描くというスタンスで書いています。

瀬々　中山さんの他の小説と比べて、タイトルの付け方の発想が全く違いますよね。非常に純文学的というか、テーマをそのまま語っている。タイトルそのものが本を表しているという印象を受けました。なぜ、そういう付け方をされたのですか？

中山　他のタイトルだと、ごまかしているような気がしたんです。被災された方々が、今どういうような生活をされているか、少しでも逃げたら、全部きれいごとで終わってしまうと考えました。

瀬々　二つのテーマと言いましたが、この小説にはもう一つ、「更生」というテーマもあると思いました。

中山　震災というのが一つの災いであるならば、人が起こした犯罪も災いだと考え、断罪された人間がどう立ち直るのかを描きたいというのはありましたね。

瀬々　震災復興というのも、もう一回やり直さなければならない。そういう結びつきはありますね。

中山　確かに、おっしゃる通りですね。人も都市も、世界にしても、全部やり直しがきくのかきかないのかという問いかけが、自分の中にあったのかもしれません。

瀬々　映画では、その「更生」の部分までは描けなかった。

中山　この小説をそのまま映画化したら、四時間は超えますからね。完成した作品を拝見して、切り取り方が絶妙だと思いました。映画のテーマとして、最も重要視されたのは「絆《きずな》」でしょうか？

瀬々　震災という理不尽さと、社会構造の理不尽さを並行して描こうと考え、最終的にそれを人間と人間の関係で乗り越えていこうというテーマにもっていきました。

中山　佐藤健《さとうたける》さんと阿部寛《あべひろし》さんはもちろん、共演者の方々もすべて日本映画界の主軸となる方ばかりで驚きました。

瀬々　俳優とか具体的な誰かを思い浮かべて書かれることはあるんですか？

中山　あて書きは一切ないです。物語を考える時は、活字でしか思い浮かびません。はじめの三日間で、頭の中の原稿用紙に、一枚目から五〇〇枚くらい全部書いてしまうんです。その間、文字の羅列だけで、映像は一切浮かばない。あるプロデューサーから、あて書きをしていないから映像化しやすいと言われました。人物の顔立ちに関してては最小限の情報しか書いていないので、映像化を考える方にしてみると振り幅が結構あり、逆に想像しやすいというのはあるかもしれません。

瀬々　今回、小説に書かれた〝ある文章〟を使うにあたって、どんな画《え》を作っていけばいいのかに腐心しました。もう一つ、どうしようかと非常に悩みあぐねたところは、福祉保健事務所側の人間の描き方です。映画では彼らを悪にするのではなく、社会構造の矛盾として捉えたかった。

中山　吉岡秀隆《よしおかひでたか》さん、緒形直人《おがたなおと》さん、永山瑛太《ながやまえいた》さんなど、善人の役を演じるのにふさわしい方々を、あえて職員の役にキャスティングされたことに意味がありましたね。見方によっては、善にも悪にもどちらともとれる。人間の多面性を表していて、リアルだと思いました。

瀬々　中山さんは、「どんでん返しの帝王」と呼ばれていますが、映画ではそこを主軸にしていないので、中山さんのファンからは怒られるかもしれません。どんでん返しのその先を、映画は見つめていこうというプランがあったので、そういう意味では小説とは視座が違います。

中山　それは当然ですよ。基本的に全く性質の異なる媒体ですからね。要は私の小説をネタに、どういう風に別の物語を創るかというのが本当の映画化だと思っています。たくさん映画を観ている人間ですから、その辺は理解しています。

瀬々　小説を映画化するということは、違う論理の組み立てでもって、もう一度書き直すということですからね。だからこそ、両方を楽しめるという良い点はあります。

中山　カンちゃんの設定も大胆に変えられましたが、小説がミステリーに比重を置いているのに対して、映画の方は比重をかけられた部分が少し違いますからね。原作通りのミステリーにすると軸がぼやけてしまう。原作に忠実すぎる映画は面白くないし、あからさまに映像化を狙っているような小説もつまらない。それぞれの表現形態を極めている作品が一番楽しいです。

瀬々　（佐藤）健君も原作に対して思い入れがあったので、原作からの変更点に関してはディスカッションを重ね、丁寧に作っていきました。

中山　僕も脚本の段階では、少し意見をやり取りさせていただきましたが、完成した映画を観た時に全部腑《ふ》に落ちました。二時間にするのならこれ以上のことはまず無理だと思います。こういう風に咀嚼《そしゃく》していただいて、「本当にありがとうございました」しかありません！

二〇二一年四月（松竹・会議室にて）

対談後、記念撮影